Het buitenhuis

Katie Fforde bij Boekerij:

Keukengeheimen
De kunstminnaar
Een nieuwe kans
Wilde tuinen
Reddende engel
Levenslessen
Stoute schoenen
Kunst en vliegwerk
Halsbrekende toeren
Praktisch perfect
Schoon schip
Trouwplannen
Liefdesbrieven
Een verleidelijk voorstel
Zomerliefde
De kers op de taart
Met de Franse slag
Vrij spel
Iets ouds en iets blauws
Een zomer aan zee
Een tuin vol bloemen
Het buitenhuis
Een nieuw leven

www.boekerij.nl

Katie Fforde

Het buitenhuis

Fran droomt er al haar hele leven van op
een boerderij te werken en nu lijkt haar droom
uit te komen

BOEKERIJ

Eerste druk 2019
Derde druk 2020

ISBN 978-90-225-9117-8
ISBN 978-94-023-1081-8 (e-book)
NUR 302

Oorspronkelijke titel: *A Country Escape*
Vertaling: Hanneke van Soest
Omslagontwerp: Johannes Wiebel | punchdesign, München
Omslagbeeld: © Shutterstock
Zetwerk: ZetSpiegel, Best

Voor Georgina Hawtrey-Woore
3 december 1966 – 27 februari 2017

Innig geliefde en gemiste vriendin en redacteur.
Het lijkt verkeerd om een boek te schrijven dat je niet zult lezen, al heb ik het idee wel met je besproken.

1

Terwijl Fran in haar kleine auto het steile pad op reed, viel het hek van de boerderij met een klap dicht. Nu Issi en zij Hill Top Farm eindelijk hadden gevonden – de naam stond (vrij onduidelijk) op de brievenbus geschreven – werd ze overmand door een mengeling van opwinding en zenuwen. Dit zou óf een geweldig avontuur worden óf een vernederende vergissing. Ze besloot Issi niets over haar gevoelens te zeggen. Vermoedelijk kon haar beste vriendin die toch wel raden. In plaats daarvan zei ze: 'Als klein meisje wilde ik boerin worden.'

Issi, die net weer was ingestapt, na te hebben geholpen met het hek, leek verbaasd. 'Echt? Dat ik dat niet weet. We zijn al jaren bevriend! Ik dacht dat je een eigen restaurant wilde hebben.'

'Dat kwam later,' antwoordde Fran. 'Ik was het zelf ook vergeten, maar mam herinnerde me er tijdens de kerst weer aan.'

'Vinden je ouders dat je het niet had moeten doen?'

'Ja, maar toch steunen ze me. Mijn stiefvader verwacht dat ik binnen een maand terug zal zijn, maar ik ben vastbesloten het vol te houden.' Ze was even stil. 'Al blijft het misschien bij een jaar, als het me niet lukt.'

'Vooruit,' zei Issi. 'Laten we die boerderij gaan bekijken die je misschien gaat erven.'

'Het gaat niet alleen om het huis, weet je nog? Maar om het hele bedrijf.' Fran nam een scherpe bocht en probeerde haar zenuwen te bedwingen. Pas nu ze op haar bestemming aankwam, besefte ze hoe krankzinnig het was om haar comfortabele leven in Londen op te geven en te verhuizen naar een boerderij in Gloucestershire die ze misschien wel nooit zou erven. Geen normaal mens zou daaraan beginnen. Behalve iemand als zij die, vastgelopen in het normale leven, wel van een uitdaging hield.

Hotsend en botsend bereikten ze de boerderij op de heuveltop, de kuilen in de weg zo goed mogelijk ontwijkend. 'Ik weet niet of een Ford Ka de meest geschikte auto is voor deze weg,' zei Issi.

Fran negeerde het commentaar van haar vriendin en stapte uit. 'Kijk eens wat een uitzicht!'

De boerderij lag hoog op een plateau en keek uit over beboste heuvels en valleien. In de verte kronkelde de Severn als een zilveren slang door het landschap, en achter de rivier begon Wales.

'Volgens mij herinner ik me dit uitzicht!' zei Fran. 'In mijn jeugd zijn we hier één keer geweest. Ik was het vergeten, totdat we het met de kerst over de boerderij hadden en mijn moeder me eraan herinnerde. We waren hier met zijn allen, zei ze, in de tijd dat pap nog leefde. Ik moet dus nog erg jong zijn geweest. Tenslotte was ik pas vijf toen hij overleed. Toch komt het me vaag bekend voor.'

'Het is prachtig,' beaamde Issi.

'Kom op,' zei Fran. 'Laten we het huis bekijken nu het nog licht is. Om vier uur wordt het donker, dus we moeten de stroom inschakelen. Ik heb een zaklamp bij me.' Ze zweeg even. 'Januari is waarschijnlijk niet de beste tijd om op een boerderij te gaan wonen.'

Issi schoot in de lach. 'Het is niet anders. Laten we naar binnen gaan.'

De voordeur ging niet open, dus besloten ze de achterdeur te proberen. 'Op het platteland gebruiken mensen hun voordeur waarschijnlijk niet,' zei Fran, terwijl ze om het huis heen liepen. 'Nou, hier zijn we dan.' Ze stak de sleutel in het slot en draaide hem om. Even later stonden ze binnen.

'Jeetje! Het is hier wel erg donker,' zei Issi.

'Wacht even, ik geloof dat ik de stoppenkast heb gevonden. Ik pak even mijn zaklamp erbij. Zo! We hebben licht!'

De vriendinnen bevonden zich in een ruime boerenkeuken. Een tijdlang keken ze zwijgend rond en namen het vertrek in zich op.

'Een open haard!' zei Issi opgetogen. 'Wat heerlijk om een open haard in de keuken te hebben.'

'Als ik er maar niet op hoef te koken,' zei Fran. Ze keek om zich heen. De plafondlamp was te zwak om de donkere hoeken van de keuken te verlichten. 'O, kijk,' zei ze opgelucht. 'Een Rayburn-fornuis. Waarschijnlijk een oud model, het ziet er zo ouderwets uit. Hopelijk hoeven we niet met hout te stoken.'

'Maar je bent chef-kok. Jij kunt op alles koken!' zei Issi lachend.

'Koken is geen probleem,' zei Fran, 'maar ik heb geen ervaring met vuur aanleggen. O, gelukkig. Zo te zien is het een oliegestookte versie.'

'En kijk, er is ook nog een elektrische kookplaat. Je bent in de culinaire hemel.' Issi leek Frans ontzetting over de kookfaciliteiten zeer vermakelijk te vinden.

'Ik red me wel,' zei Fran, meer tegen zichzelf dan tegen Issi. 'Tenslotte ben ik hier niet om te koken, maar om de boerderij te runnen. Ik vind al die vrijstaande keukenkasten trouwens erg mooi. En het aanrecht heeft een prachtig uitzicht op…' Ze schoof de vitrage opzij en tuurde naar buiten. 'Aha, het erf. Maar daarachter is het landschap schitterend. Kom op!' Ineens maakten haar twijfels plaats voor opwinding. 'Laten we op onderzoek uitgaan.'

De woonkamer aan de voorkant van het huis was riant. In de vensterbank stonden talloze kamerplanten. Sommige waren dood, maar de geraniums leken het nog te doen. Het driedelige bankstel was bedekt met gehaakte spreien, en de diverse tafels en kastjes stonden vol foto's. Fran pakte er een. 'Een vrouw en een koe, of misschien is het wel een stier. Met een rozet. Wat schattig!'

Issi kwam naast haar staan. 'Het zijn allemaal foto's van koeien of stieren. Je kunt er weinig uit afleiden over de eigenaresse.'

'Behalve dat ze dol is op koeien,' zei Fran. Ze zette de foto weer terug. 'O, moet je die haard zien!'

'Die is wel erg klein. Beslist onvoldoende om deze kamer warm te krijgen.'

'Hij is inderdaad klein, maar kijk eens naar die schoorsteenmantel. Wedden dat er een prachtige authentieke open haard achter dat kolenkacheltje verstopt zit? Mijn vingers jeuken om met de sloophamer aan de slag te gaan.'

'Dat snap ik. Alleen zou ik daarmee wachten tot je zeker weet of je hier kunt blijven,' zei Issi, om zich heen kijkend. 'Het is niet echt sjofele chic, maar wel gezellig.' Ze bestudeerde de brede balken aan het plafond. 'Deze ruimte bestond waarschijnlijk ooit uit twee of drie kamers.'

'Het is oudedameschic,' besloot Fran. 'Ik vind het ook gezellig, maar die haard zou ik dolgraag ontmantelen. Wedden dat er iets prachtigs verstopt zit achter al dat jarendertigspul?'

'Een oude broodoven of zo? Ik dacht dat je hier was om een boerderij te runnen, niet om te koken,' zei Issi. 'Als je bang was geweest dat je het koken zou gaan missen, was je wel kok in de pub in Londen gebleven.'

'Nee,' zei Fran vastbesloten, 'ik wil mijn eigen baas zijn en mijn eigen beslissingen nemen. Maar je hebt gelijk, ik kan beter wachten met slopen tot ik weet of ik de boerderij ga erven.'

'En morgen zie je je tante – nicht – wat is ze eigenlijk van je?'

'Ik weet het niet meer precies, alleen dat ze familie is van mijn overleden vader. Amy heet ze, dus waarschijnlijk zal ik haar tante Amy noemen. Ik ben het enige familielid dat ze heeft kunnen vinden. Sinds de dood van haar man heeft ze Top Hill Farm alleen gerund. Sinds ze in een verzorgingshuis zit, wil ze de boerderij misschien nalaten aan een familielid. Volgens mij heeft ze nog contact gezocht met een ander familielid, maar volgens haar notaris heeft die nooit gereageerd.'

'Daarom ben jij hier,' zei Issi, en ze viel even stil. 'Zullen we een kijkje nemen in de slaapkamers? Misschien zijn ze vochtig, en we moeten er in elk geval in slapen vannacht.'

'Heel erg bedankt dat je bent meegekomen,' zei Fran, terwijl ze de trap op liepen. 'In mijn eentje zou ik het best eng vinden.'

'Het is alleen jammer dat ik niet langer kan blijven. Het is zo'n avontuur!' Issi stond stil. 'Had je liever gehad dat Alex bij je was?'

Fran schudde haar hoofd. 'Absoluut niet. Een van de redenen dat we uit elkaar zijn, is dat hij niet erg avontuurlijk is. Hij is erg blij met die stageplek bij zijn oom in New York... Al verdenk ik hem ervan dat de belangrijkste reden het gebrek aan heteroseksuele mannen daar is.' Ze zuchtte. 'Nee, ik mis hem niet echt, behalve misschien als vriend.'

Was ze over Alex heen? Fran wist dat Issi zich zorgen maakte. Alex was een leuke, aardige man, maar als puntje bij paaltje kwam, was hij nogal behoudend en een tikje saai. Een paar weken geleden waren ze uit elkaar gegaan, na een relatie van meerdere jaren.

Hun verhouding had al een tijdje op een laag pitje gestaan, maar de katalysator was deze kans – zeg maar uitdaging – geweest. Zelfs als Alex het plattelandsleven had aangekund (wat onwaarschijnlijk was), had hij de onzekerheid niet kunnen verdragen. Als ze de boerderij simpelweg had geërfd, was het misschien anders geweest – maar waarschijnlijk ook niet. Fran daarentegen vond het hele gebeuren reuze spannend, al was het ook doodeng.

Een paar minuten later stonden Fran en Issi de bedden op te maken met de oude flanellen lakens die ze in de linnenkast hadden gevonden. Na afloop gingen ze op zoek naar kruiken, die ze vulden met heet water, hoewel ze het erover eens waren dat het niet vochtig in huis was. Daarna was het tijd voor het avondeten.

'Zo,' zei Issi, nadat ze de moussaka hadden verorberd die Fran had meegebracht en opgewarmd in de elektrische oven, 'dus jij gaat morgen bij Amy langs?'

'Ja, na de afspraak bij de notaris. In zijn brief schreef hij dat hij een budget voor me heeft geregeld om de boerderij mee te runnen, maar ik verwacht niet dat het veel zal zijn.' Ze zuchtte. 'Als ik erover nadenk, is het behoorlijk eng. Ik weet niets van het boerenbedrijf. Toch ben ik hier. Ik had uiteraard nee tegen Amy's notaris kunnen zeggen, maar...' Ze was even stil. 'Ik had behoefte aan een uitdaging.'

'Om te zien of je een jaar lang een boerenbedrijf kunt runnen en winst kunt draaien?'

Fran knikte. 'Ik hoef natuurlijk niet zelf voor de koeien te zorgen. Er is een veehoeder. Amy zou nooit een leek voor haar dierbare koeien laten zorgen, en dat ben ik natuurlijk als het om het boerenbedrijf gaat.'

'Koeien zijn behoorlijk groot, hè?' zei Issi.

'Ben je bang voor koeien?'

'Wat belangrijker is, ben jíj bang voor ze?'

Fran slikte. 'Ik hoop van niet, maar eigenlijk... geloof ik van wel!'

Issi lachte. 'Laten we onze wijn opdrinken en naar bed gaan. Je moet morgen vroeg op. Ik zou de wekker op zes uur zetten, dan kun je meteen aan je nieuwe leven wennen.'

Issi maakte een grapje, besefte Fran, maar ze had wel gelijk. Wat die koeien betrof: ze zou vanzelf merken of ze bang voor ze was.

De volgende ochtend stonden ze in dikke wollen truien in de keuken met bekers dampende thee. Fran had haar lange bob nog niet in model gebracht, haar blauwgrijze ogen niet opgemaakt en haar sproeten niet gecamoufleerd. Ze zag eruit als een verwaarloosd kind, vond ze, maar ze had belangrijkere dingen om zich druk over te maken dan haar uiterlijk.

Ook Issi zag er puur natuur uit. 'Dus je gaat eerst naar die notaris en daarna naar je tante Amy?'

Fran knikte. 'Ik heb geen idee hoelang het gaat duren. Red jij je hier in je eentje?'

Issi knikte. 'Ik ga die kamerplanten op orde brengen en wellicht de omgeving een beetje verkennen. Misschien ga ik zelfs wat meubels verschuiven en een paar kasten uitruimen. Of vind je dat vervelend?'

'Helemaal niet. Ik ben dolblij dat je er bent en ik zal de laatste zijn die je tegenhoudt. Waarschijnlijk ga jij meer lol hebben dan ik.'

'Dus mevrouw Flowers is een verre achternicht.'

Meneer Addison, de notaris, een vriendelijke vermoeide man van in de vijftig, had tot Frans enorme opluchting eindelijk de ingewikkelde familierelatie uitgelegd, die diverse generaties en huwelijken terugging.

‘Hoe kan ik haar volgens u het beste noemen?’ vroeg Fran. Het vooruitzicht de oudere vrouw te ontmoeten, die in haar hoogtijdagen erg imposant moest zijn geweest, maakte haar nerveus.

‘Maakt u zich geen zorgen, dat vertelt ze u wel,’ antwoordde meneer Addison. ‘Laten we de financiën even doornemen. Mevrouw Flowers heeft het verzorgingshuis voor de komende zes maanden betaald. Ze heeft een rekening voor u geopend met duizend pond. Er is nog wat extra geld, maar ik heb liever dat u dat niet aanspreekt. Mevrouw Flowers is goed verzorgd en erg zwak, maar het is best mogelijk dat ze langer dan een halfjaar in het verzorgingshuis zal verblijven, en dat is duur.’

‘En in geval van nood?’

‘Dan kunt u zich tot mij wenden.’

‘Hoe zit het met de salarissen van de veehoeder en de andere mensen die voor haar werken?’

‘Er zijn een paar werknemers die waar nodig helpen bij het melken. Alle salarissen zijn zes maanden vooruitbetaald.’

‘Maar ze wil dat ik een jaar blijf? En hoe moet het dan in juni, na die zes maanden?’

Hij haalde zijn schouders op. ‘Volgens mij hoopt ze dat de boerderij tegen die tijd winst zal draaien.’

Zijn voorzichtige formulering ontging haar niet. ‘Dus de boerderij is op dit moment niet winstgevend?’

Meneer Addison zuchtte. ‘Het gaat al een tijdje bergafwaarts met mevrouw Flowers. Het bedrijf is in het slop geraakt.’

‘Dus ik neem geen gezond bedrijf over. Staat de boerderij er slecht voor?’

‘Slecht zou ik het niet willen noemen. Alleen niet erg winstgevend.’

Toen Fran net van de boerderij had gehoord, had ze het een romantisch idee gevonden om het familiebedrijf te runnen. Inmiddels was ze er niet meer zo zeker van.

'Is dat een tactvolle formulering?' vroeg ze. 'U zou me toch wel de waarheid vertellen?'

Meneer Addisons gezicht betrok. 'Ik moet in het belang van mijn cliënt handelen. U zult er vast een succes van maken.' Hij stond op.

Fran besefte dat hij alles zo goed mogelijk had uitgelegd en vond dat hij niets meer kon doen. 'Wat als ik bang voor koeien blijk te zijn?'

Hoofdschuddend glimlachte hij. Blijkbaar dacht hij dat ze een grapje maakte. 'Daar hoeven we ons vast geen zorgen over te maken.'

In het verzorgingshuis aangekomen, had Fran verwacht dat ze de reden voor haar komst uitgebreid zou moeten uitleggen. Maar nee, iedereen wist precies wie ze was. Voor het eerst vroeg ze zich af of ze wel netjes genoeg gekleed was. Na een onrustige nacht op het oncomfortabele matras en de vreemde geluiden in huis, had ze bij het opstaan gewoon haar kleren van de vorige dag aangetrokken. Ze had zich te veel zorgen gemaakt over hoe ze de auto de oprit af moest rijden en de notaris en het verzorgingshuis moest vinden om zich met haar uiterlijk bezig te houden. Maar nu vroeg ze zich af of een legging, laarzen en een tuniek die nauwelijks haar benen bedekte, wel gepast waren.

Hoe dan ook, het was te laat om er nog iets aan te doen. Ze volgde een verpleegkundige door de gang, haar laarzen sloften wat over het tapijt.

De verpleegkundige bleef staan en opende een deur. 'Mevrouw Flowers? Uw jonge familielid is hier.'

De kamer was niet erg groot, maar wel licht en zonnig. De muren hingen vol foto's, en de meubelen hadden dezelfde stijl als die in de boerderij.

Fran liep naar binnen, niet goed wetend wat ze moest zeggen. 'Hallo, tante... nicht... mevrouw Flowers...' Ze zweeg.

Mevrouw Flowers zat fier rechtop in een stoel en zag er erg netjes uit. 'Zeg maar "Amy", lieverd,' zei ze kordaat. 'Als je zo blijft aarzelen, sterf ik nog voordat je iets besloten hebt. Ga alsjeblieft zitten.'

Fran ging zitten en bestudeerde de vrouw tegenover zich. Ze had felblauwe ogen in een rood, enigszins verweerd gezicht. Haar dunne grijze haren waren opgestoken in een knot. Ze droeg een lange wollen rok en een fris gestreken witte bloes met kanten kraag. Ze maakte een heldere, opgewekte en goed verzorgde indruk. Het was duidelijk dat ze haar verzorgingshuis met zorg had uitgekozen.

'Dag Amy, wat leuk je eindelijk te ontmoeten.' Fran voelde aan dat het belangrijk was om zelfverzekerd over te komen, ook al voelde ze zich verre van dat. Haar gesprek met de notaris had het spannende vooruitzicht om een jaar lang te leren boeren veranderd in een hachelijke, met verantwoordelijkheid beladen onderneming.

Amy knikte, mogelijk goedkeurend. 'Nou, lieverd, ik ben blij dat je gekomen bent. Ik wil mijn boerderij niet over de kop laten gaan terwijl ik hier zit.'

'Maar u beseft toch wel dat ik weinig van het boerenbedrijf weet?' Amy was duidelijk geen type voor koetjes en kalfjes, dus besloot Fran meteen te zeggen wat ze op het hart had.

'Ja, voel je alsjeblieft niet beledigd, maar als ik andere opties had gehad, zou ik geen contact met je hebben gezocht. Maar we zijn familie. Ik had liever een familielid van mijn man gehad, want het was zijn boerderij. Ik heb weliswaar iemand gevonden, maar die heeft nooit op mijn brief gereageerd. Dus jij blijft als enige over.' Even was ze stil. 'Ik was achttien toen ik trouwde. Vanaf die tijd heb ik altijd op de boerderij gewoond, tot ik hier terechtkwam.'

'Hemeltje.' Amy wilde duidelijk haar verhaal kwijt, en Fran hoopte dat ze belangstellend genoeg klonk.

Amy knikte en vervolgde: 'De boerderij was al generaties lang in zijn familie. We zijn kinderloos gebleven. Het vooruitzicht dat het bedrijf met ons zou ophouden deed ons allebei veel verdriet. Mijn man is twintig jaar geleden overleden, en sindsdien run ik de boel in mijn eentje. Ik heb me al die tijd suf gepiekerd aan wie ik de boerderij moet nalaten.'

Ontroerd zei Fran: 'Dat kan ik me heel goed voorstellen.'

'Het gaat om de veestapel, begrijp je. Het zijn Dairy Shorthorns. Een zeldzaam ras. De koeien die we nu hebben – ik ken ze allemaal persoonlijk – zijn allemaal raszuiver, wat zeer ongebruikelijk is.' Ze glimlachte flauw. 'Koeien kunnen heel oud worden als er goed voor ze wordt gezorgd. Als ik de boerderij niet kan nalaten aan iemand die het bedrijf wil voortzetten, zal ze verkocht worden. De veestapel zal verdwijnen en hun zuivere stamboom zal verloren gaan, en dat zou tragisch zijn. Dus ik heb je opgespoord omwille van de koeien en de boerderij, en hier ben je dan.' Amy glimlachte, alsof het een bevredigende uitkomst was.

'Ik hoop maar dat ik u niet zal teleurstellen.'

Amy schudde haar hoofd. 'Dat zul je niet. Ik kan me je nog herinneren als klein meisje. Je was dol op de koeien. Op hun roodbruin met witte vacht.' Het feit had blijkbaar indruk op haar gemaakt. 'De veestapel is het belangrijkste,' zei ze. 'Hun stamboom moet in stand worden gehouden.' Zoals veel oude mensen viel ze in herhaling, maar het was duidelijk dat ze zielsveel om haar koeien gaf.

'Ik begrijp het.' Fran hoopte vurig dat ze nog altijd even dol op de koeien zou blijken te zijn.

'En je hebt Tig, mijn veehoeder. Ik zou mijn veestapel nooit aan je toevertrouwen zonder iemand om voor ze te zorgen. Jij zult al het andere moeten doen – de administratie, voer bestellen, de gebouwen onderhouden, dat soort dingen – zodat hij voor de koeien kan zorgen. Ik heb hem zes maanden vooruitbetaald, om er zeker van te zijn dat hij niet opstapt.'

Fran had Amy bijna gevraagd waarom ze de boerderij niet in zijn geheel aan Tig had nagelaten. Maar ook hierbij speelde stamboom een rol, besefte ze. Tig was geen familie van Amy, en zij wel.

'Je krijgt wat geld om de boel draaiende te houden, maar je moet de boerderij een jaar lang runnen voordat ik besluit of ik je die nalaat.' Aan Amy's gezicht te zien vond ze dat een fantastische beloning. 'Dus je gaat het proberen, hè, Francesca?'

Niemand noemde Fran ooit 'Francesca'. Zelfs haar moeder niet als ze boos was. Maar ze vond het prettig, besefte ze. 'Nog even over het huis...'

'Het huis interesseert me niet. Doe ermee wat je wilt. Zolang je maar zorgt dat de veestapel niets overkomt.'

Fran knikte. Meteen dacht ze aan de haard in de woonkamer. Die zou ze dus kunnen ontmantelen.

'O, en laat je niet in met die schurk van een buurman. Hij heeft altijd op mijn boerderij geaasd, en jij moet voorkomen dat hij die krijgt! Wijngaarden, het idee alleen al!'

'Vertel eens...' begon Fran, voordat ze registreerde dat Amy haar ogen dicht had en blijkbaar in slaap was gevallen.

'Dat gebeurt wel vaker,' zei de verpleegkundige, die net binnen was gekomen. 'Het ene moment is ze klaarwakker en helder, het volgende diep in slaap.'

'Hoelang duurt het voordat ze weer wakker wordt, denkt u?' vroeg Fran. Ze wilde zo snel mogelijk meer te weten komen over die schurk van een buurman.

De verpleegkundige schudde haar hoofd. 'Voorlopig niet. Je kunt beter morgen terugkomen, of wanneer het je uitkomt.'

'Oké.' Fran stond op uit haar stoel. 'Dan kom ik wel terug. Ik weet nog lang niet genoeg.' Ze liep naar de deur, bleef staan en wendde zich tot de verpleegkundige. 'Kunt... Kunt u mij vertellen over haar toestand? Over het algemeen is ze gezond, toch?'

'Ja, voor iemand van haar leeftijd is ze heel goed. Ze heeft ongetwijfeld altijd een gezond buitenleven geleid, en nooit gerookt of alcohol gedronken.'

'Dus het is niet erg waarschijnlijk dat ze in de komende zes maanden zal overlijden?'

'Ik kan niet in de toekomst kijken, maar ze lijkt nu gezond. Al weet je het nooit bij oude mensen.' Ze fronste licht haar wenkbrauwen. 'Ze heeft een zwak hart, maar op dit moment geeft dat geen problemen.'

'Dat is genoeg voor nu.' Fran glimlachte. 'Hartelijk bedankt voor uw goede zorgen. Ik verheug me erop haar beter te leren kennen.'

De verpleegkundige glimlachte terug. 'Ze is enorm geliefd bij ons allemaal.'

Toen Fran aan het einde van de middag bij Hill Top Farm aankwam, was het bijna donker. Ze had het ijskoud en snakte ernaar een fles wijn open te trekken, ook al was het eigenlijk nog te vroeg. Na haar bezoek aan Amy had ze het dorp een beetje verkend. Op de terugweg naar huis was ze verdwaald geraakt, dus de dag was omgevlogen. Ze parkeerde voor het huis en zag licht door een kier tussen de gordijnen schijnen. Het huis zag er uitnodigend uit. Ze pakte haar tas van de achterbank en registreerde hoe helder de sterrenhemel was, ver weg van de lichtvervuiling van de stad.

Een paar minuten later zat ze in de woonkamer en keek om zich heen. Het vertrek, dat de vorige dag nog overvol en benauwend was geweest, was inmiddels spaarzamer gemeubileerd. Overal stonden theekopjes met flakkerende kaarsjes, die voor een gezellige en rustgevende sfeer zorgde. Precies waar Fran behoefte aan had na een bewogen dag.

'Wauw! Wat heb je een hoop werk verzet! En de haard aangemaakt! En kaarsen!'

'Theelichtjes,' verbeterde Issi haar. 'Die heb ik van huis meegenomen, omdat ik weet hoe belangrijk je verlichting vindt. Toen ik al die theekopjes in de keukenkast vond, heb ik ze daarvoor gebruikt. Fijne dag gehad?'

'Het ziet er fantastisch uit! Heel knus en gezellig. Het was een overdonderende dag. Op weg naar huis ben ik verdwaald, maar dat vertel ik je later nog wel. Trouwens, ik mag de haard slopen! Niet meteen, natuurlijk.'

Issi was verrast. 'Heb je het aan tante Amy gevraagd?'

'Niet met zo veel woorden, maar ze zei dat ik met het huis mag doen wat ik wil, zolang ik maar goed voor haar koeien zorg.' Fran liet zich in een stoel naast de open haard zakken en begon een laars uit te trekken. 'Ik ben doodop van alle nieuwe mensen en informatie waarmee ik ben bestookt.' Ze keek om zich heen. 'De woonkamer ziet er zo veel beter uit. Dank je wel.' Er verscheen een frons op haar voorhoofd. 'Waarom heb je dat afschuwelijk schilderij laten hangen?'

'Omdat het voor een stuk muur hangt dat nodig opnieuw behangen of geschilderd moet worden, en als je daar eenmaal aan begint, moet je de hele kamer doen.'

Fran knikte. 'Klinkt redelijk. Verder heb je het hier geweldig mooi gemaakt.'

'Nou, ik had zin om iets te doen, en je had gezegd dat ik mijn gang mocht gaan.' Issi zweeg even. 'Hoewel niet iedereen de veranderingen goedkeurt.'

'Hoezo?' Fran trok haar andere laars uit. 'Wie heeft dit nog meer gezien?'

'Er was bezoek voor je. Mevrouw Brown. Ze komt morgenochtend terug. Zij heeft min of meer voor tante Amy gezorgd, voordat die naar het verzorgingshuis is gegaan. Ze lijkt volkomen op de hoogte van het reilen en zeilen op de boerderij. Met opgetrokken wenkbrauwen keek ze de kamer rond. Ze vond het duidelijk maar niets. Ik heb haar verzekerd dat alle spullen veilig opgeslagen zijn, en dat ik al die tafels en snuisterijtjes niet heb verbrand, maar ze leek nogal van slag.'

'Waar heb je de spullen gelaten?'

'In een klein kamertje achter in het huis. Het stond al flink vol, dus ik heb de rest er gewoon bovenop gestapeld. Volgens mij heb je die kamer toch niet nodig. Het is een groot huis.'

'Geweldig. Hebben we nog wijn?' Op dit moment had Fran weinig interesse in haar potentiële erfenis.

Issi knikte zelfvoldaan. 'Er is wijn en er is avondeten. Ik heb je visite gevraagd hoe ik de oven moet aanmaken en ze heeft het me laten zien. Dus heb ik de lasagne erin geschoven die je had meegenomen.'

'Sorry,' zei Fran. 'Lasagne lijkt nogal op moussaka, maar ik wilde eenvoudige maaltijden meenemen die je gemakkelijk en zonder pannen kunt opwarmen.'

'Ik kan nog steeds niet geloven dat je je pannen thuis hebt gelaten.'

'Ik heb mijn messen meegenomen, maar ik had geen zin om al mijn spullen mee te slepen. De meeste staan bij mijn ouders in de garage.' Fran sloot haar ogen. 'Ik heb een hoop te vertellen, maar eerst heb ik wat sterks nodig.'

'Het is nog te vroeg,' wierp Issi tegen.

Fran schudde haar hoofd. 'Nee, het is donker. Tijd voor een wijntje. Vandaag tenminste wel.'

'Ik pak wel. Wil je ook vroeg eten?'

'Ja, graag, mam…'

Na het eten voelde Fran zich verkwikt en had ze weer puf om te vertellen hoe haar dag was verlopen. 'Ik ben een beetje in de war. Zowel de notaris als Amy – ze wil dat ik haar zo noem – heeft een hoop verteld, maar ook een hoop niet. Volgens de notaris heb ik duizend pond tot mijn beschikking. Er is wel meer, maar dat moet apart gehouden worden voor Amy's verzorgingshuis.'

'Verzorgingshuizen kunnen erg duur zijn, weet ik,' zei Issi.

'Maar de komende zes maanden hoef ik me daar nog geen zorgen over te maken, want die heeft Amy vooruitbetaald. Ze heeft alles uitgedacht. Er is een veehoeder die voor de enge koeien zorgt. Die heeft ze ook vooruitbetaald. En de hulpmelkers ook.'

'En als die koeien niet eng blijken te zijn?'

'Het komt vast allemaal goed!'

Hun opgewektheid was een tikje geforceerd. Misschien zou Fran niet slagen. 'Ik wil er dolgraag een succes van maken,' zei ze. 'Ik heb mijn baan opgezegd en mijn leven achtergelaten om dit te kunnen doen. Ik kan me natuurlijk bedenken, maar dan zou ik me altijd blijven afvragen of het me gelukt zou zijn. Er zijn maar weinig mensen die zo'n kans krijgen. Die kan ik niet voorbij laten gaan. Het is de kans om iets van mijn leven te maken.'

2

Fran werd vroeg wakker en zag dat het regende. Geen goed begin van haar eerste echte dag als boerin. Ineens herinnerde ze zich dat mevrouw Brown zou langskomen, wat haar het perfecte excuus gaf niet naar buiten te gaan om kennis te maken met de koeien. Als ze bezoek kreeg, moest ze bakken.

'Geen koeien dus vanochtend, Is,' zei ze kauwend op haar toast. 'Ik zal wat lekkers moeten bakken. Denk je dat mevrouw Brown van haverkoekjes houdt?'

'Hoe kan ik dat nou weten?' vroeg Issi geamuseerd.

'Ik ga haver- en zandkoekjes bakken,' besloot Fran. 'Dan kan ze kiezen. Ik weet zeker dat de veehoeder de koekjes die mevrouw Brown afslaat wel zal kunnen waarderen.'

Ondanks de regen was Issi een wandeling gaan maken, na te hebben beloofd dat ze op tijd terug zou zijn om Fran te helpen mevrouw Brown te vermaken. Ondertussen kon Fran voorbereidingen treffen voor hun gast. Terwijl ze boter met bloem en suiker mengde, keek ze uit het keukenraam naar het boerenerf.

Het bestond uit een met keien bestrate binnenplaats omringd door bijgebouwen, maar niet, besefte ze terwijl ze door de nevel heen tuurde, de koeienstal. Daar waren de gebouwen te klein voor, al wist ze dat de kudde niet groot was. Omdat geen van de gebouwen in gebruik leek, moesten de koeien ergens anders zijn. Dat was nogal een teleurstelling. Ze had gehoopt dat ze ze kon observeren vanuit haar veilige keuken.

Het zou een mooi erf kunnen zijn. Ze kon het zich voorstellen met stenen spoelbakken en hangende manden vol bloemen, en wat in onbruik geraakt boerengereedschap ter versiering aan de muur zou misschien ook charmant staan.

Plotseling moest ze om zichzelf lachen. Ook maakte ze Issi aan het lachen, toen die een poosje later opdook en de maffe plannen te horen kreeg om het erf te fatsoeneren. 'Alsof het er ooit mooi zal uitzien!' zei Fran. 'Zal ik wel tijd hebben voor potplanten of om oude ploegen te vinden die aan de muur kunnen hangen?'

'Tja, daar zul je waarschijnlijk voorlopig geen tijd voor hebben, maar misschien ooit wel. Tijdens mijn wandeling heb ik trouwens je koeien gezien. Ze zitten in een vrij nieuw gebouw. Ik zag de veehoeder ze voederen.'

'O? Wat is hij voor iemand?'

Issi fronste haar wenkbrauwen. 'Dat kon ik niet goed zien. Erg spraakzaam is hij in elk geval niet.'

De moed zonk Fran een beetje in de schoenen. 'Hij heeft vast een spuughekel aan me, omdat ik Amy niet ben. Dat weet ik gewoon.'

'Geef hem een kans!' zei Issi. 'Hij was wel een beetje jonger dan ik me had voorgesteld. Ik kon nog net een stukje van zijn gezicht zien onder zijn hoed.'

Hoewel mevrouw Brown niet oud was, leek ze wel argwanend toen ze door de achterdeur de keuken in kwam. Ze droeg een veedrijversjas, een hoed met een rand die ze flink naar beneden had getrokken en grote rubberlaarzen. Het was een outfit waarop Fran meteen jaloers was, want daarin bleef je wél droog.

Mevrouw Brown trok onmiddellijk haar laarzen uit, waarin ze dikke grijze sokken droeg. Ze leek een vrouw die pas zou loslaten als ze het zelf wilde. Hoewel ze meteen haar laarzen had uitgetrokken, aarzelde ze om haar drijfnatte jas en hoed af te geven aan Fran.

'Geef maar hier,' drong Fran aan. 'Ze zijn doorweekt. Het is vreselijk weer vandaag. Ik zal ze boven het fornuis hangen, dan kunnen ze een beetje drogen.'

'Vooruit dan maar,' zei mevrouw Brown. Ze knoopte haar jas open en gaf haar hoed aan Fran.

'Kom, dan gaan we naar de woonkamer,' zei Fran, die probeerde zich als een gastvrouw te gedragen, en niet alsof ze slechts twee dagen geleden hier was aangekomen.

Ze vermoedde dat mevrouw Brown het te vroeg op de dag vond voor een haardvuur. Zelf vond ze dat het de januarimorgen opfleurde.

'Ga maar op een warme plaats zitten,' zei ze. 'Wilt u thee of koffie?'

Toen eenmaal was vastgesteld dat de voorkeur uitging naar thee, liet Fran Issi bij mevrouw Brown achter voor een beleefd gesprek, terwijl zij ging theezetten. Issi bood aan het te doen, maar dat idee gaf Fran een ongemakkelijk gevoel, alsof Issi een bediende was in plaats van een vriendin.

Uiteindelijk werd de thee geschonken en gingen de zandkoekjes rond.

'O, deze zijn heel lekker!' zei mevrouw Brown verbaasd.

'Ik was een chef-kok in Londen,' legde Fran uit. 'Veel chefkoks doen niet aan patisserie. Ik bakte thuis al met mijn moeder, en ik vind het nog steeds leuk.'

'Je bent dus niet echt geschikt om een boerderij te runnen?' vroeg mevrouw Brown.

'Helemaal niet,' beaamde Fran. Het kon niet worden ontkend. 'Maar zoals u vast weet, ben ik de enige bloedverwant van Amy die ze kon opsporen, en als klein meisje kwam ik hier al. Amy vertelde me dat ik de koeien leuk vond.' Ze zette het kopje met het rozenpatroon op het schoteltje neer. 'Ik ben vastbesloten er een succes van te maken. Vooral nu ik weet hoe belangrijk het is dat dit boerenbedrijf na Amy's overlijden wordt voortgezet.' Ze fronste haar wenkbrauwen. 'Al zal dat vast nog jaren duren.' Ze vroeg zich af hoe Amy in vredesnaam het verzorgingshuis kon betalen zonder de boerderij te verkopen.

Mevrouw Brown leek haar gedachten te lezen. 'Dat verzorgingshuis is vast niet goedkoop.'

'Amy heeft een halfjaar vooruitbetaald,' zei Fran. Ze hoopte maar dat dat geen geheime informatie was. 'Met een beetje geluk heb ik tegen die tijd alles op een rijtje.'

Mevrouw Brown leek daar haar bedenkingen over te hebben. 'Daar is meer voor nodig dan geluk, en voor jou als stadse zal het niet makkelijk zijn. Gelukkig heb je een prima veehoeder.'

'O ja? Wat weet u over hem?'

'Best veel. Hij is mijn zoon.'

'Lieve hemel!' zei Fran. Mevrouw Brown was echt iemand die zich niet in de kaart liet kijken.

'Amy vindt hem geweldig,' ging de moeder van de veehoeder door.

Fran nam een slokje thee. 'Ik ken haar nog niet zo goed, maar ik durf te wedden dat ze een mensenkenner is.'

Mevrouw Brown ontspande een beetje. 'Dat klopt.'

'En u blijft in de buurt? Kan ik u om advies vragen?' Fran wist uit ervaring dat de kans groter was dat mensen aardig waren als je ze om advies vroeg. Dat vonden ze fijn.

'Niet zo veel als toen Amy hier nog was. Daar zorgde ik wel voor, anders had ze het nooit gered. Nu moet ik voor mijn zus zorgen, en die woont niet in de buurt.'

'O. Misschien kan ik u dan beter nu meteen vragen wat ik moet weten!' Fran voelde zich een beetje wanhopig en dat klonk door in haar stem.

'Steek van wal.'

Hoewel mevrouw Browns gezichtsuitdrukking niet bemoedigend was, wist Fran vrij zeker dat ze het antwoord wist op de vraag die haar niet losliet. 'Kunt u me iets over mijn buurman vertellen? Wat is er mis met hem? Amy wilde het me net vertellen toen ze in slaap viel.'

Issi schonk mevrouw Browns kopje nog eens vol, en Fran bood haar een zandkoekje aan. Mevrouw Brown nam een slok, een hap en haalde toen diep adem. 'Nou... het is allemaal terug te voeren op zijn vader. Nee, zijn grootvader.'

Er trok een rilling van opwinding door Fran heen bij het vooruitzicht dat er sappige roddels gedeeld zouden worden.

'Amy heeft het me nooit met zo veel woorden verteld, maar wanneer ze over hem praatte, kreeg ik sterk de indruk dat er een bepaalde verstandhouding bestond tussen haar en de oude meneer Arlingham.' Toen ze Fran en Issi verbaasd zag kijken, legde ze uit: 'Je weet wel, een romantische.'

'Aha!' zei Fran, die het nu snapte.

'Hoe dan ook, het liep op niets uit.' Ze hield even stil voor het theatrale effect. Misschien genoot ze wel van de onverdeelde aandacht van de twee jongere vrouwen. 'Hoewel ik niet weet wat er is gebeurd, had het wel iets met de grond te maken. Misschien vermoedde ze dat de oude meneer Arlingham haar alleen wilde om de boerderij in handen te krijgen. Ik weet niet of je het op een plattegrond hebt gezien, maar Hill Top Farm steekt als een duimnagel in het land van Park House Farm, dat van de Arlinghams is. Volgens mij heeft het de Arlinghams altijd dwarsgezeten dat ze dit hele stuk van de vallei niet in bezit hebben.'

Fran schonk mevrouw Browns theekopje nog eens vol, bang als ze was dat de stroom nuttige informatie zou opdrogen.

Mevrouw Brown nam nog een zandkoekje en ging door. 'Ik weet dat de jonge meneer Arlingham, Antony, een paar jaar geleden bij Amy is langsgegaan. Destijds was ik toevallig in het huis aan het werk. Ze verwelkomde hem bij binnenkomst, maar hij vertrok met een gezicht dat op zeven dagen onweer stond. Hij had haar ook tegen de haren in gestreken. Hoewel ze niet in detail trad, wilde hij volgens mij de boerderij kopen.'

Fran beet even op haar lip. 'Ze had niemand om de boerderij aan na te laten. Waarom wilde ze haar bedrijf dan niet verkopen? Het kan immers goed zijn dat ze het geld nodig heeft om in het verzorgingshuis te kunnen blijven.'

'Waar ze zo van streek van was, was wat hij met de grond wilde doen,' legde mevrouw Brown uit.

'Wat dan?' vroeg Issi.

'Dat weet ik niet,' antwoordde mevrouw Brown. 'Misschien iets met bio-industrie, of vogels kweken voor de jacht, of misschien een plek maken om met motoren te crossen. Amy zou haar dierbare koeien nooit verkopen om plaats te maken voor motoren.'

'Nee, dat zou vreselijk zijn,' zei Fran, al was ze niet zo ontzet als ze vond dat ze zou moeten zijn. 'Amy had het over wijngaarden.'

'Wat het ook is,' zei mevrouw Brown, 'dit land is nog nooit omgeploegd, zelfs niet in de oorlog. Helemaal nooit. Daardoor is het heel speciaal.'

'Jeetje!' zei Issi. 'Dat kom je bijna nooit meer tegen. Geen wonder dat Amy niet wil dat het ergens anders voor wordt gebruikt. Wat een afschuwelijk idee!' Ze was even stil en voelde zich blijkbaar verplicht haar vurigheid toe te lichten. 'Ik ben bezig met een proefschrift over landbescherming. Er is minder dan twee procent van dit soort grond over in Engeland. Het moet koste wat kost bewaard blijven.'

'Ik dacht dat iedereen in de oorlog moest "ploegen voor de overwinning",' zei Fran.

'De velden hier zijn te klein en te steil om om te ploegen,' zei mevrouw Brown trots. 'Dat maakt deze boerderij uniek. Zorg dus dat je niets te maken krijgt met meneer Antony Arlingham, onder geen enkele voorwaarde!'

'Daar zal ik voor zorgen,' zei Fran, die zich nu veel beter op de hoogte van de situatie voelde.

'Iemand die velden die nog nooit zijn omgeploegd wil veranderen in een motorcrossbaan, gaat ver over de schreef!' zei Issi vol vuur. 'Dat zou heiligschennis zijn.'

'Dat is het juiste woord,' zei mevrouw Brown tevreden. 'Heiligschennis.' Ze stond op. 'Ik zal mijn nummer achterlaten voor het geval je nog meer informatie over de boerderij nodig hebt, al verwacht ik dat je je prima zult redden.'

'Dat hoop ik wel,' zei Fran, die zelf niet overtuigd was.

'Dat waren trouwens erg lekkere zandkoekjes,' zei mevrouw Brown.

'Ik zal de rest inpakken, dan kunt u ze meenemen,' zei Fran. Voordat mevrouw Brown het aanbod kon afslaan, snelde ze de keuken in. Ze voelde dat ze mevrouw Brown aan haar kant moest houden.

Nadat mevrouw Brown haar jas en laarzen had teruggekregen en ze met zo veel gedweep als Fran dacht dat ze allemaal konden verdragen uitgeleide was gedaan, keek ze Issi aan. 'Kom, dan trekken we onze laarzen aan en gaan we de boerderij verkennen. Ik moet weten wat me te wachten staat. En ja, ik weet dat het nog steeds regent.'

'Voel je je een beetje overweldigd?' vroeg Issi.

'Hm. Ik ben vast van plan het te doen, maar het blijft natuurlijk een enorme klus.'

'Dat is het zeker,' beaamde Issi. 'Maar als iemand het kan, ben jij het.'

Fran reikte Issi haar parka aan. 'Dank je, Is. Het zou veel makkelijker zijn als je morgen niet naar huis hoefde. Maar als jij in mij gelooft, lijkt het haalbaar. Wil je me even mijn laarzen aangeven?'

Terwijl ze via de achterdeur naar buiten liepen, zei Issi: 'Ik verwacht niet dat dit erf ooit trendy regenlaarzen heeft gezien.'

Fran keek naar haar voeten. 'Misschien kan ik beter echte boerenlaarzen aanschaffen.'

'Pas als deze versleten zijn,' zei Issi.

'Inderdaad. Ik heb alleen die duizend pond van Amy om van te leven en de boerderij van te runnen. Meer is er niet, op een beetje geld van mezelf na.'

Ze liepen het kleine, omheinde erf af dat Fran in haar hoofd al had aangekleed met bloemen en decoratieve spullen. Nu kon ze de bijgebouwen eens goed bekijken. Ze tuurden door de vuile ramen.

'De gebouwen lijken in vrij goede staat,' merkte Issi op, 'maar er is al jaren niets meer in gedaan.'

Fran probeerde een deur, die opengíng. 'Tjokvol met spullen,' zei ze na een paar tellen. 'Als ik het erf inderdaad ga opdirken, durf ik te wedden dat alles wat ik als decoratie zou willen hebben hier te vinden is.'

'Wat is dat?' vroeg Issi, die naar iets wees wat eruitzag als een soort pers. 'Denk je dat het voor cider is?'

'Zo ja, dan verklaart het waarom hij al jaren niet is gebruikt,' zei Fran. 'De verpleegkundige in het verzorgingshuis vertelde me dat Amy overtuigd geheelonthouder is.'

'Kijk eens wat een prachtige weegschaal!' zei Issi. 'Fascinerend.'

'Laten we niet afdwalen,' zei Fran. 'Ik wil echt Tig even zien voordat ie verdwenen is.'

'Goed idee,' zei Issi. 'Dit spul kan immers wachten.'

Ze liepen door de poort het erf af en het korte laantje in naar de koeienstal. Fran zocht Tig, want ze wilde zich graag voorstellen, maar behalve de koeien was er niemand.

'We zijn hem misgelopen,' verzuchtte ze.

'Misschien treffen we hem later nog,' zei Issi. 'We kunnen ons alvast voorstellen aan deze aristocratische koeien met hun geweldige stamboom.'

Aarzelend keek Fran naar de dieren in de grote, kille stal, die kauwend naar haar keken. Ze waren reusachtig en hadden hoorns.

'Je kunt wel raden wat ze nu denken,' zei ze. 'Dat we twee echte stadse meiden zijn met maffe laarzen aan.'

'Ze zijn wel prachtig, hè?' zei Issi. 'Mooi hoe dat rood en wit zich mengt. Zou je dat nou "bont" noemen?'

'Het zijn Dairy Shorthorns,' zei Fran. 'Dat heeft Amy me verteld. Ik moet ze straks maar even googelen. Eens zien wat ik erover kan vinden.'

'Dat zal moeilijk gaan,' zei Issi. 'Er lijkt geen internetverbinding te zijn op de boerderij. Ik heb het geprobeerd toen jij bij je tante langsging.'

Het idee zonder internetverbinding te zitten gaf Fran een naar gevoel. 'O jee. Nou ja, dan moet ik daar snel achteraan. Kom, we lopen verder. Volgens mij regent het niet zo hard meer.'

'Echt niet?' vroeg Issi, die duidelijk niet overtuigd was.

Ze hadden een halfuur gelopen en stonden boven aan een wei die omlaag liep naar een beekje. Achter de wei stond een rij bomen, daarachter waren nog meer bomen en heuvels, dan de rivier en daarachter de bergen van Wales.

'Ik weet dat ik nu slaapverwekkend klink,' zei Issi, 'maar volgens mij is dit de mooiste plek op aarde. Het uitzicht vanuit het huis is prachtig, maar hierboven is het nog veel mooier.'

'Dat hebben we allebei al een paar keer gezegd, en we hebben gelijk,' zei Fran instemmend. 'Het is hier echt mooi. Dat iemand het in zijn hoofd haalt dit prachtige gebied in een parcours voor crossmotoren of iets dergelijks te willen veranderen.' Een beweging bij de boerenhoeve trok haar aandacht. 'Kijk! Volgens mij is dat Tig. Kom, dan lopen we naar beneden om hallo te zeggen.'

Terwijl ze het modderige pad af liepen naar het huis en achterom gingen naar waar de koeien werden gehouden, voelde Fran zich zenuwachtig. Het was heel belangrijk dat ze met Tig door één deur kon. Als hij op haar neerkeek omdat ze een stadse was (en ze had het gevoel dat dat onvermijdelijk was) zou dit hele boerengebeuren nooit iets worden. Net als Amy was ze afhankelijk van hem, al had Amy in elk geval nog kennis en ervaring in huis. Zij, Fran, had niets. En hij kon, als het met deze boerderij misliep, altijd nog een andere baan zoeken.

'Hallo!' zei Fran, die hoopte dat ze niet overkwam als een al te enthousiaste labrador die zijn baas begroette. 'Ik ben Fran, Amy's... eh... familie van mevrouw Flowers.'

Tig knikte. Hij was jonger dan ze zich had voorgesteld en goed gekleed tegen het weer. Hij droeg net zo'n hoed als zijn moeder, alleen met een bredere rand. Een verweerde Barbourwaxjas was tot bovenaan dichtgeritst, hij had een waterdichte broek aan en zijn benen staken in modderige laarzen. Hij zag eruit als een echte veehoeder.

'Ik heb net je moeder ontmoet, en het is me een genoegen kennis met je te maken.' Ze stak hem haar hand toe. 'Dit is mijn vriendin Issi, die een paar dagen blijft om me te helpen settelen.' Nu ze dicht bij hem stond, viel haar op dat hij heel helderblauwe ogen had, alsof hij veel naar de lucht keek.

Weer knikte Tig.

'Ik zou graag willen dat je me alles over de koeien vertelt,' zei Fran. 'Ze zijn zo... zo mooi.' Dat was niet het woord waarnaar ze zocht, maar ze wilde heel graag dat Tig haar mocht. Nee, dat móést. Hoewel ze tegenover anderen meer dan genoeg charme en zelfvertrouwen had, was hij heel anders dan de mensen die ze tot nog toe had ontmoet.

Toen ze onverwacht het verweerde gezicht zag bewegen en rimpeltjes in de hoeken van zijn blauwe ogen zag verschijnen, besefte ze dat hij glimlachte.

Hij knikte. 'Ze zijn inderdaad mooi. Wat wil je over ze weten?'

Issi stond naast haar te rillen. Ze stonden allebei te blauwbekken in hun stadse kleren. Fran zou willen dat ze de juiste vragen wist. Ze glimlachte. 'Wat vind jij het allerbelangrijkste aan ze?'

Tig boog zijn hoofd. 'Deze kudde heeft een lange stamboom, langer dan de meeste kuddes. Dat is belangrijk. Ze geven goede, romige melk en zijn prima moeders.'

Verder vertelde hij haar nog over melkopbrengsten, hoeveel ze aten en het temperament van de afzonderlijke koeien.

Terwijl Fran stond te luisteren en haar voeten in ijsklompen veranderden, merkte ze met hoeveel passie hij van zijn koeien, de kudde, hield. Ook al zei hij het niet met zo veel woorden, het bleek uit de manier waarop hij naar ze keek, hun de namen en persoonlijke kenmerken vertelde, de onderlinge relaties beschreef en wie hun moeders en grootmoeders waren. Geen van de koeien zou ook maar een insectenbeet oplopen zonder dat Tig het zag en er iets aan deed.

Fran stelde een vraag die hopelijk intelligent was. 'Heb je – hebben we – hebben ze hoge veeartsrekeningen?'

Tig schudde zijn hoofd. 'Niet als het aan mij ligt.'

Dat was niet echt een antwoord op haar vraag.

'Ik moet nu naar binnen,' zei ze. 'Ik moet een telefoontje plegen. Tot morgen.'

Tig knikte en ging weer met zijn koeien bezig.

Het afscheid van Issi, de volgende ochtend op het station, viel zwaar. Ze ging terug naar Londen om haar studie voort te zetten. Het regende en was behoorlijk koud, waardoor het afscheid op de een of andere manier nog schrijnender leek.

Tijdens de rit hadden ze een heel positief gesprek gehad. Issi had gezegd dat Fran met Tigs hulp alles langzaam kon leren en erachter kon komen wat hij deed en waarom. Fran besefte dat dat waar was, en dat Amy de boerderij nooit aan haar zou hebben overgelaten als ze het gevoel had gehad dat Frans onwetendheid een probleem zou kunnen vormen. Met Issi erbij had het een avontuur geleken. Het idee dat ze nu alleen zou zijn op de boerderij, zonder internet en met alleen een vaste telefoonlijn als communicatiemiddel, was een beetje beangstigend. Maar goed, ze had een hele boekenkast vol oude romans gevonden. Als het haar allemaal te veel werd, boden boeken een heerlijke ontsnappingsmogelijkheid, wist ze.

'En ik kom natuurlijk zo vaak mogelijk terug,' zei Issi met klem, nadat ze Fran een dikke knuffel had gegeven. 'Ik vind het hier fantastisch. Nu ik weet hoe uniek het grasland is, zou ik het zelfs werk kunnen noemen! Bovendien ben ik niet de enige van je vrienden die zal komen. De boerderij wordt vast de plek waar iedereen in het weekend naartoe wil.'

'Hm, ik weet niet of ik wel een boel stadsmensen hier wil hebben die verwachten dat ik voor ze kook terwijl zij een beetje rondhangen en van het uitzicht genieten. Ik ben boerin en heb een bedrijf te runnen, weet je.'

Issi moest lachen. 'Je bent ook chef-kok en op gezelschap gesteld. Je zult dus vrienden moeten maken met de dorpelingen of je vrienden hier uitnodigen.'

Fran stelde zich haar vrienden uit Londen in deze ouderwetse plattelandsomgeving voor en besloot dat ze hen later zou uitnodigen, wanneer ze de boerderij had gemoderniseerd.

'Ik denk dat ik een dinerclub ga organiseren,' zei ze, alsof het een plan was en niet een idee dat zojuist bij haar was opgekomen. 'Mensen zijn vast nieuwsgierig naar Amy's huis.'

'Als ze tenminste het landweggetje door kunnen,' zei Issi. 'Maar goed, de dorpelingen hebben allemaal terreinwagens waar je overal mee komt.'

'Halverwege is er plaats om te parkeren. Ik begin nu echt enthousiast te worden over het idee.'

Na nog een stevige knuffel liet Fran Issi op het station achter, stapte in haar auto en reed naar huis. Tijdens de rit probeerde ze de belangrijke vragen te bedenken die ze Amy zou stellen wanneer ze haar de volgende keer zag. Voordat ze nog eens bij haar langsging, wilde ze dingen op papier zetten, zodat ze wat informatie kon inwinnen als Amy wakker was. Of de boerderij geld opbracht leek de belangrijkste vraag, en of er nog geld over was nadat Tig zijn salaris had gekregen en het vee was gevoerd.

Ze was zo in gedachten verzonken dat ze de afslag naar de boerderij miste. Ze reed de heuvel op over een weg die haar een heel eind van Hill Top Farm vandaan voerde. Omdat ze ervan overtuigd was dat ze de weg terug wel zou vinden, zolang ze maar voor het donker thuis was, bleef ze doorrijden. Ondanks de regen had ze zin om de omgeving te verkennen, en misschien vond ze wel ergens een plek waar haar telefoon bereik had.

Plotseling gingen de hoge heggen over in fraaie stenen muren. Fran besefte dat ze langs een heel duur pand reed. Hoewel het nu harder regende, was ze nieuwsgierig en wilde ze zien of er een herenhuis zou opdoemen. Dat gebeurde niet; wel een inrit met een groot elektrisch hek. De naam van het pand, Park House Farm, stond in een stuk steen gebeiteld. Het zag er allemaal nieuw en welvarend uit.

Fran besloot de inrit te gebruiken om te keren en zette de auto aan de kant van de weg om te zien of ze bereik had. Voordat ze haar telefoon tevoorschijn haalde, draaide ze het raampje open, zodat ze verkeer zou horen aankomen. Plotseling naderde een auto met grote snelheid over de weg. Hij schoot voorbij, veel te snel naar Frans mening, en reed door een grote plas. Water spoot door het raam naar binnen, waardoor de auto en zijzelf kletsnat raakten.

Fran schudde zich uit als een hond en gromde ook zo. Toen vloekte ze hardop en machteloos tegen de bestuurder, die inmiddels waarschijnlijk al kilometers ver weg was. Hoewel ze de auto niet goed had gezien, wist ze dat die groot en opzichtig was. Ze was er zeker van dat hij – ze had in een oogwenk gezien dat de bestuurder een man was – thuishoorde in het pand met de muren van Cotswolds-stenen en was er al net zo zeker van dat ze een hekel aan hem had. Tegen de tijd dat ze thuis aankwam en drijfnat naar binnen liep, wist ze zo goed als zeker dat het haar buurman was, aan wie Amy zo'n enorme hekel had en voor wie ze was gewaarschuwd.

Ze had het warm, deels van verontwaardiging, deels door het haastige bad dat ze nam. (Zodra ze zich er een kon veroorloven zou ze een douche installeren, besloot ze.)

Ze maakte warme chocolademelk voor zichzelf, stak de haard aan en plande ondertussen een afschuwelijk einde voor de bestuurder van de auto die Hill Top Farm wilde veranderen in een motorcrossbaan. Op de een of andere manier zou ze een fortuin vergaren, zijn boerderij opkopen en die veranderen in weidegrond voor zeldzame runderen. Dat was zijn verdiende loon!

Ze had net een bord pasta met chili-olie en knoflook voor zichzelf gemaakt en wilde ermee voor het vuur gaan zitten, toen er iemand op de deur klopte. Belangrijk detail: op de voordeur. Ze mocht dan voor praktisch honderd procent een stadse zijn, ze wist onderhand wel dat op het platteland niemand de voordeur gebruikte.

Ze zette haar bord neer en stond op van de bank. Moest ze de deur openen? Wie kwam er zo laat op de avond nog langs?

Terwijl ze wenste dat ze een hond had die haar kon beschermen, opende ze de deur. Er stond een lange man met regenspetters op zijn Barbour-jas in de deuropening, met regenlaarzen aan zijn voeten. Hoewel Tig ook laarzen droeg, zagen ze er volkomen anders uit, net zoals deze man en Tig allebei van het mannelijke geslacht waren, maar in de verste verte niet op elkaar leken.

Instinctief wist Fran wie hij was en dat ze hem niet mocht. En niemand wilde gekleed in pyjama, met pluizige pantoffels aan de voeten, een redelijk aantrekkelijke man ontmoeten, ook al was ze geheel bedekt.

'Ja?' zei ze.

'Eh... Ik kom mijn excuses aanbieden. Voor het natte pak dat ik je heb bezorgd. Ik ben Antony Arlingham.'

3

Met de deurklink nog in haar hand gaapte Fran de man aan. Honderden gedachten schoten door haar hoofd, maar de belangrijkste vraag was of ze veilig was. Tijdens haar werk in Londen – in pubs, achter voedselkramen op de mark, als chefkok bij mensen thuis – had ze veel mensenkennis opgedaan, en ze voelde instinctief aan dat ze niets te vrezen had. Maar haar verontwaardiging was er niet minder om. 'Hoe weet je in hemelsnaam waar ik woon?'

'Het was deels een gok. De kans dat een vreemde auto die keert op mijn oprijlaan uit de buurt komt is klein. Bovendien weet het hele dorp dat er een jong familielid van mevrouw Flowers op de boerderij is komen wonen.' Hij zweeg even. 'Zodra je opendeed wist ik het zeker, omdat je al zo vroeg in pyjama bent. Ik neem aan dat je net hebt gedoucht. Hopelijk was er genoeg heet water,' voegde hij er medelevend aan toe.

'Ik ben in bad geweest. Mijn… eh… tante heeft geen douche.'

'O.'

Fran zag dat hij aarzelde. Ze had de indruk dat hij gewend

was dat er naar hem werd geluisterd, en dat hij zich ongemakkelijk voelde met de situatie. Mooi, dan was ze niet de enige.

'De oprit verkeert in slechte staat,' ging hij door.

Ze slaakte een zucht. Alsof ze dat zelf nog niet had gezien. 'Dat weet ik.'

'Kan ik even binnenkomen? Dat praat wat makkelijker. Ik kan je dingen vertellen waarmee je je voordeel kunt doen.' Weer was hij even stil. 'Ik heb een fles wijn bij me.'

'Ik stond op het punt om te gaan eten...'

'Dan kom ik erbij zitten en kun jij een glas wijn drinken.'

Schoorvoetend deed ze de deur verder open. 'Oké.' Terwijl hij langs haar heen liep, zei ze: 'Loop maar vast door, dan pak ik de glazen. Ik neem aan dat je hier de weg weet.'

Fran besloot geen tijd te verdoen met zoeken in keukenkastjes en pakte de whiskyglazen die Issi en zij eerder hadden gebruikt. Terwijl ze vergeefs zocht naar een kurkentrekker, viel haar oog op de spaghettipan. Er zat zeker nog een portie in, aangezien ze als chef-kok de neiging had te veel eten klaar te maken. Ze kon onmogelijk gaan eten zonder hem op z'n minst aan te bieden mee te eten.

Ze liep terug naar de woonkamer. 'Ik hoop dat het een fles met schroefdop is, want ik kan geen kurkentrekker vinden. Heb je eigenlijk al gegeten?'

'Hopelijk vind je het niet erg dat ik de haard heb aangestoken.' Hij keek naar haar op. 'Ik heb een zakmes met kurkentrekker.'

'Heb je zin in pasta? Ik heb ruim voldoende voor twee.'

'Hm, ik heb inderdaad nog niet gegeten. Het ruikt heerlijk, dus ik zou wel gek zijn om je vriendelijke aanbod af te slaan.'

Ze had meteen spijt van haar gastvrijheid. Maar ze kon nu niet meer terug, net zomin als je een glimlach naar een verkeerde persoon kon terugnemen. 'Schenk jij de wijn in? Ik ben zo terug.'

Ze pakte haar volle bord pasta en liep ermee terug naar de keuken. Hoe had ze zo dom kunnen zijn? Ze had hem moeten bedanken voor de fles wijn en hem de deur moeten wijzen. Aan de andere kant, ze was trots op haar kookkunsten en wilde dat hij haar zag als een geduchte tegenstander in plaats van een meisje waar hij rakelings langs kon scheuren en dat zonder tegensputteren zou meegaan in zijn plannen voor de boerderij van mevrouw Flowers. Ze kieperde de onaangeraakte pasta terug in de pan en deed er nog een scheutje chili-olie bij. 'Dat zal je leren.'

Een kwartier later, nadat ze de kleine ronde eettafel in Amy's woonkamer snel had ontdaan van fotolijstjes met voornamelijk foto's van oude koeienrassen, zat Fran tegenover Antony Arlingham achter een bord pasta. Ze was tevreden met het resultaat. Het was de moeite waard geweest om een paar bijzondere ingrediënten mee te brengen. De boerderij was misschien niet perfect, het feit dat ze een goede maaltijd op tafel kon zetten maakte veel goed.

'Nou,' zei Antony, zijn glas heffend, 'dat je hier heel gelukkig mag worden.'

'Daar drink ik op.' Fran tikte met haar glas tegen het zijne. 'Tast toe. Ik hoop dat het niet te pittig voor je is.' Ze nam een hap, die ze snel doorslikte om te voorkomen dat hij haar aan een verhoor zou onderwerpen. 'Je bent dus mijn buurman. Vertel eens iets meer over jezelf? Is er een mevrouw Antony Arlingham?'

Hij schudde zijn hoofd. 'Die was er, maar onze wegen hebben zich gescheiden. En dat is maar beter ook. We hadden geen kinderen, dus het had veel erger kunnen zijn.' Hij keek haar aan. 'En jij? Heb jij man en kinderen?

Fran trok een wenkbrauw op. Het viel haar op dat hij interessante ogen had. Ze waren hazelnootbruin met goudkleurige spikkels, wat nogal ongebruikelijk was voor mensen met zulk donker haar. 'Je hebt vast al gehoord dat ik hier alleen woon.'

'Ik geef toe dat het hele dorp weet dat je een alleenstaande jongedame uit Londen bent. Niemand verwacht dat je het hier langer dan een maand uithoudt.'

'Is dat zo? Dus meisjes uit Londen zijn van suiker en smelten in de regen?'

'Ja, je smelt bij de eerste regen, kou of sneeuw.'

Opnieuw werd ze getroffen door zijn bijzondere ogen.

'Maar voor het zover is zal de oprit zonder terreinwagen onbegaanbaar zijn,' ging hij door.

Ze had de neiging te zeggen dat ze een terreinwagen had, maar was ervan overtuigd dat hij precies wist in wat voor auto ze reed. 'Dan zal ik mijn auto moeten inruilen.' Voordat hij iets kon zeggen, nam ze nog een hap van haar pasta.

'Het eten is heerlijk,' zei hij op verbaasde toon.

Fran haalde haar schouders op. 'Dat mag ook wel, want ik ben chef-kok.' Stiekem was ze blij dat het hem smaakte. 'De wijn is ook heel lekker.'

'Ik ben, onder andere, wijnimporteur, dus ook dat is niet zo gek.' Nu was het zijn beurt om zijn wenkbrauw op te trekken.

Fran haalde diep adem. 'Amy – mevrouw Flowers – heeft me voor je gewaarschuwd. Ze zei dat ik bij je uit de buurt moet blijven omdat je door en door slecht bent.' Zo sterk had haar tante zich niet uitgedrukt, maar Fran vond dat ze duidelijk moest zijn.

'Mevrouw Flowers heeft mijn bedoelingen verkeerd begrepen,' zei Antony, zichtbaar opgelucht dat de koetjes-en-kalfjesfase achter de rug was.

'O ja?' Fran liet haar twijfel doorschemeren. Amy was misschien een fragiele oude vrouw, maar ooit moest ze van wanten hebben geweten, anders had ze nooit jarenlang een boerderij in haar eentje kunnen runnen. Dus als haar tante Antony's motieven wantrouwde, deed zij dat ook.

'Ja, ze heeft nogal romantische ideeën over het boerenvak.'

'Is dat zo? Ze heeft de boerderij anders jarenlang met succes gerund.'

'Hoezo, met succes?'

Fran gaf niet meteen antwoord. Ze had automatisch aangenomen dat Amy ooit succesvol was geweest, en dat ze de boel pas sinds kort op zijn beloop had gelaten.

Antony legde zijn vork neer. 'Zodra je tijd hebt om de boeken in te duiken, zul je zien dat de boerderij al jaren met verlies draait. Vermoedelijk is het bedrijf zwaar overgefinancierd en trekt de bank binnenkort aan de bel.' Hij zweeg even om zijn woorden tot haar te laten doordringen. 'Ik had Amy aangeboden de boerderij te kopen. Dan zou ze de mogelijkheid hebben gehad haar schulden af te lossen en in het huis te blijven wonen. Maar daar wilde ze niets van weten. Uiteindelijk is ze opgenomen in een verzorgingshuis. Ik wil jou hetzelfde aanbod doen.'

'Het is niet aan mij om de boerderij te verkopen.'

'Jij zult het bedrijf uiteindelijk erven. Je zou hier kunnen blijven wonen en ondertussen een beetje kunnen boeren totdat Amy overlijdt, om daarna met het bedrag andere dingen te kunnen doen.'

Fran dacht vluchtig aan haar droom om ooit een eigen restaurant te beginnen, maar zette die gedachte meteen weer uit haar hoofd. De boerderij zou nooit genoeg opleveren om in Londen een culinair goudmijntje te kunnen openen. En al was dat wel zo, ze was niet van plan nu al op te geven; ze zou er alles aan doen om dit project tot een succes te maken. 'Dat is lang niet zeker. Ik zal de boerderij eerst draaiende moeten zien te houden.'

'Daar kan ik je bij helpen.'

Ze merkte dat ze hem aardig begon te vinden. Hij was aantrekkelijk, beleefd en de vriendelijkheid zelve. Niettemin weigerde ze de handdoek in de ring te gooien voordat ze er zelfs maar aan was begonnen. 'Dat geloof ik graag. Je bedoelt het vast goed, maar mevrouw Flowers heeft haar uiterste best gedaan om mij te vinden. Ik kan haar niet teleurstellen zonder het eerst te proberen. Natuurlijk zal het moeilijk zijn; ik weet niets van het boerenvak. Maar ik kan niet al in de eerste week opgeven.'

Het leek een eeuwigheid te duren voordat Antony iets zei. 'Dat respecteer ik. Ik denk dat het heel lastig voor je zal worden om een bedrijf te runnen waarvan je zo goed als niets weet. Zelfs boeren die al generaties lang in het vak zitten redden het soms niet, terwijl jij van nul af aan moet beginnen. Ik vind het heel dapper van je.' Hij glimlachte. 'Nogmaals, ik ben dus bereid je te helpen.'

Ze liet zich niet door zijn charmante glimlach inpakken. 'Waarom? Waarom zou je me willen helpen?'

'Omdat de boerderij niet levensvatbaar is. Zelfs met mijn hulp is het bedrijf niet te redden. Maar als je het liever eerst zelf probeert, even goede vrienden.'

'Dat is heel genereus van je,' zei Fran snuivend, 'om niet te zeggen betuttelend. Sorry, maar ik denk dat ik me zonder jouw hulp uitstekend zal redden.' Dat dacht ze helemaal niet, en hij evenmin, wist ze.

Hij lachte. 'Zo mag ik het horen!'

Terwijl ze hun pasta opaten en de helft van de fles wijn opdronken, bleken ze verrassend veel gespreksstof te hebben. Haar aanbod om koffie te zetten sloeg hij echter af.

'Nee, dank je. Ik moet nu echt gaan.' Hij dacht even na. 'Ik heb vrijdag een etentje. Heb je misschien zin om mee te gaan? Ik kan het aan de gastvrouw vragen. Ik weet zeker dat ze het ontzettend leuk zal vinden als je komt.'

'Waarom?' vroeg Fran een tikje achterdochtig.

'Dit is het platteland! Dorpelingen zijn geïnteresseerd in

nieuwkomers, en al helemaal als het om een nicht van Amy Flowers gaat, of wat je ook van haar bent.'

'Dus ik ben hier een curiositeit.'

'Jazeker.'

Ze schudde haar hoofd in een poging haar geamuseerdheid te verbergen. 'Klinkt aantrekkelijk.'

'Dus je gaat mee? Het is een mooie kans om mensen uit de omgeving te ontmoeten.' Toen ze niets zei, vervolgde hij: 'Je neemt zonder ervaring een boerderij over, maar bent bang voor een paar nieuwsgierige dorpelingen? Dat kan ik me niet voorstellen.'

Die uitdaging móést ze wel aangaan. 'Goed dan. Wat is de dresscode?'

'Warm. Een beetje netjes, maar vooral warm. Het huis is allesbehalve goed verwarmd.'

'Prima.'

'Dan kom ik je vrijdag om zeven uur ophalen.'

'Top,' zei Fran. Ze vermoedde dat het een passende reactie voor een Cotswolder was.

'O ja, nog één ding. Hoe is de internetverbinding hier? Heb je een goede ontvangst?'

Fran slaakte een zucht. 'Je weet donders goed dat Amy nog nooit op het internet is geweest.'

'Heb je een laptop?'

'Ja, en die komt hier uitstekend van pas.'

'Als je wilt, kan ik wel proberen of je vanaf hier kunt meeliften op mijn internet. Ik heb een versterker omdat ik ook in de bijgebouwen toegang tot internet wil.'

Fran stond op om haar laptop te pakken. Het liefst had ze zijn voorstel afgeslagen, maar een internetverbinding zou haar leven een stuk makkelijker en aangenamer maken.

Antony opende de klep van de laptop en begon te tikken. Na een poosje zei hij: 'Kijk, we zitten dicht genoeg bij elkaar. Ik zal mijn wachtwoord voor je opschrijven.' Hij pakte een visitekaartje en schreef het op de achterkant.

Ze slikte haar trots in. 'Dat is heel aardig van je.'

'Ik snap dat je loyaal wilt zijn naar Amy, en dat je mijn motieven wantrouwt, maar als je mijn hulp afslaat, wordt het nog zwaarder voor je dan het al is. Je zit hier vast op een slecht renderende boerderij. Ik voel me geruster als ik weet dat je online kunt.'

Fran zei niets. Ze wilde tegenwerpen dat het heel goed ging met de boerderij. Ze wist alleen niet of dat het geval was. Bovendien had ze niet het gevoel dat ze 'vastzat'. Ze woonde op een prachtige plek. Aan de andere kant voelde ze zich 's avonds wel wat geïsoleerd en alleen. Het zou fijn zijn als ze kon e-mailen, en misschien wel kon skypen.

Zonder op haar reactie te wachten reikte hij haar het visitekaartje aan en stopte zijn pen weg. 'Zo, nu weet je meteen ook hoe je me kunt bereiken. Je mag me altijd bellen.'

'Ik zal je mijn vaste nummer geven. Mijn mobiele nummer mag je ook hebben, maar ik denk niet dat ik hier bereik heb.'

Hij glimlachte. 'Geef het toch maar.' Hij pakte weer een visitekaartje en reikte het haar samen met zijn pen aan. Nadat ze de telefoonnummers op de achterkant had geschreven, liet hij het kaartje in zijn borstzak glijden. 'Nu ga ik ervandoor. Tot vrijdag.'

Fran besloot dat het afruimen van de tafel wel kon wachten en ging meteen online om Issi te mailen. Nu ze internet had, leek alles mogelijk. Ze googelde op tweedehands terreinwagens en eventuele kosten van het repareren van de oprit. Ze kwam tot de conclusie dat het waarschijnlijk goedkoper was om een tractor aan te schaffen waarmee ze bij het huis kon komen. Even overwoog ze er een te kopen, maar ze zette die gedachte meteen weer uit haar hoofd. De boerderij had vast al een tractor, en ze zag zich al parkeren bij Sainsbury! Nee, er zat niets anders op dan een betere auto te kopen. Hopelijk hoefde ze er geen lening voor af te sluiten bij de bank of bij haar ouders aan te kloppen. Dat zou ze alleen in uiterste nood doen.

Bij de gedachte aan haar ouders ging er een steek van heimwee door haar heen. Ze mailde haar moeder om te zeggen dat ze snel zou bellen. Daarna vulde ze een warmwaterkruik, voor zowel warmte als gezelschap, en maakte zich klaar voor de nacht.

4

De volgende morgen werd Fran wakker van het geluid van druppelend water. Nooit een goede manier om de dag mee te beginnen. Ze stond op, stak haar voeten in haar veel te luchtige pantoffels, trok haar kamerjas aan en ging op zoek naar de oorzaak. Tot haar opluchting bleek het geluid uit de dakgoot bij haar slaapkamer te komen. Ze liep naar de keuken terwijl ze in gedachten 'dakgoten schoonmaken' aan haar lijst van taken toevoegde.

Terwijl ze haar toast at, keek ze naar de stromende regen buiten. Gelukkig had ze internet, en meer dan genoeg te doen. Rillend besefte ze dat het sinds haar aankomst bijna onophoudelijk had geregend. Als ze deze dag kon doorkomen zonder naar buiten te hoeven, zou dat een goede zaak zijn. Ze moest hoe dan ook de financiële toestand van de boerderij onder de loep nemen. Dit was een goede dag ervoor.

Maar toen ze Amy's recentste kasboeken had bekeken, die in tegenstelling tot de vele jaren ervoor niet erg netjes of precies waren, leek een wandeling in de stromende regen zonder regenkleding zo erg nog niet. Kou en nattigheid waren in elk geval van tijdelijke aard. Zoals Antony haar had gewaarschuwd, stond Hill Top Farm er financieel niet al te best voor.

Er was een prikker met betaalde rekeningen, en een schrift met harde kaft waarin enkele melkinkomsten stonden genoteerd, die in eerdere jaren netjes en secuur in een ringband waren bijgehouden. De inkomsten waren niet genoeg om de rekeningen van het veevoer te betalen. Hopelijk was niet alles wat er werd verdiend genoteerd, want waarvan was de leverancier anders betaald? Er zat geen logica in. Er waren diverse losse blaadjes met berekeningen. Op een ervan stond *Bank, 14.30 uur* geschreven, wat suggereerde dat Amy een afspraak bij de bank had gehad, mogelijk om een lening af te sluiten. Het leek er verdorie op dat die Antony Arlingham gelijk had. De boerderij was een financiële puinhoop.

Ze kon geen recente rekeningafschriften vinden, dus ze wist niet of Amy rood stond of misschien wel een enorme lening had uitstaan. Maar hoe had Amy anders het verzorgingshuis voor zes maanden vooruit kunnen betalen? En de salarissen van Tig en de melkers? Er waren te veel onduidelijkheden. Fran maakte een lijst van vragen voor Amy. Ze nam zich voor die direct bij aankomst te stellen, voordat Amy in slaap kon vallen.

Ze was nog steeds met de lijst bezig, toen de telefoon ging. Het duurde even voordat ze het geluid herkende, want het was jaren geleden dat ze met een vaste lijn had gebeld. Ze nam de ouderwetse hoorn van de haak. Wat leek die zwaar.

Tien minuten later hing ze op. Het was geen opwekkend gesprek geweest. De man van de melkcoöperatie had haar meegedeeld dat de melkwagen deze dag niet zou komen omdat de oprit door de regen onbegaanbaar was. En als ze de oprit niet heel snel liet repareren, had hij eraan toegevoegd, zou de wagen de boerderij niet eens meer proberen te bereiken. Hoewel mevrouw Flowers al jarenlang een graag gezien en gerespecteerd lid van de coöperatie was, stond haar bijdrage niet in verhouding met de moeite die ze opleverde.

Na een kort pleidooi had Fran de man overgehaald om de boerderij uitstel te verlenen, met de belofte dat ze de weg snel zou laten repareren. Zodra het ophield met regenen, zou de melkwagen toch proberen voor te rijden. Aan het einde van het gesprek had ze gevraagd: 'En wat moet ik met de melk doen als die niet opgehaald kan worden?'

'Hetzelfde wat de oude dame deed. Weggooien,' had het antwoord geluid.

Ontzet had Fran de regenkleding die Amy had achtergelaten aangetrokken. Uitgerust in regenbroek, -jas, -hoed en haar eigen laarzen (die van Amy waren haar helaas te klein) liep ze het erf op om met Tig te gaan praten.

Ze vond hem in de schuur, waar hij de melkmachine stond te steriliseren. Te ontdaan om tijd aan koetjes en kalfjes te verspillen zei ze: 'Tig! Is het waar dat Amy de melk weggooide als de melkwagen niet bij de boerderij kon komen?'

Hij gaf een kort knikje, ten teken dat hij blij was haar te zien. 'Ja.'

'Vandaag kan de wagen trouwens ook niet komen.'

Hij knikte, alsof dat vanzelfsprekend was. 'Dus ik moet de melk laten weglopen? En komen ze morgen wel?' Zijn uitdrukking was bezorgd, maar niet verrast. Hij had een vriendelijk gezicht, besloot ze.

'Ik weet eerlijk gezegd niet wanneer ze komen. Dat hangt van het weer af. Het komt erop neer dat ze eisen dat ik de oprit laat repareren.'

'Dat zal duur zijn.'

'Ik weet het. Overigens vind ik het een ondraaglijk idee om al die melk te verspillen. Hebben we emmers?'

'Ja.'

'Zijn ze hygiënisch genoeg? Ik bedoel, kan ik er een aantal steriliseren? Ik wil kijken of ik kaas kan maken of zoiets.'

‘Er staat een kaaspers in een van de bijgebouwen op het erf.’

Fran besefte dat wat Issi en zij hadden aangezien voor een ciderpers in feite een kaaspers was. Ze knikte.

‘Maar harde kaas maken is tijdrovend, en de kaas moet ook nog rijpen,’ vervolgde Tig. ‘Mijn moeder weet precies hoe het moet, als u interesse hebt.’

‘Ik wist al dat het rijpen eeuwig duurt, en ik zou dolgraag een keer met je moeder praten over hoe je harde kaas maakt. Maar voorlopig zijn er nog andere soorten die ik sneller kan maken in de keuken.’ Ze was vrij zeker van haar zaak. Als kok in Londen had ze ooit liters zure melk moeten verwerken, omdat de koelkast kapot was gegaan. Ongetwijfeld was roomkaas niet de enige kaassoort die je thuis kon maken. ‘Hoeveel emmers kun je me bezorgen? Het zal me waarschijnlijk niet lukken alle melk te gebruiken, dus een deel zullen we moeten weggooien, maar de boerderij kan zich niet veroorloven melk te verspillen. Het is het enige product dat we op dit moment leveren.’

‘Er staan nog meer spullen in de oude melkerij. Die is ook verderop op het erf. Kijkt u maar wat u daar kunt vinden en laat me weten wat u gesteriliseerd wilt hebben, dan zorg ik ervoor.’

‘Dat zou heel aardig van je zijn!’

Tig haalde zijn schouders op. ‘De boerderij staat er slecht voor, mevrouw. Ik ben blij als u iets kunt doen om de veestapel in stand te houden.’

Even overwoog Fran om Tig te vragen of hij wist of Amy een lening had afgesloten, of hoe ze voor het verzorgingshuis had betaald. Maar dat zou oneerlijk zijn. Het was haar taak om de financiën van de boerderij te beheren en de zijne om de koeien te verzorgen. ‘Je hoeft geen “mevrouw” te zeggen, hoor,’ zei ze in plaats daarvan. ‘Noem me maar Fran.’

Bijna onmerkbaar schudde hij zijn hoofd. ‘Dat zou ongepast zijn, mevrouw. Aangezien u mijn baas bent en zo.’ Maar zijn ogen twinkelden.

Fran lachte zwakjes. 'Tig! Ik ben je baas niet. Ik weet niets van koeien. We moeten het samen rooien.'

Dit keer knikte hij met overtuiging. 'Klopt.'

'Oké, noem me hoe je wilt,' zei ze, 'zolang het maar niet onbeschoft is.' Ze glimlachte om duidelijk te maken dat het plagerig bedoeld was. 'Nou, dan ga ik de oude melkerij maar opzoeken. We moeten echt iets met deze melk doen.'

'Het zou makkelijker zijn als we nog varkens hadden.'

'Varkens? Hadden we varkens?'

Tig knikte. 'De oude dame heeft ze weggedaan, maar ze waren heel nuttig. We mengden de wei van de melk door hun voer. Daarmee mest je ze goed vet.'

Fran kreeg een ingeving. 'Als jij hier varkens wil houden, zouden die de wei en het melkoverschot kunnen krijgen. Maar op dit moment kan de boerderij zich de aanschaf van varkens nog niet veroorloven.'

Tig dacht na. 'Ik wil best een paar varkens kopen, als ik ze hier mag houden.'

'Natuurlijk mag dat! Dan moet jij voor ze zorgen, maar dat doe je toch wel.'

'Oké, dan regel ik dat.' Hij zweeg even en glimlachte toen. 'En nu ga ik weer aan het werk.'

Fran glimlachte terug. 'Bedankt, Tig. Je bent een enorme steun. Zonder jou zou het me allemaal niet lukken. En dan heb ik het niet alleen over de koeien.'

Het was moeilijk te zien, want Tigs gezicht was erg verweerd, maar Fran had de indruk dat hij bloosde.

De melkerij bleek een ware schatkamer. Zo te zien was de ruimte de laatste jaren een opslagplaats geworden, maar het gebouw zelf was in goede staat, met witgekalkte muren en een egale betonnen vloer.

Alles zat onder het stof, maar in een hoek van het vertrek

vond Fran een stapel prachtige aardewerken schalen – vermoedelijk ooit gebruikt om de melk af te romen – een boterkarner, en een verzameling metalen emmers waar paarse resten aan kleefden. Van zwarte bessen of bramen misschien. Amy had vast zelf wijn of jam gemaakt. Waarschijnlijk jam. Toen Fran in de keuken naar een kurkentrekker had gezocht, was ze diverse glazen potten met handgeschreven etiketten tegengekomen.

Voor het eerst die dag voelde Fran zich enigszins optimistisch. Als deze boerenonderneming gebaat was bij kookkunsten, kon ze zich tenminste nuttig maken.

Ze verzamelde de spullen die gesteriliseerd moesten worden en zette die klaar voor Tig. De aardewerken schalen droeg ze een voor een het huis binnen. Toen vulde ze de ouderwetse zinken gootsteen in de bijkeuken met water en begon te schrobben.

Later op de middag had Fran diverse emmers vol melk. Ze had ook een paar van de enorme ondiepe aardewerken schalen gevuld, in de hoop room te verkrijgen. Ze had het internet afgezocht en ontdekt dat ze veel producten van melk kon maken zonder speciale ingrediënten nodig te hebben. Room was er slechts een van. Hoewel ze popelde om met het kaasmaken te beginnen, zei haar gezond verstand dat ze het beste een dag kon wachten, tot de room was komen bovendrijven. Dus bedekte ze alle schalen en emmers met schone theedoeken (waarvan Amy een verbluffend grote voorraad had) en nam vervolgens haar laptop mee naar de woonkamer. Nadat ze de haard had aangemaakt en in een gemakkelijke stoel was gaan zitten, e-mailde ze Issi om haar op de hoogte te brengen van de ontwikkelingen op de boerderij, zich bewust dat ze een stuk vrolijker klonk – en was – dan de vorige avond. Hoera!

5

'Hallo! Je ziet er fantastisch uit!' zei Antony, toen Fran de vrijdag daarop de deur voor hem opende.

Bij het etentje waar hij haar mee naartoe nam wilde ze er niet te zeer uitzien als een stadse. Het was één ding het onderwerp van nieuwsgierigheid te zijn, maar ze wilde niet dat medegasten, zodra ze buiten gehoorsafstand was, zouden zeggen dat ze het nog geen vijf minuten op het platteland zou uithouden, vooral niet in de winter. Ze droeg haar nieuwste spijkerbroek, een trui met een v-hals die laag genoeg was om eruit te zien als avondkleding en een mooie sjaal. Haar doel was er casual, praktisch en een beetje sexy uit te zien.

Ze ging ervan uit dat Antony wel zou weten of het gebruikelijk was een fles wijn mee te brengen, maar ze wilde in elk geval iets meenemen. Ter voorbereiding had ze hem gemaild met de vraag of hij een koelbox had.

'Dank je,' zei ze monter. 'Heb je de koelbox meegebracht?'

'Ja. Waarvoor heb je hem nodig?'

'Ik heb wat presentjes voor onze gastvrouw.'

'Wat dan?'
'Zelfgemaakte kaas.'
'O!'

Zijn verbazing gaf haar een voldaan gevoel. 'Ik wilde als presentje iets meenemen wat ik zelf gemaakt heb. En mensen krijgen al zo vaak koekjes. Daarom dacht ik, ik neem kaas mee.' Ze glimlachte naar hem en hoopte dat hij zich niet zou afvragen waarom ze een melkoverschot had. Hij mocht niet weten dat het kwam doordat de oprit naar de boerderij onbegaanbaar was voor de melkwagen en dat ze de melk zou moeten weggooien als ze er geen kaas van maakte.

Het huis waar het etentje werd gehouden was niet al te ver weg. Fran hoopte dat ze de gastvrouw leuk zou vinden. Nu Issi in Londen zat, begon ze zich een beetje eenzaam te voelen. Hoewel ze de afgelopen paar dagen druk was geweest met haar kaasproject, had ze echt een paar vrienden nodig die in de buurt woonden.

Toen ze de oprijlaan naar het huis opreden (die opvallend vlak was, viel haar op), zei ze: 'Wat zijn Caroline en Julian voor mensen? Denk je dat ik met ze kan opschieten?'

'Ik ken je niet echt goed genoeg om dat te kunnen zeggen, maar ze zijn aardig relaxed. Het is een klein etentje, met hooguit acht mensen.'

'Best een hoop auto's voor acht mensen,' zei Fran bij aankomst.

'Hm,' zei Antony, die waarschijnlijk de laatste parkeerplek vond. 'Ik wist niet dat we aan de late kant waren. Kennelijk zijn we de laatsten.'

De deur werd geopend door een vrouw met een met bloem bedekt schort voor en een dappere glimlach op haar gezicht. Ze zag er allesbehalve relaxed uit. Haar man verscheen een paar tellen later.

'Hallo, Antony,' zei de vrouw, van wie Fran aannam dat ze

Caroline was. 'Jij bent vast Fran. Kom binnen! Ik neem jullie jas wel aan. Je kunt hem best uittrekken, hoor. De houtkachel staat al de hele dag te branden.' Ze omhelsde hen beiden.

'Heel aardig van jullie dat jullie me hebben uitgenodigd,' zei Fran. 'Ik heb een klein presentje meegebracht. Het zit in de koelbox.'

'Zo klein is het dan vast niet,' zei Julian. 'Dat is een grote box.'

'Het is echt iets kleins,' zei Fran resoluut, 'en pak het nu maar niet uit hoor. Zet het maar in de keuken neer, voor later. Het is eetbaar.'

'In haar vorige leven was Fran chef-kok,' legde Antony uit.

'En nu ben ik boerin,' zei ze, terwijl ze hem een donkere blik toewierp.

'Kom binnen en neem iets te drinken, voordat jullie sterven van de dorst,' zei Julian. 'Hier, gooi je jas maar bij de andere op die bank.'

De stapel jassen vertegenwoordigde veel meer dan acht gasten, besefte Fran, zelfs als Carolines en Julians jassen er ook bij lagen.

Ze werden een kamer vol mensen in geloodst. De moed zonk Fran een beetje in de schoenen. Blijkbaar hadden alle dorpelingen Caroline en Julian overgehaald ze een glimp te laten opvangen van de vrouw uit Londen die de boerderij van de oude Amy Flowers had overgenomen.

'O god, Julian, kun jij de voorstelronde doen?' vroeg Caroline, die gekweld klonk. 'Ik weet vast niet meer hoe iedereen heet en moet terug naar de keuken.'

Fran zou graag achter Caroline aan zijn gelopen, want in de keuken kon ze tenminste nuttig zijn. Hier zou ze alleen maar worden aangestaard.

Julian deed het goed met de voorstelronde; hij was niemands naam vergeten. Daarna zei hij: 'Belangrijker dan al die namen, wat willen jullie drinken?'

‘Julian maakt een fantastische gin-tonic, als je niet hoeft te rijden,’ opperde een vrouw – Poppy, herinnerde Fran zich.

‘Ik hoef niet te rijden,’ zei ze. ‘Een gin-tonic zou lekker zijn.’

Toen ze haar drankje had gekregen, waarvan ze bij het eerste slokje al moest beamen dat het inderdaad fantastisch was, en aardig sterk ook, loodste Poppy haar mee naar een groep vrouwen.

‘Je vindt ons vast doodeng,’ zei Poppy, ‘omdat we je allemaal zo graag willen zien. Maar we vinden het gewoon spannend om je te ontmoeten.’

‘Hier op het platteland hebben we niet veel vertier,’ zei een vrouw die iets ouder was dan Poppy, misschien ergens in de veertig. ‘Ik ben Erica, voor het geval je het was vergeten. Zelf zou ik het wel zijn vergeten. Eigenlijk vind ik dat mensen bij dit soort gelegenheden naamkaartjes moeten dragen.’

Fran moest lachen en voelde zich minder gespannen. ‘Dat zou het leven een stuk makkelijker maken. Gelukkig helpt de gin.’

‘Met een beetje alcohol lijkt het inderdaad allemaal wat minder eng,’ beaamde Erica. ‘Volgens mij heeft Caroline het bij een slokje wijn gehouden. Ze is het niet gewend voor zo veel mensen te koken. Ze had nee tegen ons moeten zeggen toen we allemaal smeekten om een uitnodiging, zodat we kennis konden maken met de nieuwkomer.’

‘Ik heb het gevoel dat ik haar moet gaan helpen,’ zei Fran. ‘Het boerengebeuren is nieuw voor me, maar ik kan wel koken. Misschien kan ik me nuttig maken.’

Poppy schudde haar hoofd. ‘Ze zou niet willen dat een professionele chef-kok ziet in welke staat haar keuken verkeert. Ze is geen nette kok.’

‘Ik begrijp het helemaal,’ zei Fran.

‘Je bent niet alleen het onderwerp van belangstelling omdat je vanuit Londen op een vervallen boerderij bent komen wonen,’ zei een vrouw die een beetje jonger was dan de anderen, en opvallend modieuzer gekleed, 'maar ook omdat je met Antony bent gekomen, onze enige eigen versie van Mr. Darcy!'

'Jij bent de enige single hier, Megan,' zei Erica. Ze klonk een beetje geïrriteerd. 'Je hebt wat Antony betreft niet bepaald veel concurrentie.'

'Fran is ook single, tenzij we allemaal verkeerd geïnformeerd zijn,' zei Megan.

'Antony heeft me alleen uitgenodigd omdat ik hier in de buurt nog niemand ken,' zei Fran. 'Het is geen date of zo.' Ze merkte dat Antony naar het gesprek luisterde en zag een zuur glimlachje. Snel nam ze nog een slokje van haar gin-tonic.

'En,' zei Megan, 'wat vind je tot nog toe van het plattelandsleven? Je hebt wel pech met het weer. Ik moet zeggen dat ik nooit uit de stad zou zijn weggegaan als ik een keus had gehad.'

'Je hád een keus,' zei Erica. 'Je wilde alleen het huis en de levensstijl niet opgeven.'

Megan haalde haar schouders op. 'Heb jij een prachtige flat in het beste deel van de stad opgegeven?' vroeg ze aan Fran, terwijl ze haar eens goed bekeek.

'Nee,' antwoordde Fran. 'Ik woonde boven de pub waar ik werkte, al was het wel in een goede buurt. Vrij dicht bij Covent Garden.'

'O, oké,' zei Megan. 'Wel een beetje een koerswijziging dus, je verhuizing hiernaartoe?'

'Ja, uiteraard, maar ik hou wel van een uitdaging,' zei Fran, die het gevoel had dat ze in een sollicitatiegesprek zat en elk moment iemand zou vragen: 'Waar zie je jezelf over vijf jaar?' Ze hoopte echt dat dat niet zou gebeuren, want ze had geen idee.

'Het erven van een mooie boerderij is natuurlijk een flinke drijfveer,' zei Megan.

'Ik kan echt niet geloven dat jullie dat allemaal weten,' zei Fran.

Megan trok haar wenkbrauwen op. 'Natuurlijk weten we dat! Dit is het platteland, iedereen weet hier alles. Als je het hier een jaar uithoudt, erf je de boerderij. Dat is een jaartje in de modder ruimschoots waard, zou ik denken.'

'Zo zit het niet helemaal...' begon Fran.

Antony liep naar hen toe. 'Volgens de Geneefse Conventies moet de ondervraging nu worden gestaakt,' zei hij met een verontrustend charmante glimlach. 'Waarom vertellen jullie Fran niet wat de beste plekken zijn om naartoe te gaan? De beste pubs en restaurants bijvoorbeeld, of misschien zelfs kappers.'

'Ik wil het liefst weten in welke restaurants en pubs je lekker kunt eten,' zei Fran.

'Er zijn een paar fijne pubs,' zei Erica. 'Helaas geen restaurants.'

'Waar ga je dan naartoe voor een romantisch avondje uit?' vroeg Fran.

'Naar het huis van iemand anders, waar een aantrekkelijke man is om mee te flirten,' zei Megan.

Fran begon te lachen, niet zozeer omdat ze geamuseerd was, maar omdat ze de aandacht van zichzelf wilde afleiden. 'Zoals hier, bedoel je?'

Megan knikte. 'Als je van retro-eten houdt.'

Caroline kwam de woonkamer weer binnen. 'Oké, allemaal, het eten is klaar. Julian, kun jij de mensen wijzen waar ze zitten?'

Fran zorgde dat ze haar drankje op had, voordat ze achter de anderen aan naar de eetkamer liep. Ze had het niet naar haar zin. Hoewel ze wel bepaalde informatie had opgedaan – ze wist dat ze Megan moest mijden, als het even kon – voelde ze zich ondanks de enorme gin-tonic niet op haar gemak.

Fran bleek rechts van haar gastheer te zitten, wat fijn was, want Julian was een makkelijke prater. Het viel haar op dat Megan naast Antony zat en zich breed maakte, zodat niemand anders bij hem kon komen.

Wat haar ook opviel, was dat geen van Carolines vrienden had aangeboden haar te helpen. Voor één persoon was het een hele klus om voor zo veel mensen te koken en eten op te dienen, en hoewel het menu eenvoudig was (wellicht geïnspireerd op de jaren zeventig: paté van gerookte haring met toast en vispastei), waren Caroline en Julian de enigen die met borden af en aan liepen.

Daarom excuseerde Fran zich zodra de vispastei was afgeruimd en liep achter de gastvrouw aan. Aangezien de gesprekken nu gingen over de plaatselijke scholen en hoe je met hoofdluis moest omgaan, was Fran maar wat blij dat ze Caroline in de keuken kon opzoeken.

'Hallo! Ik wil je echt niet in de weg lopen, hoor,' zei ze tegen Caroline, terwijl ze om zich heen het bewijs zag van een overbelaste kok met onvoldoende aanrechtruimte voor een etentje met zo veel gasten. 'Ik wilde je graag iets vertellen over de kaas. Voel je vooral niet verplicht hem op te dienen, als je niet van plan was een kaasplank te serveren. Of zelfs als je dat wel van plan was.' Ze glimlachte. 'Het zijn verschillende zachte kazen die ik zelf heb gemaakt.'

'Goh, dat dat kán!' Hoewel Caroline beleefd was, merkte Fran dat ze erg afgeleid was.

'Laat me je helpen!' Fran had vreselijk medelijden met haar. 'Het was heel aardig van je me uit te nodigen, en volgens mij waren er niet zo veel mensen gekomen als ze mij niet allemaal hadden willen bekijken.'

'Eerlijk gezegd ben ik een hopeloos geval. Ik heb het allemaal heel simpel gehouden, om het makkelijker te maken voor mezelf, en dan heb ik het nog verpest!'

Fran voelde dat, als Caroline haar beter had gekend, ze een krachtiger woord zou hebben gebruikt dan 'verpest'. 'O ja? Hoezo?'

'Het toetje is pruimentaart – een kindertoetje, met pruimen

uit de diepvries. Het zou een makkie moeten zijn. Ik was alleen vergeten dat ik ze met pit en al had ingevroren. Het kostte me een eeuw om die er allemaal uit te halen. Bovendien heb ik de slagroom veel te lang geklopt. Ik heb alleen kinderijs om erbij te serveren.'

'Nee hoor!' zei Fran. 'Ik bedoel, behalve de kaas heb ik ook wat room in de koelbox gedaan. Als dat niet genoeg is, is er ook nog mascarpone en ricotta.'

'Je bent een godsgeschenk!' zei Caroline, nadat ze een paar tellen sprakeloos was geweest. 'Eens kijken wat we hebben. Megan heeft chocolaatjes meegebracht die iemand haar eerst had gegeven. Dat kun je zien aan de uiterste verkoopdatum, die is overschreden.'

'Regel nummer een als je chocolaatjes doorgeeft,' zei Fran plechtig. 'Eerst de uiterste verkoopdatum checken.'

Caroline moest lachen. 'Waarom heb je dit allemaal gemaakt, als ik vragen mag?' zei ze even later, nadat verschillende bakjes waren geïnspecteerd. 'Wat een hoop kaas!'

Fran haalde haar schouders op. 'Ik had een heleboel melk. De oprit naar Hill Top Farm is zo slecht dat de melkwagen het spul niet kon ophalen. Het moest allemaal weggegooid worden, dus ben ik op YouTube gaan zoeken. Daar zag ik wat ik ervan kon maken.' Op de een of andere manier voelde het niet verkeerd om dat allemaal aan Caroline op te biechten. Haar keuken was een puinhoop, en ze had een warm hart. Ze was geen kritische hippe moeder zoals de meeste anderen leken te zijn.

'Wat slim van je!' Caroline was duidelijk onder de indruk. 'Ik had een hoop custard gemaakt en misschien wat melk ingevroren, maar ik zou nooit aan kaasmaken hebben gedacht.'

'Ik moest het op de een of andere manier gebruiken. Ik had echt liters en liters over.' Fran was blij dat ze met iemand over haar melkoverschot kon praten en al net zo blij dat Antony haar niet kon horen.

'Je moet hier een markt voor zoeken,' zei Caroline, die een lepel in de dikke, romige mascarpone stak. 'Hoe heb je deze gemaakt?'

'Mascarpone is het makkelijkst, je hebt er niet meer voor nodig dan melk, room en wat citroensap. Ik heb wat ze "korrels" noemen besteld, zodat ik kefir kan maken, gefermenteerde melk, maar dat wist je vast al. Gefermenteerd voedsel is heel populair. Voor een paar andere kazen heb ik op internet stremsel gekocht, dat gelukkig de volgende dag al aankwam, op tijd voor vanavond.'

'Hoe ga je je kaas verkopen? Ik zou proberen een kraam op de boerenmarkt te bemachtigen. Dan moet je alleen wel een eeuwigheid wachten tot er een plek vrij is, en er zijn allerlei wettelijke voorschriften aan verbonden. Maar als er een plek vrijkomt, zul je er waarschijnlijk wel voor in aanmerking komen.'

Fran had er al over nagedacht. 'Ik denk dat ik ermee naar Londen zal moeten. Daar heb ik contacten. Ik heb op aardig wat plekken gewerkt.'

'Het zou jammer zijn als producten uit de streek hier niet verkocht kunnen worden,' zei Caroline. 'Goed, ik ga dit op tafel zetten. Zou jij de taart willen meenemen? Dan pak ik het dienblad met de room en zo.'

Fran had geen tijd Caroline te vragen of ze haar mond wilde houden over de reden waarom ze kaas had gemaakt. Ze slaakte nog een zucht. Ze was het gewend problemen op te lossen, beslissingen te nemen en toekomstplannen te maken, alleen niet zonder iemand anders om ze mee te bespreken. Tot nog toe was Antony de enige met wie ze dat zou kunnen doen, maar hoewel ze hem mocht, beschouwde ze hem in haar hart nog steeds als de vijand.

'Hé,' zei Caroline, die het dienblad neerzette waarop nu mooie schaaltjes met de verschillende producten van Fran stonden. 'Fran heeft dit allemaal van Amy's melk gemaakt. Slim van haar, hè?'

‘Heel slim,’ zei een van de mannen. ‘Ben je van plan het te verkopen?’

Blijkbaar zou ze die vraag nog vaak krijgen. ‘Ik denk dat ik ermee naar Londen ga. Daar heb ik contacten.’

‘Ben je van plan regelmatig kaas te maken?’ vroeg Antony.

‘Het is een goed idee waarde aan de melk toe te voegen,’ zei ze. Het klonk zakelijk en verstandig, en was beter dan toe te moeten geven dat ze de melk anders moest weggooien.

‘Het heeft dus niets te maken met het feit dat Amy’s oprit niet begaanbaar is voor de melkwagen?’ vroeg Antony, die blijkbaar de ware reden voor het kaasmaken had geraden.

‘O god! Ik herinner me die weg nog,’ zei Megan. ‘Ik moest een keer iets bij haar afleveren. Wat een nachtmerrie.’ Even was ze stil. ‘Amy zat al in het verzorgingshuis. En aangezien ik er toch was, heb ik even rondgekeken. Prachtige locatie! Die boerderij is vast een fortuin waard,’ voegde ze eraan toe. ‘En dan al dat land…’

‘Het zal duur zijn die weg op te knappen,’ zei een man in een lichtroze kasjmieren trui.

‘Hoe duur?’

‘Moeilijk te zeggen. Misschien twintigduizend, misschien vijf. Ik kan wel een mannetje langs sturen om een schatting te maken, als je wilt.’

‘Misschien is het goedkoper om een auto te kopen die de weg aankan,’ zei Fran.

‘Daar kan ik je wel mee helpen,’ zei een andere man. In tegenstelling tot de man in de roze trui keek hij haar verlekkerd aan. Fran kon zich niet meer herinneren – als ze het überhaupt al had geweten – welke vrouw zijn echtgenote was. Ze had medelijden met haar.

‘Hoe krijg je je kaas in Londen, als je geen fatsoenlijke auto hebt?’ vroeg Megan. ‘Hoewel, ik neem aan dat Antony je er wel eentje zou kunnen lenen, als hij je er tenminste in wil laten rijden.’

'Ik heb best een goede auto, hoor,' zei Fran snel. 'Ik kan hem altijd onder aan de weg parkeren en de rest lopen.'

'Tjonge,' zei Antony, die room opschepte, 'dit ziet eruit alsof het wel een hartinfarct waard is.'

'Ik kan je wel aan een fatsoenlijke bestelbus helpen,' zei de man met de verlekkerde blik weer. 'Met vierwielaandrijving, en misschien zelfs met koeling.' Hij stak zijn hand in zijn zak en reikte Fran een kaartje aan. 'Neem contact met me op. Ik maak een mooie prijs voor je.'

Fran nam het kaartje aan, blij dat ze een spijkerbroek en dus een zak had. 'Ik denk niet dat ik een koelwagen nodig heb. Nog niet.'

De man keek haar geringschattend aan. 'Het is een dure zaak een verkeerde auto te kopen en hem dan te moeten inruilen.'

'Ik zal erover nadenken,' zei ze, en ze was blij dat iemand daarna van onderwerp veranderde.

Uiteindelijk begonnen mensen te mompelen over babysitters en maakten zich klaar om te vertrekken.

Toen Antony en zij naar huis gingen, kuste de man die Fran een auto wilde verkopen haar een beetje te hartelijk en zei nog eens dat ze contact met hem moest opnemen. 'Ik zal zorgen dat je een goede deal krijgt,' verzekerde hij haar.

Eenmaal buiten zei Antony: 'Koop geen auto van die man.'

'O? Is hij niet te vertrouwen?'

'Zelf zou ik ook niets van hem kopen. Ik zeg niet dat hij een bedrieger is, maar hij vraagt veel te veel geld voor zijn auto's en zal proberen je er een lening voor te laten afsluiten. En dat moet je altijd proberen te vermijden.'

'Ik denk niet dat ik veel keus heb. Hoe vervelend ook, ik moet wel praktisch blijven.'

'Ik moet zeggen dat ik erg onder de indruk was van je kaas. Zou je er wel mee naar Londen gaan om ze daar te verkopen?'

'Daar ken ik mensen die ze zouden kopen.'

‘Het getuigt van initiatief dat je iets met de melk hebt gedaan die anders verloren zou zijn gegaan.’

‘Ik ben blij dat het je goedkeuring kan wegdragen.’ Ze hoopte dat hij niet merkte hoe knorrig ze zich bij die goedkeuring voelde. Als ze de kaas had gemaakt omdat ze het een goed idee vond, was het prima geweest, maar ze had hem gemaakt omdat de oprit zo slecht was dat de melk niet kon worden opgehaald. En hoewel het minder was gaan regenen en het de melkwagen de vorige dag wel was gelukt bij de boerderij te komen, kon het elk moment weer misgaan.

‘Ik weet niet of je interesse hebt, maar ik ga zo’n twee keer per week naar Londen,’ zei Antony. ‘Als je een lift wilt, neem ik je zo mee. ’

Amy zou geringschattend haar neus optrekken en het aanbod beleefd afslaan, wist Fran. Zelf was ze moe en een beetje murw. ‘Dat zou wel eens handig kunnen zijn. Al heb ik nog steeds een terreinwagen nodig.

‘Ja, maar koop er niet overhaast een. En wat die oprit betreft: als je wilt, kan ik je het geld lenen voor een opknapbeurt.’

Zijn gulle aanbod overrompelde haar. Ze wist dat Amy het onder alle omstandigheden zou afslaan. Net als zij zou moeten doen. Ze haalde diep adem. ‘Dat is heel aardig van je, maar als ik kaas van de melk maak, hoeft de weg niet te worden opgeknapt.’

‘Jawel, en dat weet je zelf ook.’

Dat was zo. Het had geen zin te proberen de boerderij winstgevend te maken – als dat al mogelijk was – als mensen er niet konden komen.

‘Wat dacht je van die lift naar Londen?’ ging Antony door.

Dat was hulp die ze voor haar gevoel wel kon aannemen. ‘Op welke dag ga je?’

‘Volgende week ga ik drie keer, op maandag, woensdag en vrijdag.’

'Zullen we vrijdag afspreken?' zei Fran. Dan had ze tijd om bij Amy langs te gaan, meer kaas te maken en een beetje orde op zaken te stellen.

'Vrijdag is prima. Ik haal je op.'

'Ik wacht onder aan de weg op je, als je wilt,' zei Fran.

'Nee, dat hoeft niet,' zei hij. 'Als je gaat proberen je producten aan de man te brengen, neem je er vast wat van mee om mensen te laten proeven. Ik moet er wel bij zeggen dat ik tijdens de rit naar Londen altijd werk. Ik heb een chauffeur.'

'Dat geeft niet,' zei ze, deels opgelucht en deels beledigd. 'Dan hoeven we tenminste niet de hele rit beleefde gesprekken te voeren.'

'Of andersoortige gesprekken.'

Ze vermoedde dat hij haar uitlachte. 'Klonk dat onbeleefd?' vroeg ze. 'Ik hoop van niet.'

'Het klonk eerlijk, wat altijd prettig en ook nogal ongebruikelijk is.'

'Ongebruikelijk? Schotelen mensen je gewoonlijk een hoop leugens voor?'

Hij haalde zijn schouders op. 'Nou ja, leugens...'

'Meer wat uit het achtereind van koeien komt?'

Deze keer lachte hij hardop. 'Precies.'

Fran bleef een minuut of twee zwijgend zitten. Toen: 'Ben je multimiljonair? Omdat je een chauffeur hebt en zo?'

'Beslist niet. Je zou kunnen zeggen dat ik in goeden doen ben, maar dat maakt me nog geen duivelsgebroed, hoor.'

'Hm, in Amy's ogen zou je zelfs duivelsgebroed zijn als je geen rooie cent had, zoals ze vast zou zeggen.'

'Dat is waar. Amy denkt om allerlei andere redenen dat ik duivelsgebroed ben.'

Plotseling vond Fran dat heel deprimerend. Amy's afkeer van Antony zou altijd een probleem voor haar blijven. 'Ik zal haar vertellen hoe aardig je voor me bent geweest.'

'Niet doen. Ze zou niet willen dat ik aardig voor je ben. Ze wantrouwt mijn beweegredenen.'

'En doet ze er goed aan die te wantrouwen?' Ineens wantrouwde Fran ze zelf ook.

'Nee,' zei hij resoluut. 'Ik bied je alleen een lift aan. Niets bijzonders.' Hij klonk een beetje boos.

Fran vroeg zich af waarom.

6

Fran nam geen kaas mee naar het verzorgingshuis voor Amy. Ze wist dat oude mensen beter geen kaas van rauwe melk konden eten en wilde er niet van beschuldigd worden dat ze haar oude tante had geprobeerd om te brengen om haar erfenis voortijdig in handen te krijgen. Maar ze vertelde er wel over tijdens haar bezoek een paar dagen later. 'Amy? Ik heb kaas gemaakt van de melk.'

Amy leek die dag extra doof, dus zag Fran af van details.

'Kaas?' herhaalde Amy. 'Heb je de kaaspersen en spullen in het bijgebouw gevonden?'

'Dat wel, tenminste ik denk het een kaarspers en zo is, maar ik ben begonnen met zachte kaas.'

'Je kunt heerlijke cheddar maken van onze melk,' zei Amy. 'Vol smaak. Dat komt door het gras dat de koeien eten.'

'Dat weet ik! Die zachte kazen zijn allemaal verrukkelijk.'

Amy negeerde haar opmerking. 'Je kunt de kaas het beste in de kleine steengroeve laten rijpen,' zei ze. 'Na zes maanden of een jaar daar heb je de lekkerste pittigste cheddar die je ooit zult proeven.'

'O? Waar is die steengroeve dan?' vroeg Fran. Het klonk als nuttige informatie.

'Op de boerderij!' Amy's toon suggereerde dat het een domme vraag was. 'Francesca, lieverd, als je het niet erg vindt, is het nu tijd voor mijn middagdutje.'

Aangezien Amy om de haverklap onaangekondigd in slaap viel, voelde Fran zich gevleid om gewaarschuwd te worden. 'Kun je me voordat je wegdommelt nog vertellen waar die groeve precies is op de boerderij?'

Maar het was al te laat. Amy's ogen waren dichtgevallen, en haar borst bewoog zachtjes op en neer. Fran besloot om Tig naar de groeve te vragen, en zijn moeder – mevrouw Brown – op te zoeken om uit te vinden hoe ze harde kaas moest maken.

Tijdens de rit naar huis dacht ze aan de groeve. Ze wist dat kaas in grotten en mijnschachten werd gerijpt, maar een steengroeve? De kaas moest toch onder een afdak liggen? Voor zover Fran wist, lagen steengroeven onder de blote hemel.

Dankzij Tig, die nog een aantal karnvaten vond die hij schoonmaakte en steriliseerde, slaagde Fran erin alle melk te verbruiken op de dagen dat deze niet werd opgehaald. Het was hard werken, want ze kon maar kleine hoeveelheden kaas tegelijk maken, maar ze hield vol. Ze wist dat de melkcoöperatie het liefst helemaal geen melk meer van haar zou afnemen. Als ze voor die tijd een markt voor haar kaas had gevonden, kon ze zich misschien veroorloven personeel in te huren en spullen te kopen. Op dit moment bewaarde ze de kazen in de huishoudkoelkast, wat niet ideaal was. Ze had een aparte koeling nodig. Al was er een hoop melk nodig voor relatief weinig kaas.

Voor het kaasmaken zelf zou ze ook een aparte ruimte nodig hebben, die voldeed aan alle hygiëne- en gezondheidsvoorschriften, en echte sterilisatieapparatuur, en eventueel een koelwagen. De vraag hoe ze dat alles ooit zou moeten betalen, bezorgde haar hoofdpijn. Misschien moest ze aan de loterij meedoen.

De daaropvolgende vrijdag genoot Fran ervan om met Antony mee naar Londen te rijden. Omdat hij moest werken, kon zij voorin zitten naast Seb, de chauffeur. Seb was vriendelijk, maar weinig spraakzaam, dus kon ze uit het raam kijken en bedenken wat ze zou zeggen tegen de verschillende mensen met wie ze had afgesproken (onder wie Issi, met wie ze iets zou gaan drinken, waar ze zich erg op verheugde). In de kofferbak stonden een aantal chique koelboxen die Antony haar had geleend, waarin haar proefkazen zaten.

Toen ze in de buurt van Antony's kantoor in Mayfair aankwamen, zei hij: 'O, ik heb Seb trouwens vandaag niet nodig, dus als je wilt, kan hij je rondrijden.'

Fran was verrast. Ze had gepiekerd over hoe ze haar kazen moest vervoeren en had besloten taxi's te nemen. 'Echt waar? Maar heeft Seb daar wel zin in?'

'Ik vind het niet erg,' zei Seb.

Fran bestudeerde hem voor het eerst uitgebreid. Hij was van dezelfde leeftijd als Antony en nonchalant gekleed. Antony en hij gingen ook heel informeel met elkaar om. Seb was meer dan een chauffeur, besloot Fran nadat ze Antony hadden afgezet.

'Ik heb een paar bezoeken gepland in deze wijk en in Knightsbridge,' zei ze. 'Maar uiteindelijk moet ik in Fitzrovia zijn. Als jij me zou kunnen brengen, zou dat fantastisch zijn.'

'Je kunt de koelboxen met kazen in de auto laten staan en alleen meenemen wat je nodig hebt.'

'Dat zou helemaal geweldig zijn!' zei Fran. 'Ik voel me net alsof ik meedoe aan *Trumps troonopvolger*!'

Antony lachte.

Het was inderdaad net alsof ze meedeed aan *Trumps troonopvolger*, besefte ze, terwijl Seb haar met haar koelboxen naar Fitzrovia reed. Je dacht dat je een fantastisch product had dat iedereen lekker zou vinden, en iedereen vond het ook lekker, maar toch wilde geen enkel café, restaurant of delicatessenwinkel haar kaas kopen. En haar gewezen baas Roger was ook nog eens het land uit, dus kon hij haar kaas niet proeven.

Tegen de tijd dat Seb voor de belangrijkste, in Fitzrovia gelegen kaaszaak stopte, stond Fran bijna op het punt de kaas in de auto te laten en Issi te vragen of ze vroeger konden afspreken. Wat haalde ze zich in haar hoofd, om een van de grootste kaashandelaren te bezoeken met haar eigengemaakte, in de keuken geproduceerde kaasjes? Ze moest wel gek zijn!

Ze wilde net aankondigen dat ze van haar bezoek afzag, maar Seb, die blijkbaar gedachten kon lezen, was haar voor. 'Kom op, Fran,' zei hij. 'Ik weet wat je nu denkt. Tot nu toe heeft niemand interesse gehad in je kaas, dus waarom zou deze zaak anders zijn? Je had nooit moeten komen en kunt beter maar naar huis gaan. Maar bedenk hoe ver je nu al bent en hoeveel geluk je hebt om een afspraak met deze mensen te hebben. Laat die kans niet schieten! Ga naar binnen en verkoop die kaas!'

'Als je ooit uitgekeken bent op chaufferen voor Antony, moet je jezelf als motivator verhuren.' Ze probeerde ironisch en nonchalant te klinken, maar hoorde de angst in haar eigen stem.

'Die kaas is geweldig. Dat weet je best. Dus hup, naar binnen!'

Ze had een kostenraming en prijsberekening gemaakt (Antony was zo aardig geweest om dat voor haar uit te printen) om te presenteren en ze had de kazen. Mascarpone, roomkaas en mozzarella. Ze had ook nog room gemaakt, want ze had schalen over gehad en geen andere kazen kunnen verzinnen.

Ze had een afspraak met John Radcliffe, de eigenaar van de kaaszaak. Hij bleek een verrassend jonge man met een intense uitdrukking en een zware baard. Midden in haar introductiepraatje onderbrak hij haar. 'Zullen we met het leuke deel beginnen? Laten we de kaas proeven.'

'Oké. Nou, dit is...'

'Nee, niet zeggen. Dat proef ik vanzelf. Doe gewoon van elke kaas een stukje op een bord.'

Het was zenuwslopend om in stilte af te wachten, terwijl hij stukjes kaas op zijn mes prikte en die zonder crackers opat. (Fran had eenvoudige crackers in haar tas.)

'Hm, ja, nou, het is lekkere kaas, dus misschien hebben we interesse. Maar zoals je weet, hechten we grote waarde aan de herkomst. Als wij een kaas verkopen, willen we daar alles over weten, van het koeienras tot aan het weiland waarin de dieren grazen.'

'Het "terroir"?' Vermoedelijk was het te vroeg om grapjes te maken, maar Fran was te zenuwachtig om verstandig te zijn.

'Ja. We zouden je bezoeken om er zeker van te zijn dat je productieproces hygiënisch verloopt.'

'Oké.' Zou ze de oude melkerij op tijd in een kaasmakerij kunnen veranderen? Onwaarschijnlijk.

'Maar wat we eigenlijk willen is een ongepasteuriseerde harde kaas. Afgaand op de smaak van deze zachte kazen, zou je een verrukkelijke gerijpte cheddar kunnen maken.'

'Hoelang duurt het voordat die rijp genoeg zou zijn, denk je?'

'Minimaal een jaar, misschien wel twee. We zouden het resultaat na zes maanden kunnen proeven.'

Fran ademde uit. Zelfs als ze erin slaagde een goede cheddar te maken, kon ze die pas na een jaar verkopen. Als ze de boerderij niet voor die tijd wist te redden, zou ze eruit geschopt worden.

'Het spijt me,' zei John Radcliffe. 'Ik kan zien dat je teleurgesteld bent. Maar kaas maken is geen snelle manier om geld te verdienen, weet je.'

'Ja, dat weet ik. Het probleem is, de boerderij die ik... beheer, zit financieel in het slop. Ik moet snel voor inkomsten zorgen.'

‘Waarom probeer je de kaas niet lokaal te verkopen? Het is goed om bij een topzaak aan te kloppen, maar als je kleiner begint, en in je eigen buurt, houd je je onderneming een stuk overzichtelijker.’

‘In mijn eigen buurt ken ik niemand. Ik heb in cafés in Londen gewerkt. Daarom hoopte ik daar mijn zachte kaas te kunnen verkopen.’ Haar stem trilde, en ze hoopte vurig dat ze niet zou gaan huilen.

‘Die zullen ook harde kaas willen. Vanwege de houdbaarheid.’

‘Ik weet het. Ik had er beter over moeten nadenken. Ik dacht dat mijn huisgemaakte mozzarella geschikt zou zijn om heerlijke pizza’s mee te bakken.’

‘Waarom bak je zelf geen pizza’s? Die raak je misschien makkelijker kwijt dan kaas.’

‘Omdat ik kaas wil maken! De weilanden van de boerderij zijn bijzonder. Ze zijn nog nooit omgeploegd – zelfs niet tijdens de oorlog – en de wilde bloemen zijn geweldig. Niet dat ik ze gezien heb, want zo lang ben ik nog niet op de boerderij, maar ik weet dat het een heel bijzondere kaas zou opleveren. Iedereen kan pizza’s bakken.’

‘Je bent gepassioneerd. Dat is goed.’

‘Ik ben wel gepassioneerd,’ zei Fran, terwijl ze opstond en haar spullen verzamelde, ‘maar ik weet weinig van kaasmaken en heb totaal geen geld. En ik heb alle drie nodig.’ Inmiddels was ze bijna in tranen. Ze moest weg, voordat ze die niet meer kon bedwingen.

John Radcliffe hief een hand. ‘Ga zitten,’ zei hij. ‘Laten we een kop thee drinken.’ Hij stond op en liep naar de deur. ‘Als iemand ons thee kan brengen, zou dat erg fijn zijn.’

Bij de thee zaten chocoladebrownies, en weldra vertelde Fran John Radcliffe het hele verhaal. Hoe ze op de boerderij terecht was gekomen, en dat ze een melkoverschot had. ‘Als ik de melk niet gewoon kan verkopen, en volgens mij gaat dat op de lange duur niet meer lukken of te weinig opleveren – ongetwijfeld weet jij ook hoe de prijzen kunnen kelderen – moet ik er iets anders mee doen. En ik heb honderden liters.' Ze zweeg en nam een slok thee. 'Al word ik al een stuk beter in kaas maken, en dat verbruikt enorm veel melk.'

'Is er iemand van wie je kunt leren hoe je harde kaas moet maken?'

Ze knikte. 'De moeder van de veehoeder.'

'Ga bij haar langs. Zorg dat ze je alles leert. Ze zal je dingen vertellen die je nooit van een moderne kaasmaker zult horen en die jouw kaas uniek zullen maken. En dat is precies waar we naar op zoek zijn. Kaasmaken is geen pure wetenschap, er komt ook magie bij kijken. Kaasmakers produceren elke dag kaas, maar soms wint een kaas prijzen, zonder dat iemand weet wat ze die ene dag anders hebben gedaan.'

'Er schijnt een steengroeve op de boerderij te zijn die geschikt is om de kaas te laten rijpen. Ik heb alleen nog geen tijd gehad om te gaan kijken.'

'Dat klinkt ideaal,' zei John Radcliffe. Hij verorberde het laatste stuk van zijn brownie. 'Ik kom je in de zomer bezoeken. Ik heb een goed gevoel bij jou. Volgens mij zou jij wel eens iets heel bijzonders kunnen gaan maken.'

Later die middag, in een cocktailbar in de buurt van Antony's kantoor, deed Fran uitgebreid verslag van het gesprek aan Issi.

'Dat is dus eigenlijk goed nieuws,' zei Issi met een blik op Fran die een gulzige slok van haar Cosmopolitan nam.

'Ja, maar alleen op lange termijn.' Fran zette haar glas neer en besefte dat het leeg was. 'Ik heb nu geld nodig!'

'Nou,' zei Issi, 'ik zou een paar dagen vrij kunnen nemen van mijn studie. Zal ik naar de boerderij komen, en dat we samen een dinerclub organiseren? Je kunt proefmonsters van je kaas uitdelen en kijken of je die van huis uit kunt verkopen.'

'Mag dat?'

'Nou, je moet natuurlijk zorgen dat je de kaas hygiënisch produceert, hè? Zoals je ook zou moeten als je hem op de boerenmarkt zou verkopen.'

'Ik moet een van de bijgebouwen ombouwen of de oude melkerij weer in gebruik nemen. Ik heb een plek nodig die aan de hygiënevoorschriften voldoet,' zei Fran. 'Maar voor ieder probleem bestaat een oplossing.' Ze keek op haar horloge. 'Ik heb nog tijd voor een tweede cocktail. En jij?'

Fran en Seb zaten te wachten op Antony, wiens werk uitliep. 'Wat doet hij eigenlijk precies?' vroeg Fran aan Seb. Als ze geen cocktails had gedronken, had ze dat waarschijnlijk niet durven vragen.

'Verschillende dingen. De boerderij wordt gerund door een manager, al weet Ant zelf van de hoed en de rand. Het grootste deel van de tijd werkt hij in Londen. Waar hij echt warm voor loopt, is zijn wijnimportbedrijf. Hij houdt ervan kleine onbekende wijngaarden te ontdekken,' zei Seb. 'Ik geniet altijd van die reizen. We hebben altijd veel plezier.'

Fran kon zich Antony niet voorstellen als iemand met wie je plezier kon maken. Daarvoor kende ze hem niet goed genoeg. Maar Seb gelukkig wel.

'Hoe ben je eigenlijk Antony's chauffeur geworden? Ik bedoel, heb je gesolliciteerd voor de baan?'

Seb schudde zijn hoofd. 'Ant en ik hebben samen gestudeerd. Hij vertelde me dat hij een chauffeur zocht op het moment dat ik net een baantje nodig had. Het functioneert perfect. Ik woon boven de garage van Park House. Ik heb er een leuk appartementje en genoeg ruimte voor mijn passie, muziek maken.' Hij grinnikte. 'Het bevalt ons allebei prima.'

Het grootste deel van de terugrit bracht Fran slapend door. Nadat ze naast Antony op de achterbank was gaan zitten, had ze gedaan alsof ze sliep, om hem niet te hoeven vertellen dat het niet zo geweldig was gegaan als ze had verwacht (en dat niemand haar zachte kaas had willen kopen). Vervolgens was ze zo uitgeput geweest door de enerverende dag en de twee cocktails, dat ze echt in slaap was gevallen.

Ze had weliswaar optimistisch gedaan tegen Issi – in Issi's bijzijn voelde ze zich altijd optimistisch – maar het zou niet meevallen om de ruimte te laten voldoen aan de hygiënevoorschriften, zodat ze haar kaas kon maken en verkopen. Het zou geld kosten om de oude melkerij om te bouwen, en dat had ze niet.

Toen ze wakker werd, verlieten ze net de snelweg.

'Wil je water?' vroeg Antony. Hij hield haar een ongeopend flesje voor.

'Nee, dank je,' antwoordde ze. Hij had haar al slapend gezien; hij hoefde haar niet ook nog eens aan een fles te zien lurken – een onaantrekkelijke bezigheid.

'En, hoe was je dag?'

Eigenlijk had ze 'Heel goed, dank je' willen zeggen, maar omdat het donker was achter in de auto was, flapte ze eruit: 'Niet zo goed als ik gehoopt had.'

'O?'

'Geen van de pubs waar ik ben geweest – onder andere waar ik vroeger heb gewerkt – had interesse in zachte kaas. En de grote kaasleverancier in Fitzrovia wil ook een harde kaas. Ik kan vast wel leren om die te maken, maar waar? Het zou veel geld kosten om de bijgebouwen van de boerderij zo te verbouwen dat ze aan de hygiënevoorschriften voldoen. Dat geld heb ik niet.'

Een tijdlang zei hij niets.

Fran keek naar de heggen langs de weg, op zoek naar een bord dat haar kon vertellen hoe dicht bij huis ze was.

'Hoor eens, waarom kom je niet bij me eten? Dan breng ik je na afloop naar huis. We moeten praten.'

'O ja? We praten nu toch?'

'Ja, maar we moeten serieus praten.'

'Oké. Ik bedoel, dat zou fijn zijn. Denk ik.'

'Je weet het niet zeker?'

'Nee. Als mensen zeggen "we moeten praten" betekent het meestal dat ze je willen ontslaan of dumpen. Al is dat nu natuurlijk niet aan de orde.'

'Dus waarom die twijfel?'

'Volgens mij weet je dat best,' zei ze zacht. Misschien was Antony het op de een of andere manier vergeten, maar wat haar betrof was hij nog steeds de vijand. Het feit dat ze hem mocht – hij was erg aardig – maakte het nog niet acceptabel om voor de gezelligheid met hem om te gaan. Niet echt.

Seb reed over de oprijlaan naar Antony's huis, waar Fran enorm nieuwsgierig naar was, al had ze het liever bij daglicht gezien. Maar de bewakingslampen gaven gelukkig redelijk wat licht.

Het huis was niet haar smaak, concludeerde ze, nog voordat de auto voor de voordeur stilstond. Als zij zo rijk was als Antony, zou ze een historisch landhuis hebben, in plaats van zo'n opzichtig ontwerp uit de jaren vijftig, gemaakt om de rijkdom van de eigenaar te etaleren.

Blij om zijn huis te kunnen afkeuren, stapte ze vrij gracieus de auto uit.

'Is er nog kaas over?' vroeg Seb, terwijl hij de koelboxen uit de kofferbak haalde.

'Nee, alles is op.' Het stemde Fran tevreden. Niemand had haar kaas willen kopen, maar iedereen had er met smaak van gegeten.

'Jammer,' zei hij, 'ik had graag een stukje geproefd.'

Op slag voelde ze zich vreselijk. Seb was zo aardig voor haar geweest. 'Als de volgende lading klaar is, neem ik wat voor je mee. Welke kaas vind je lekker?'

'Alle kaas. En als je ooit aan cheddar toekomt, daar ben ik dol op!'

Ze glimlachte. 'Als het ooit zover komt, krijg jij het eerste stuk.'

'Bedankt. Ik zal je eraan helpen herinneren.'

Terwijl Seb naar zijn appartement liep, opende Antony de voordeur. 'Kom binnen. Heb je zin in iets alcoholisch? Ik heb vandaag zo veel koffie gedronken dat ik wel een borrel kan gebruiken.'

Fran had weliswaar al twee cocktails gehad met Issi, maar ze had toch iets sterkers nodig dan thee, want het aankomende gesprek zou vast ongemakkelijk worden. Antony zou zijn hulp aanbieden, en zij zou die moeten afslaan.

'Ik neem hetzelfde als jij, graag.'

'Goede keus. Laten we naar de woonkamer gaan. De houtkachel brandt vast al.'

De woonkamer was niet erg gezellig, met hoge plafonds en veel lambrisering. De haard was afgezet met kleine rode baksteentjes. Het deed Fran aan haar poppenhuis denken, dat nog van haar moeder was geweest. In een poppenhuis zag het er leuk uit, besloot ze, maar op ware grootte een stuk minder.

'Ga zitten, alsjeblieft.' Antony gebaarde naar de enorme leren sofa's bij de haard.

'Hoe kan de haard branden als je de hele dag niet thuis bent geweest?' vroeg ze.

'Personeel,' zei hij enigszins bitter. 'De huishoudster heeft ook avondeten gemaakt. Het is genoeg voor twee. Ik warm het even op en dan kunnen we hier eten. De eetkamer is een beetje somber, en onverwarmd.' Hij overhandigde haar een halfvol glas met goudkleurige vloeistof. 'Dit is mijn lievelingswhisky. Ik hoop dat je hem lekker vindt.'

Ze wachtte tot hij het vuur had opgestookt en er een extra houtblok op had gelegd, voordat ze ging zitten en aan haar glas nipte. 'Hij is heerlijk. Rokerig. Sterk.'

'Ik weet het. Volgens mij kunnen we het wel gebruiken. Het was een lange dag.'

'Was jouw dag ook niet zo goed?'

'Mijn dag was prima. Ik ben gewoon niet graag in Londen. Nou, soms vind ik het niet erg, maar vandaag was het puur voor werk.'

'Zullen we dat serieuze gesprek maar meteen voeren?' stelde Fran voor. 'Anders blijft het zo boven mijn hoofd hangen.'

'Wil je niet eerst iets eten? Ik rammel. Alles lijkt enger als je honger hebt.'

'Dat lijkt zo omdat je het uitstelt!' zei Fran.

Hij lachte. 'Het is echt zo. Ah, ik hoorde de magnetron. Drink je whisky op, dan haal ik onze maaltijd.'

Hoewel ze elkaar nauwelijks kenden en Fran normaal gesproken alleen met goede vrienden met een bord op schoot at, lukte het haar om zich te ontspannen. De sofa's (voor ieder een) waren weliswaar lelijk, maar erg comfortabel. Antony reikte haar een bord aan met runderstoofvlees, aardappelpuree en sperziebonen en zette een glas rode wijn voor haar op de salontafel.

Fran verheugde zich niet op hun 'serieuze gesprek', dus het uitstellen viel niet al te zwaar en ze besloot wat luchtige onderwerpen aan te snijden en nieuwsgierige vragen af te vuren.

'Woon je hier al lang?' vroeg ze.

'Min of meer mijn hele leven, met tussenpozen. Mijn grootvader heeft de boerderij gekocht en dit huis laten bouwen.'

'Het is erg... groots.'

Hij lachte. 'Het is de visie van een man die snel rijk geworden is en dat wilde etaleren. Niet echt mijn smaak, maar het is mijn thuis.'

'Je zou het kunnen verbouwen,' zei Fran. Dat zou ze zelf doen als ze zoveel geld had als hij, dacht ze.

'Klopt, maar dat is me te veel gedoe. En ik heb geen idee hoe ik het zou willen hebben.'

'Daar huur je een binnenhuisarchitect voor in.' Fran nam een slok van haar wijn. Die was verrukkelijk.

'Het blijft me te veel gedoe.'

'Ja, nou, je kunt een lange vakantie nemen om de werkzaamheden te vermijden.'

'Dat is niks voor mij.'

'Maar je zei toch dat je hier graag woont? Op het platteland, bedoel ik? Waarom maak je je huis dan niet gezelliger?'

Antony haalde zijn schouders op. 'Het huis is oké, en comfortabel. Nou, genoeg vragen over mijn inrichting. Ik wil het over jou hebben.'

Heel even stond Fran zichzelf toe om te denken dat hij het echt over haar wilde hebben, en niet over Hill Top Farm. Het was een aangename gedachte, moest ze toegeven. Toen kwam ze weer met beide benen op de grond. 'Oké,' zei ze terughoudend.

'Ik weet dat je mijn hulp niet wilt, en dat Amy heeft gezegd dat ik een slecht mens ben. Volgens haar ben ik er alleen op uit haar paradijsje in handen te krijgen. Dat is gedeeltelijk waar.'

Fran kon zich niet inhouden? 'Welk deel dan?'

'Ik ben er echt op uit om je paradijsje in handen te krijgen.' Hij glimlachte, maar zijn gezicht stond ernstig. 'Maar ik ben geen slecht mens. Ik vind gewoon dat je een erg zware taak op je hebt genomen, voor iemand zonder veel ervaring of geld.'

'Waarschijnlijk heb je gelijk, maar die taak is me nu eenmaal gegeven. En ik heb ja gezegd. Dus moet ik mijn uiterste best doen.'

'Dat is geweldig! Ik bewonder je erom. Maar wil je alsjeblieft wat hulp aannemen?'

'Hulp levert meestal verplichtingen op,' zei Fran. 'Als jij me helpt, sta ik bij je in het krijt. Dat zal ik vervelend vinden. En Amy ook.'

Antony antwoordde niet meteen. 'Dat begrijp ik. Als ik in jouw schoenen stond zou ik het ook vervelend vinden. Het valt me alleen zwaar om je zo te zien worstelen, terwijl ik je met gemak zou kunnen helpen.'

'We hebben allemaal onze eigen last.' Ze glimlachte hem toe.

'Je werkt niet mee.'

'Jij ook niet.'

'Ik probeer het tenminste! Nog wat wijn?' Hij stond op om de fles te halen en haar bij te schenken. 'Ik was eigenlijk van plan om in januari geen alcohol te drinken, maar bij nader inzien maak ik er februari van.'

'O, ik ook! Op de weekenden na tenminste.'

'Dus we gaan vier weken lang doordeweeks niet drinken,' zei Antony. 'Erg moeilijk is dat niet.'

'Voor mij al helemaal niet. Ik heb geen wijnkelder vol met overheerlijke wijnen die me in de verleiding kunnen brengen.'

'Ik leg wel wat flessen voor je deur, zodat de verleiding voor ons allebei even groot is.'

Ze lachte. 'Ik bewaar die flessen wel tot vrijdagavond.'

'We dwalen af,' zei Antony, plotseling serieus. 'Als ik een tegenprestatie voor je weet te bedenken, neem jij dan mijn hulp aan?'

'Hoe wil je precies helpen?'

'Ik wil je oprit laten repareren.'

'Zodat jij dat niet meer hoeft te doen als ik de boerderij aan je verkoop?'

'Dat is zo. Ik wil je ook helpen met verbouwen zodat je kaas kunt maken die aan de hygiënevoorschriften voldoet.' Hij trok een wenkbrauw op. 'Je kunt moeilijk beweren dat ik dat doe omdat ik zelf kaas wil maken als ik de boerderij van je heb gekocht.'

'Dat niet, maar een goed gerenoveerd gebouw komt altijd van pas.'

Hij zuchtte. 'Je bent onuitstaanbaar! Als je me zou laten helpen, zou je tenminste een kans hebben om de boerderij winstgevend te maken.'

'Dat klopt, en het zou echt heel aardig van je zijn...'

'Ik kan het me echt wel veroorloven. Ik hoef er geen nieuwe auto of buitenlandse vakantie minder om te hebben, of waar mensen hun geld ook aan uitgeven.

'Je zou je huis nog kunnen verbouwen.'

'Nou, dat ben ik niet van plan. Wat zeg je ervan? Neem je mijn hulp aan?'

'Alleen als je een tegenprestatie kunt bedenken. Of meerdere.'

'Het terugbetalen gaat je niet lukken, zelfs niet als Amy nog een levensverzekering in een la blijkt te hebben liggen.'

Fran knikte. Ze wist vrijwel zeker dat Amy niets van dien aard had. 'Dat begrijp ik. Dus, wat kan ik doen? Of heb je tijd nodig om iets te bedenken?'

'Eigenlijk weet ik het al. Ben je klaar met eten?'

'Ja, maar...'

'Kom even mee. We kunnen later nog kaas nemen en de wijn opdrinken, als je daar tenminste nog zin in hebt. Volgens mij kun jij een maanden oud probleem van me oplossen.'

Ze volgde hem door de reusachtige keuken (totaal niet haar smaak) naar een al even reusachtige binnengarage. 'Hier,' zei hij, gebarend naar een enorme diepvrieskist.

'Wat is daarmee? Die ziet er niet erg problematisch uit.'

Antony opende het deksel.

'Ligt er een lijk in dat ik voor je moet afvoeren?' Het was een grapje, maar even vroeg ze het zich serieus af. Tenslotte wilde hij een kapitaal in haar boerderij investeren zonder er ooit een cent van terug te zien. Ongetwijfeld zou de tegenprestatie die ze moest leveren niet gering zijn. Maar al had Amy hem een schurk genoemd, Fran wist vrij zeker dat het woord 'moordenaar' niet gevallen was.

'In zekere zin. Kijk.'

Ze liep naar de enorme vriezer en tuurde erin. Er lagen eindeloze stapels ingevroren levensmiddelen die ze niet meteen kon thuisbrengen. 'Wat zijn dat?'

'Fazanten. En een paar korhoenders.'

'Waar komen die in hemelsnaam vandaan? Zijn ze van een vrachtwagen gevallen of zo?'

Hij keek schaapachtig. 'Zoiets.'

'Dat moet je me uitleggen.' Antony was zichtbaar in verlegenheid gebracht. Het was zonde om dat niet uit te buiten.

'Ik heb ze van een vriend. Ik voelde me verplicht om hem te helpen.'

'Je hebt ze van hem gekocht? Waarom?'

'Omdat...' Hij haalde zijn schouders op. 'Het is een lang verhaal.' Smekend keek hij haar aan. 'Kun jij me ervan af helpen?'

'Je kunt ook gewoon een graafmachine huren en ze begraven.'

Hij snoof verontwaardigd. 'Dat zou verspilling zijn! Jij bent degene die er niet tegen kan om melk weg te gooien, zelfs als die bijna niets oplevert.' Op geërgerde toon vervolgde hij: 'Ik wil jou geld geven om de oprit te laten repareren en een bijgebouw te renoveren, maar...'

Fran hief haar hand in een vredesgebaar. 'Ik maakte een grapje! Je hebt gelijk. Ik haat verspilling, en ik sla ook geen spullen af die ik voor niets krijg. Ik ga er pasteien van maken.'

'Pasteien?'

Ze knikte. 'De cafés die ik vandaag heb bezocht willen huisgemaakte gerechten die een tikje anders zijn. Ik heb ze kaas aangeboden, maar ze hadden geen interesse in mozzarella. Maar pasteien? Die zullen ze zeker willen.' Ze dacht even na. 'Toevallig kan ik verrukkelijk bladerdeeg maken. Niet dat ik graag opschep.'

'Maar je doet het toch maar!' Antony lachte plagerig. 'Ik vind het een uitstekend idee! Dan heb je een bron van inkomsten als de koeien droogstaan.' Hij keek haar aan. 'Je weet toch wel dat koeien drie maanden voor het kalveren geen melk meer geven?'

Ze forceerde een glimlach. 'Ja, natuurlijk weet ik dat.' Maar ze wist dat hij wist dat ze loog.

7

Hoewel ze doodop was, stuurde Fran Issi snel een e-mail zodra ze thuis was.

Ik denk dat we binnenkort maar eens moeten beginnen met de dinerclub om wat geld te verdienen. Laat me weten wanneer je hiernaartoe kunt komen, dan kunnen we beginnen met de publiciteit.

Een paar minuten later stuurde ze nog een bericht.

Kun je misschien je keukenmachine meenemen?

Niet in de trein, nee, was Issi's antwoord. *Ik spreek je morgenochtend.*

Later, toen ze in bed lag, besloot Fran dat ze zelf een keukenmachine moest kopen, en misschien ook wel een printer. Net voordat ze in slaap viel, flitste er een gedachte door haar heen: tenzij Antony er een had die ze kon lenen.

De volgende ochtend was ze vroeg op en schoot meteen haar regenlaarzen aan. Ze wilde met Tig praten.

'Goedemorgen!' zei ze vrolijk, toen ze hem bij de melkstal aantrof waar hij de kudde naar binnen dreef. Ze bewonderde de enorme bruin-wit gevlekte beesten, die een krullende, bijna wollige vacht leken te hebben, maar ze bleef bij ze uit de buurt. 'Ik wil je een paar dingen vragen.'

'Kan het wachten tot na het melken, of kost het niet veel tijd?' vroeg hij.

'Nee, het is zo gebeurd.'

Hij knikte om aan te geven dat ze moest zeggen wat ze wilde. Hij was iemand die zuinig was met zijn bewegingen en woorden, en dat mocht ze wel. Hij had een mooie krachtige neus, zag ze, waardoor zijn ogen en verweerde huid werden geaccentueerd.

'Ten eerste moet ik weten wanneer de koeien worden drooggezet en voor hoelang.'

'Eind maart. Drie maanden. Gewoonlijk.'

Hij leek erover te willen uitweiden, maar Fran ging snel door, zich ervan bewust dat ze hem bij zijn koeien weghield. 'Prima. Het tweede is dat ik heel graag met je moeder zou willen praten over het maken van harde kaas. De zachte kaas die ik al heb gemaakt is heerlijk, maar de belangrijke kaashandelaren hebben geen interesse. Ik moet weten hoe je echte kaas maakt.'

Weer knikte hij. 'Dan moet je bij haar zijn. Ik zal het aan haar doorgeven, en dan komt ze wel naar je toe. Ze moet binnenkort wel naar haar zus toe.'

Fran schudde haar hoofd. 'Het lijkt me beter dat ik naar haar toe ga. Als ze tijd heeft kan ze later misschien naar de boerderij komen om te kijken welke spullen hier al zijn om kaas te maken.'

'En het derde?'

'Hoe weet je dat ik nog iets wilde vragen?' Het verbaasde haar.

Gewoonlijk begon hij geen gesprek en gaf alleen antwoord wanneer zij hem iets vroeg.

'Omdat je er anders allang weer vandoor was.'

Fran moest lachen. 'Oké, je hebt gelijk, er is nog iets wat ik wil weten. De laatste keer dat ik Amy zag, had ze het over een oude steengroeve. Ze zei dat die goed zou zijn voor het rijpen van de kaas. Ik heb hem alleen nog niet gevonden.'

'Daar kan ik je niet mee helpen. Je zult hem zelf moeten zoeken.' Hij leek geamuseerd. 'Je moet de omgeving verkennen, over je eigen grond lopen, mevrouw…'

'Fran.'

'Fran. "De beste mest op een boerderij is de zool onder een boerenlaars." Een oud gezegde.'

'Echt?'

'Over laarzen gesproken, ik zou echt een fatsoenlijk paar aanschaffen, als ik jou was.'

Ze keek omlaag naar haar vrolijke stadslaarzen en dacht: hij heeft gelijk.

'Rij de volgende keer maar mee als ik naar de landbouwwinkel ga,' zei Tig. 'We hebben toch nog wat spullen nodig.'

'Dank je,' zei Fran. 'Ik moet zeggen dat je erg spraakzaam bent vandaag, Tig. Echt babbelziek.'

Er verscheen een uitdrukking op zijn gezicht die zou kunnen doorgaan voor een lach. 'Ik leer je een beetje beter kennen.'

Dat was bijna net zo fijn als hem horen zeggen dat hij erop vertrouwde dat ze de boerderij winstgevend zou maken. Maar aangezien dat nog lang zou duren, kon ze dat nog niet verwachten. 'Waar woont je moeder?'

'Klein huisje aan het einde van de weg. Sla onderaan linksaf, dan zie je het vanzelf. Zij woont in het tweede huis, ik in het eerste.'

'Bedankt. Zou ik nu meteen langs kunnen gaan, denk je?'

'Ik denk het wel. De ochtenden komen haar het best uit. Na de lunch doet ze een dutje, en later kijkt ze *Pointless*.'

Fran begon te lachen. 'Ik kijk ook graag *Pointless*. Dan doe ik dat. Nu zijn de kuilen in de weg nog te zien.'

'Daar moet binnenkort wel iets aan gebeuren, denk ik. De oprit is al veel te lang in slechte staat.'

Ze zuchtte. 'Ik heb een plan om dat op te lossen, maar je weet wat er met plannen gebeurt. En ja, als de weg gerepareerd is, hoef ik geen kaas meer te maken.'

'Jawel, je moet kaas maken,' zei Tig resoluut. 'Er zit niet genoeg geld in vloeibare melk, niet in de hoeveelheid die wij produceren.'

Fran vond de twee huisjes heel makkelijk. Het drong tot haar door dat ze, als ze deel uitmaakten van de boerderij, waarschijnlijk verkocht konden worden. Dan zouden alle financiële problemen opgelost zijn. Maar dat zou ze nooit doen, besefte ze voordat de gedachte zich volledig had gevormd. Het zou om zo veel redenen verkeerd zijn. De boerderij met alles wat erbij hoorde zou in stukken worden opgedeeld, en Tig en zijn moeder zouden dakloos raken. Ze hoopte dat de huisjes hun eigendom waren, en dat ze er verder geen gedachte meer aan vuil hoefde te maken.

Instinctief wist Fran dat ze moest omlopen naar de achterdeur. De snelheid waarmee die openging zei haar dat ze er goed aan had gedaan. Mevrouw Brown leek minder intimiderend dan voorheen, toen ze Fran het gevoel had gegeven dat ze gekeurd was en niet goed genoeg was bevonden. Nu droeg ze een zwarte broek met een mooie trui met een v-hals. Al was ze grijs aan het worden, haar haar viel in zachte krullen om haar gezicht, en ze had Tigs helderblauwe ogen. Ook had ze zijn huid, verweerd maar strak en mooi.

'Hallo, mevrouw Brown,' zei ze onmiddellijk. 'Tig dacht dat u het wel goed zou vinden dat ik langskwam.'

'Ik heb net water opgezet voor mijn tweede ontbijt. Kom binnen.'

'Ik wil graag alles leren over kaas,' zei Fran, toen ze in de kraakheldere, keurig opgeruimde keuken aan de tafel zat. 'Zachte kazen maken lukt me al, maar ik moet ook een harde kaas kunnen maken. En omdat u het druk hebt met uw zus en Tig, wil ik voor uw vertrek graag zo veel mogelijk te weten komen.'

Al snel zaten beide vrouwen aan de thee, met een schaal koekjes tussen hen in. Fran begon aan haar lijst met vragen. Mevrouw Brown was kalm en makkelijk om mee te praten. Misschien was Fran geslaagd voor een of andere test. Mevrouw Brown was nu een bondgenoot, daar was Fran zeker van.

'Maakte u de kaas op de boerderij, mevrouw Brown? Zo ja, in welk gebouw?'

'Voorheen deden we het in de melkerij, maar die doet nu al een tijdje dienst als opslagplaats. Toen mijn zus ziek werd, moest ik naar haar toe om voor haar te zorgen, dus had Amy niemand om de kaas te maken. Ze zei dat ze geen tijd had om het zelf te doen.' Mevrouw Brown fronste haar wenkbrauwen. 'Ze had er niet echt talent voor, als ik heel eerlijk ben. Ook al wist ze wat ze moest doen, het resultaat was nooit je van het.'

Fran herinnerde zich wat John Radcliffe had gezegd, dat er magie bij kwam kijken. Misschien had Amy niet de juiste toverformule. 'Ze vertelde me ook over de steengroeve waar u de kaas liet rijpen?'

Mevrouw Brown lachte. 'O ja, de steengroeve. Het was natuurlijk niet alleen een steengroeve. Hij heeft ook een dak. Maar het was een goede plek voor de kaas.'

'Waar is die groeve precies?'

Mevrouw Brown schudde haar hoofd. 'Dat vertelt ze je zelf wel, als ze wil dat je het weet. Ze heeft er altijd heel geheimzinnig over gedaan. Hij is al in gebruik sinds de oorlog. Destijds verstopten ze er volgens mij restjes eten. Ze vertelde mij pas waar hij was toen ze merkte dat het haar te veel werd om ernaartoe te gaan.' Mevrouw Brown was even stil om aan te geven dat het gesprek over de steengroeve ten einde was. 'Goed, hoeveel weet je over kaasmaken?'

'Eigenlijk niets. Behalve wat ik heb geleerd door zachte kaas te maken.'

'In feite is het heel eenvoudig. Als eerste moet je achterhalen in welke staat de oude uitrusting is.'

'Wilt u de kaas niet voor me maken?'

Weer moest mevrouw Brown lachen. 'Nee, nee. Ik zal je helpen, maar ik doe het niet voor je. Als puntje bij paaltje komt, draait kaasmaken vooral om afwassen! Er zijn zo veel spullen om te wassen en af te drogen dat dat soms het enige lijkt te zijn wat je doet.' Ze was even stil en werd serieuzer. 'Ik heb een zus bij wie ik vaak langs moet. Bovendien is het belangrijk dat je de dingen zelf doet, als je de boerderij gaat overnemen.'

'Dat is nog maar de vraag. Als ik er geen succes van kan maken, krijg ik de kans misschien niet eens.'

Heel even leek mevrouw Brown bezorgd. 'Je wilt er toch wel een succes van maken? Of ben je hier alleen om vakantie te vieren?'

Fran lachte. 'Sorry, als er iets niet op vakantie lijkt, is het mijn verblijf op de boerderij. Ik heb geen bereik met mijn mobieltje, geen douche, geen centrale verwarming, en het bed is zo oud als het huis en allesbehalve comfortabel. Dit is echt geen vakantie!'

'Waarom doe je het dan?'

Fran haalde diep adem. Ze vond het belangrijk dat zowel mevrouw Brown als Tig begreep waarom ze alle uitdagingen en zorgen voor lief nam om een leven te leiden dat haar eigenlijk vreemd was. Ze zocht naar de juiste woorden om dat duidelijk te maken. 'Ik kan het niet echt uitleggen. Het leven op de boerderij is best zwaar, maar alles bij elkaar genomen, vind ik het hier geweldig. Het voelt goed voor me. Ik hou van het landschap, de manier van leven, en ik ga ook nog wel van de koeien houden – wanneer ik een beetje meer over ze weet. Eigenlijk heb ik geen zinnig antwoord op uw vraag. Ik wil er echt een succes van maken.'

Mevrouw Brown legde haar hand op die van Fran. 'Voor mij is dat goed genoeg.' Ze schraapte haar keel. 'Een van de redenen waarom Amy de boerderij niet wil verkopen, is dat Tig dan zijn huis verliest. Dit huis is van mij, maar dat van Tig is gebonden aan zijn baan. Ach, de nieuwe eigenaar houdt hem misschien wel in dienst, en als de buurman...'

'Antony Arlingham?'

'Ja. Als hij de boerderij zou kopen, zou Tig er waarschijnlijk wel mogen blijven wonen, ook al verkocht hij de kudde, maar... Nou ja, Amy zou zich omdraaien in haar graf als Antony de boerderij kocht!' Plotseling besefte mevrouw Brown wat ze had gezegd. 'Bij wijze van spreken natuurlijk,' voegde ze er duidelijk gegeneerd aan toe.

Fran negeerde die blunder. 'Waarom zou Amy zo negatief reageren? Antony lijkt me een aardige man.'

'Zoals ik je al bij onze eerste ontmoeting vertelde, dateert dat uit zijn grootvaders tijd, en Amy vergeet niets. En in dit geval vergeeft ze ook niets.'

'Dat is niet eerlijk. Niets van wat er destijds is gebeurd kan Antony worden aangerekend.'

'Dat is het niet alleen. Het gaat ook om wat hij met de boerderij wil doen. Er wordt gezegd dat hij er een wijngaard van wil maken.'

Fran knikte. Hij had connecties in de wijnbranche, had Seb haar verteld. Zou hij haar zijn plannen dan niet hebben verteld? Blijkbaar niet. En hoewel een wijngaard veel beter zou zijn dan een motorcrossbaan, wat een van de andere suggesties was, zou het nog steeds verkeerd zijn.

Mevrouw Brown knikte. 'De boerderij heeft de ideale zonnige hellingen die je daarvoor nodig hebt.'

Fran realiseerde zich dat mevrouw Brown gelijk had; het was

een mogelijkheid. 'Het zou vreselijk zijn als land dat nog nooit is bewerkt, zou worden omgeploegd en de structuur van de grond na honderden jaren zou veranderen.' (Sinds Issi haar had verteld hoe belangrijk eeuwenoud weiland was, had ze er op internet informatie over gezocht.)

'Precies.' Ze hadden allebei hun thee op, en Fran vond het tijd om te gaan.

Eenmaal weer in haar eigen keuken mailde Fran Antony om hem te bedanken dat hij de vorige dag zo aardig was geweest. Ze ging door:

Ik zal de fazanten en korhoenders komen ophalen zodra ik het deeg kan maken etc. (Misschien moet ik een keukenmachine kopen). Zoals ik misschien al heb verteld, ben ik van plan een dinerclub te organiseren (dan nodigen mensen vreemden uit om in hun huis te dineren, en die vreemden betalen wat ze toepasselijk vinden, voor het geval je het concept niet kent). Ik zal mijn vriendin Issi vragen vanuit Londen over te komen om me te helpen.
Bedankt voor alles,
Fran
P.S. Je hebt niet toevallig een printer over die ik kan gebruiken?

Ze was van plan ooit al het land rondom de boerderij te verkennen, alle hoekjes en gaatjes te bekijken en de steengroeve te vinden. Niet dat ze hem nu al nodig had; het irriteerde haar gewoon dat ze niet wist waar hij was en ook dat niemand het haar wilde vertellen. Maar omdat het was gaan ijzelen, besloot ze dat dat die dag niet ging gebeuren. In plaats daarvan zou ze de melkerij gaan bekijken om te zien hoe makkelijk ze die in een kaasmakerij kon veranderen. Als de melkerij niet geschikt was, zou ze een andere geschikte ruimte zoeken.

De ruimte die haar er het best voor leek, had witgekalkte muren en een stenen vloer. Ze was net zo groot als de melkerij, maar er stonden veel minder spullen. De muren konden een afwasbare laag krijgen en de vloer kon worden betegeld. Uiteindelijk zou ze graag beide ruimtes gebruiken. In de melkerij trof ze een houten kaaspers aan, een paar mallen en iets met een zwengel dat mogelijk een molen was en waar de korrelige basis van de kaas ontstond voordat die in de mallen ging. Zo veel wist ze wel.

Het zou een hoop werk kosten om ze geschikt te maken voor het produceren van kaas die ze kon verkopen, zag ze. Bovendien zou ze nieuwe mallen en waarschijnlijk ook andere dingen moeten kopen om er zeker van te zijn dat de kazen van de gewenste kwaliteit waren. En ze moest even checken wanneer ze voor het laatst een voedselhygiënecertificaat had behaald. Terwijl ze naar de stapels spullen stond te kijken die opgeruimd moesten worden, was ze even jaloers op Amy. Toen zij hier kaas maakte, hoefde ze zich vast geen zorgen te maken over voedselhygiëne. Mensen hadden waarschijnlijk een boel ziektekiemen binnengekregen en dat in de meeste gevallen overleefd. Tegenwoordig waren de regels veel strenger.

Eenmaal weer in het huis voelde ze zich een beetje terneergeslagen. Morgen moest ze ongetwijfeld weer kaas maken. Nu de oprit door het weer onbegaanbaar was voor de melkwagen, kwam ze er niet onderuit. Ze besloot de spullen al gebruiksklaar te zetten. Daar fleurde ze een beetje van op, want ze had via de post de cultuur ontvangen die ze had besteld, dus ze kon nu feta maken. Dat was een goede kaas om mee te koken.

Toen ze later die middag haar e-mails checkte, fleurde ze nog meer op. Ze had een mail van Issi ontvangen.

Ik heb alles op een rijtje gezet en vraag me af of ik voor meer dan een paar dagen kan overkomen. Zou ik een maand of zo bij je kunnen logeren? Hill Top Farm zou de perfecte plek zijn om aan mijn proefschrift te werken, en ik zou je kunnen helpen met het opzetten van een website en alle online marketing. Ik heb aardig wat gespaard, dus kan ik meebetalen aan de huishoudkosten. En ik zou kunnen doorgaan met het internetwerk dat ik toch al doe. Het zou geweldig zijn, als je me tenminste wilt hebben.

Fran stuurde meteen een mail terug.

Dat zou geweldig zijn! Kom zo snel als je kunt, en blijf zo lang als je wilt. Ik kan niet wachten tot je er bent.

8

Nog voor ze goed en wel wakker was, wist Fran dat er die dag iets leuks te stond te gebeuren. Toen herinnerde ze zich dat Issi kwam logeren. Al had ze zich goed weten te redden in de korte tijd dat ze op de boerderij was – een kleine drie weken nu – de problemen begonnen zich op te stapelen. Met Issi's hulp en steun, en een gezamenlijk huishoudpotje, zou ze beter tegen alles opgewassen zijn.

Ze besloot vroeg bij Amy op bezoek gaan. Op zondag was het altijd gezellig in het verzorgingshuis en ze zou Issi kunnen bellen met haar mobiele telefoon. Bovendien vond ze dat Amy moest weten dat Issi kwam. Hoewel ze zeker wist dat Amy het goed zou vinden dat ze een vriendin te logeren kreeg, leek het haar wel zo netjes om het eerst te vragen. Trouwens, als ze het zelf niet aan Amy vertelde, zou iemand anders het wel doen!

Toen ze terugkwam van het verzorgingshuis, constateerde ze tot haar verbazing dat het hek van de boerderij openstond en dat er een aannemersbusje langs de weg geparkeerd stond. Uit de tekst op de zijkant bleek dat de wagen toebehoorde aan een bedrijf dat gespecialiseerd was in 'Wegdekreparatie & Wegenonderhoud'.

Een opgewekt uitziende man in een reflecterende jas en waterproof broek kwam op haar af lopen.

'Hallo!' groette Fran vrolijk, ook al zag ze er als een berg tegenop dat grote machines de oprit zouden opbreken.

'Goedemorgen,' zei de man. 'Antony heeft me gestuurd om naar de weg te kijken.'

'Maar het is zondag!'

'De rest van de week zit ik vol.'

'Wat aardig van u. Dank u wel!' Antony moest een belangrijke klant zijn.

'Hij is in behoorlijk slechte staat, nietwaar?'

'Ja.' Ze wist niet wat ze nog meer moest zeggen.

'Daar zijn we wel een paar dagen mee bezig.'

'Dat lijkt me geen probleem.'

'Wilt u weten wat we gaan doen?'

Nee, dat hoefde ze niet te weten. 'Als Antony u heeft ingehuurd om de oprit geschikt te maken voor de melkwagen, vertrouw ik erop dat het goed komt.'

De man grinnikte. 'Dat is de bedoeling. Antony stelt hoge eisen. We hebben al vaker voor hem gewerkt. Als hij niet tevreden is, laat hij het ons gerust overdoen.' Hij was even stil. 'Maar hij betaalt wel altijd op tijd.'

'Dat is mooi.' Fran glimlachte. 'Nou, dan loop ik wel naar het huis. Kan ik de weg gebruiken terwijl jullie bezig zijn?'

'Ja hoor, geen enkel probleem. Het is inderdaad beter als u de auto hier laat staan.'

Toen Fran bij de achterdeur aankwam, wachtte haar nog een verrassing. Ze trof een grote kartonnen doos aan. Die kon niet bezorgd zijn door de postbode, laat staan door een koeriersdienst, aangezien die nooit tot aan de deur kwamen. Ze maakte de doos open en keek erin. Er zaten een printer en een vrijwel nieuwe keukenmachine in. Erbovenop lag een kaartje met Antony's adres.

Deze keukenmachine mag je hebben, ik gebruik hem toch nooit. En ik heb onlangs een nieuwe printer gekocht. Veel plezier ermee!

'Dat zal wel lukken, Antony!' zei Fran hardop tegen zichzelf. 'Maar hoe kan ik je in hemelsnaam terugbetalen? Het verwerken van een paar dozen wild is niet genoeg.'

Meer zou ze voorlopig niet voor hem kunnen doen, wist ze, maar ze was vastbesloten er iets op te vinden. Ze stond liever niet bij hem in het krijt. En ook al zou ze hem niet in geld kunnen terugbetalen, hij zou in de toekomst vast nog meer tegenprestaties voor haar hebben dan het leeghalen van zijn diepvrieskist.

Fran droeg haar nieuwe speeltjes naar binnen en ruimde de boodschappen op die ze na haar bezoek aan Amy had ingeslagen. Toen ze daarmee klaar was, goot ze de ochtendmelk in grote schalen, zodat de room kon komen bovendrijven en ze er de volgende dag mee aan de slag zou kunnen gaan. Wat niet meer in de schalen paste, liet ze in de karnvaten zitten. Hoewel ze tijdens het kaasmaken had geleerd flexibel te zijn, zouden betere spullen haar leven een stuk makkelijker maken. De keukenmachine was een goed begin.

Drie dagen later haalde ze Issi op van het station. De twee vriendinnen vlogen elkaar in de armen en sprongen zo wild in het rond dat de andere reizigers hen geamuseerd gadesloegen. Ze konden zich niet inhouden van blijdschap.

'Ik was zo jaloers dat jij een nieuw leven kon beginnen!' zei Issi voor de zoveelste keer.

'En ik ben zo blij dat we dit samen kunnen delen! Met zijn tweeën is het echt veel leuker dan alleen.'

Ze liepen naar de plek waar Fran haar auto had geparkeerd.

'Oké, wat is ons eerste project?' vroeg Issi, haar koffers achter zich aan trekkend.

'Laten we eerst maar eens thuis zien te komen. Na de lunch kun jij je koffers uitpakken, en dan zouden we daarna kunnen kijken of we die oude kachel en schoorsteenmantel kunnen slopen.'

'Doen we! Misschien kunnen we Tig vragen ons te helpen. Wie weet kan hij wat extra spierkracht regelen.'

'Goed idee. Een paar vrienden betalen is goedkoper dan een bouwvakker inschakelen.' Fran was even stil. 'Lieve hemel, wat een zware koffer!' verzuchtte ze, terwijl ze een van Issi's koffers achter in de auto probeerde te tillen. 'Wat zit erin? Kettlebells?'

'Vooral schoolboeken en keukenapparatuur die jij heel goed kunt gebruiken,' antwoordde Issi.

'O, super! In een goed uitgeruste keuken kan ik klaarmaken wat ik wil. Al zou ik waarschijnlijk meer hebben aan een goed uitgeruste melkerij.'

'Heb je een melkerij?'

'Ja, maar die is heel lang niet gebruikt. Hij staat vol troep en voldoet waarschijnlijk niet aan de hygiënevoorschriften.' Ze zweeg even. 'Er is nog een ander gebouw dat misschien makkelijker kan worden omgebouwd.'

'Dan moeten we daar werk van maken,' zei Issi, alsof ze aanvoelde dat Frans stemming was omgeslagen.

'Antony heeft aangeboden het voor mij te doen. Maar dat kan ik niet accepteren.'

'Vertel eens iets meer over die Antony?'

Fran gespte haar veiligheidsgordel vast. 'Je weet eigenlijk net zoveel over hem als ik. Hij is Amy's gezworen vijand en op dit moment mijn beste vriend.'

‘Alleen maar een vriend?’

Fran stond zichzelf een zucht toe. ‘Als hij niet Amy’s vijand was, en ik het niet zo vreselijk druk had met de boel draaiende te houden...’

‘Wat moet je dan allemaal doen? Tig doet immers de koeien...’

‘Ik probeer de boeken op orde te krijgen, het huis op te ruimen en wat te klussen aan de boerderij. Er moet nodig onderhoud gepleegd worden. Bovendien moet ik van Amy regelmatig dingen controleren of uitzoeken. Het is moeilijk te zeggen wat ik precies doe, maar het kost allemaal ontzettend veel tijd.’

‘Je bent dus eigenlijk een manusje-van-alles?’

Fran knikte. ‘Ik weet niet waar de tijd blijft. Ik heb niet eens tijd om mijn teennagels te knippen, laat staan mijn benen te waxen.’

‘Dus je gaat geen werk van Antony maken vanwege je harige benen?’

Fran moest lachen. Het klonk behoorlijk onbenullig. ‘Dat is niet de reden. We leiden allebei een totaal ander leven. Ik vind hem erg aantrekkelijk, maar eerlijk gezegd ook een beetje te hoog gegrepen, en na Alex heb ik de mannen afgezworen.’

‘Je had gewoon pech. Alex was aantrekkelijk maar te soft.’ Issi had pas gezegd wat ze van Frans vorige vriendje vond toen het uit was. ‘En hoezo te hoog gegrepen? Je bent een prachtige vrouw.’

‘Fijn dat je zo’n hoge dunk van me hebt, lieverd, maar je zou zijn huis eens moeten zien! Duur maar spuuglelijk. Stellen hebben vaak dezelfde status, zowel qua financiën als uiterlijk,’ ging ze door voordat Issi kon reageren. ‘O ja, weet je wat Amy zei toen ik haar vertelde dat jij kwam logeren?’

‘Vertel!’

‘Ze zei: “Dus je kunt het niet alleen af? Je stelt me teleur.” Fran slaakte een zucht. ‘Ik denk dat ik het in Amy’s ogen nooit goed zal kunnen doen. Het lukt me nooit de boerderij in mijn eentje te runnen, zoals zij al die jaren heeft gedaan.'

'Fran, Amy had een jarenlange ervaring. Jij moet van nul af aan beginnen. Natuurlijk is het moeilijker voor jou.'

'Dat weet ik. Ik vraag me alleen af of Amy dat ook begrijpt. Ze vindt dat de jongere generatie het te makkelijk heeft gehad. We zijn verwend, zei ze, of zoiets.'

Issi moest lachen. 'Ik hoop dat ik een keertje met je mee mag naar Amy. Het lijkt me een apart mens.'

Fran snoof en reed verder. Toen ze de boerderij naderden, kwam het dreunende geluid van een generator hen tegemoet. Het hek stond open en naast de weg lag een enorme stapel stenen, die duidelijk bedoeld waren voor de toplaag.

'Hé, je laat de oprit repareren!' zei Issi. 'Hoe kom je aan het geld?'

'Antony heeft ze ingeschakeld,' zei Fran. Ze klonk ontzet. 'Ik moet er niet aan denken hoe Amy zal reageren als ze erover hoort. Ze heeft al zo'n zwak hart.'

'Dan zou ik het haar maar niet vertellen,' zei Issi, praktisch als altijd.

'Dat was ik ook niet van plan. Maar wedden dat het haar op een andere manier ter ore zal komen?'

'Kom, we gaan naar binnen. Ik snak ernaar mijn koffer te kunnen uitpakken.'

9

'Heb je al over het menu voor de dinerclub nagedacht?' vroeg Issi op een zonnige ochtend een paar dagen later, toen ze de woonkamer na veel werk eindelijk stofvrij hadden verklaard. Een paar dagen eerder hadden Tig, Seb en de hulpmelkers de kolenkachel verwijderd, als zwart klusje vergezeld van zelfgemaakte brownies en bier. Nu waren Fran en Issi met meubels aan het schuiven om te kijken hoeveel mensen ze voor de dinerclub konden hebben.

'Nou, ik ga iets met veel kaas doen...'

'Uiteraard.'

'Maar het hoofdgerecht wordt wildpastei. Antony heeft een vrieskist vol fazanten en korhoenders die ik beloofd heb voor hem te verwerken. Als tegenprestatie voor het feit dat hij de oprit heeft laten repareren... Ja, ik weet het!'

Issi wierp haar vriendin een eigenaardige blik toe, maar liet het onderwerp rusten. 'Ga je het bladerdeeg kopen of zelf maken? Het namaakspul of het echte werk?'

'Ik overweeg zelf de boter voor het bladerdeeg te maken,' zei

Fran. 'En ik ga zelf bladerdeeg maken natuurlijk. Dat vind ik heerlijk ontspannend om te doen.'

'Oké, klinkt goed. Wat nog meer?'

'Nou, ik dacht aan een wintersalade met geitenkaas, maar dan zou ik kaas moeten kopen...'

Issi wachtte af. 'Over je lijk?'

Fran knikte. 'Dus ga ik proberen halloumi te maken.'

'Kan dat dan?' Het was duidelijk dat Issi dat overdreven vond.

'Ja, het vergt meer tijd, maar het kan prima. Alles is op het internet te vinden. Mijn voordeel is dat ik liters ongepasteuriseerde melk met een hoog botervetgehalte heb.'

Issi glimlachte. 'En als toetje? Cheesecake, gevolgd door een kaasplank, met alle soorten kazen die je in je keuken kunt maken?'

Fran liet zich de plagerij van haar vriendin welgevallen. 'Bijna goed. Alleen zit de hygiëne me dwars. Voor een dinerclub hoef je de voorschriften misschien niet volledig na te leven, maar ideaal is het niet. Ik kook toch voor betalende klanten.'

'Dit klinkt waarschijnlijk als heiligschennis,' zei Issi, 'maar kun je de eerste dinerclub niet zonder kaas houden? Het zou je de tijd geven om de kaasmakerij op orde te brengen.'

Fran slaakte een diepe zucht. 'Ik weet dat het verstandiger zou zijn, maar het zou mijn hart breken. Een van de redenen om de dinerclub te beginnen is dat ik mijn kaas wil presenteren.'

'Nou,' zei Issi kordaat, 'dan moet je morgenochtend bij Antony langsgaan en zijn aanbod om je het geld te lenen accepteren.'

Fran dacht na. 'Volgens mij werkt hij morgen thuis.' Ze fronste haar wenkbrauwen. 'Maar ik doe het liever niet. Ik vraag niet graag om hulp.'

'Hm, niets van gemerkt! Bij mij lijk je daar geen last van te hebben.'

'Jij bent mijn beste vriendin. Dat is iets heel anders.'

Voor de dinerclub zouden ze waarschijnlijk extra tafels en stoelen moeten lenen, besloten ze, al zouden ze zo veel mogelijk Amy's meubels gebruiken.

Ze waren aan het uitproberen hoe ver ze een tafel in de hoek konden schuiven en tegelijkertijd mensen nog zitruimte konden bieden, toen Issi vroeg: 'Dus iedereen krijgt een eigen pastei?'

Fran schudde haar hoofd. 'Nee, ik ga grote pasteien maken. Het hele idee van eten – en van de dinerclub in het bijzonder – is het samenzijn. Ik ga grote pasteien, schalen met groente en extra jus en dergelijke per groep van vier tot zes personen op tafel zetten. Op die manier moeten mensen elkaar opscheppen en raken ze vanzelf in gesprek, zelfs als ze elkaar niet kennen. Dat geeft het gevoel één grote familie te zijn.'

'O!' Issi was onder de indruk.

'Bovendien zou het een hels karwei zijn om voor iedereen een eigen pastei te maken,' voegde Fran eraan toe.

'Heb je wel genoeg ovenschalen? Of moet ik die op de lijst zetten van dingen die we via Marktplaats moeten aanschaffen?'

'Amy heeft een grote collectie ovenschalen, dus misschien hebben we daar genoeg aan. Voordat we op Marktplaats gaan zoeken, wat natuurlijk het verstandigst is, kunnen we kijken of er nog iets wordt aangeboden op de veiling in de buurt. Ik ben dol op veilingen!'

Er pasten twintig mensen in de woonkamer, concludeerden ze, die ze zouden verdelen over een tafel van acht, een tafel van zes en drie tafels van twee personen.

'Wat voor groente gaan we serveren?' vroeg Issi, terwijl ze de stoelen uit elkaar haalde om te testen of alle tafels bruikbaar waren.

'Wortels waarschijnlijk, en wat er verder aan seizoensgroente is.'

'En wat voor aardappelgerecht? Niet te ingewikkeld, hoop ik.'

'Puree, natuurlijk! Wildpastei met puree en jus. Daar zijn mensen dol op. Volgens mij moet die kleine tafel verder van de haard af staan, anders zullen mensen verschroeien, en dat willen we niet.'

'Als de schoorsteen wordt goedgekeurd, ga je de haard dan aanmaken?' vroeg Issi. 'Dan zou het hier wel eens erg heet kunnen worden, met al die mensen.'

'Ik zal Tig vragen een vuur te stoken dat er sfeervol uitziet, maar niet te warm is,' zei Fran. 'Hij weet vast hoe dat moet.'

'En als de schoorsteen niet goedgekeurd wordt, kunnen we kaarsen in de open haard zetten, achterin, zodat er niets in brand kan vliegen.'

'Wat een goed idee, Is. Oké, laten we nu gaan eten. Ik rammel.'

Later op de avond vroeg Issi Fran wel drie keer of ze Antony al had gemaild om te vragen of ze de volgende dag kon langskomen, dus uiteindelijk deed Fran het. Weldra ontving ze antwoord dat ze om tien uur welkom was.

De volgende ochtend liep Fran de bijna herstelde oprit af, stapte in haar auto en reed naar Antony. Ze was van plan daarna bij Amy op bezoek te gaan. Maar eerst zou ze Issi bellen om te vragen of ze mee het dorp in wilde, dan zou ze haar thuis oppikken. Issi was verbazend vroeg opgestaan om Tig te zien tijdens het koeien melken.

Terwijl Fran over Antony's perfect onderhouden oprijlaan reed, vergeleek ze de verzorgde staat van zijn landgoed met die van Hill Top Farm. Amy's boerderij beviel haar beter: het terrein was heuveliger en beslist armoediger, maar ook sfeervoller en – dat zou Issi beslist beamen – milieuvriendelijker. Maar goed, er bestond vast een middenweg tussen een bouwval en een modelwoning. Ze wenste dat ze om een andere reden bij Antony langsging, omdat hij haar voor het eten had uitgenodigd of zo. In plaats daarvan kwam ze min of meer om hulp smeken, terwijl ze iemand was die het veel makkelijker vond om te geven dan te nemen. Ze vond het oprecht vervelend om mensen om een gunst te vragen – met uitzondering van Issi – en het kwam erop neer dat ze Antony om een lening van enkele duizenden ponden moest vragen. Het feit dat hij het zich kon veroorloven maakte het er absoluut niet makkelijker op. Hoe dan ook, het moest gebeuren. Er stond meer op het spel dan haar trots.

'Waarom lach je?' vroeg Antony, terwijl hij Fran de koffie aanreikte die hij had gezet met een peperduur koffieapparaat ter grootte van een gezinsauto. Ze zaten aan de bar van zijn enorme keuken.

Ze probeerde haar giechelen te bedwingen. 'Het is gewoon zo grappig. Het contrast, bedoel ik! Jij hebt gezien hoe verwaarloosd Hill Top Farm is, en zelf woon je in een...' Ze gebaarde naar de blinkende keuken, die eruitzag alsof er nog nooit een ui in was gesnipperd. 'Nou, een toonzaal voor super-de-luxe keukenapparatuur.'

'Rustiek,' zei hij beslist. 'Hill Top Farm is rustiek.'

'Lief van je om het zo vleiend te formuleren. De boerderij is niet alleen rustiek, maar waarschijnlijk ook onhygiënisch.'

Peinzend nam hij een slok van zijn koffie. 'Je hebt gelijk,' zei hij ten slotte.

'Het is niet de bedoeling dat je dat beaamt! Je hoort te zeggen: "Een paar bacteriën kunnen geen kwaad."'

'Maar waarschijnlijk kun je ze beter niet allemaal tegelijk eten.'

Fran zuchtte. Antony dronk een dubbele espresso. Zelf had ze een caffè latte genomen. Op de een of andere manier gaf hun koffiekeus hem iets strengs en haar iets lichtzinnigs.

Ze steunde haar ellebogen op tafel en liet even haar hoofd in haar handen zakken. Toen richtte ze zich op. 'Ik ben gekomen om ja te zeggen tegen je aanbod me te helpen met een kaasmakerij. Die heb ik nodig, want ik wil mijn eigen kaas serveren tijdens een dinerclub. Met name om er reclame voor te maken.' Ze vertelde er niet bij dat ze al langer plannen had voor de dinerclub, en hoopte er geld mee te verdienen om hem te kunnen terugbetalen.

'Fran, hoelang denk je dat het zal duren om een bijgebouw om te bouwen tot een kaasmakerij?'

'Geen idee. Ik weet niet precies wat er voor nodig is. En ik snap dat ik tot die tijd met de dinerclub zal moeten wachten, maar ik dacht dat het sneller zou gaan als we er nu alvast mee beginnen.'

'Als je de kaas nog niet per se nu wilt verkopen...'

'Hoe bedoel je?'

'Als het je erom gaat de kaas tijdens de dinerclub te presenteren zonder mensen voedselvergiftiging te bezorgen, zou je de kaas ook hier kunnen maken. En bewaren, als je eigen koelkasten vol zitten. De keuken voldoet waarschijnlijk niet aan de voorwaarden voor een kaasmakerij, maar hij is wel vrij recent goedgekeurd voor het cateren voor grote diners.'

'Echt waar?'

Hij gebaarde naar een hoek. 'Daar is een dubbele gootsteen, die zoals je weet onmisbaar is voor een commerciële keuken. De gezondheidsinspecteur is een kennis van me, dus ik zou de keuken op korte termijn goedgekeurd kunnen krijgen. Zou je daar iets aan hebben?'

Fran was bijna sprakeloos. 'Dat zou geweldig zijn! Ik zou de melk hier naartoe kunnen meenemen en alle kaas kunnen maken die ik voor de dinerclub nodig heb. Dan kan niemand bezwaar maken tegen de omstandigheden waaronder...' Ze dacht aan de keuken van de boerderij. 'Nou, je weet wel...'

'Je kunt de rest van je gerechten ook hier bereiden, als je wilt.

Ik ben hier toch zelden en gebruik de keuken nauwelijks, behalve om koffie te zetten.' Hij glimlachte een beetje weemoedig.

'Daar zou ik enorm mee geholpen zijn,' zei Fran. 'Ik wil zelf bladerdeeg maken voor de pasteien. Hier zou ik er alle rust en ruimte voor hebben.'

'Klinkt goed.'

'Je komt toch ook naar de dinerclub, Antony? Als onze gast? Je hoeft natuurlijk niet te betalen.'

'Als ik kom, betaal ik ook.' Hij voegde eraan toe: 'Wat zijn je plannen qua wijn?'

'Die mogen mensen zelf meenemen. Dat is voor jou natuurlijk geen probleem. Ik weet nog niet wat ik moet doen voor mensen die het vergeten. Zelfs als we wijn op voorraad hebben, mogen we die zonder vergunning niet verkopen.'

'Er bestaat een beperkte alcoholvergunning voor zo'n vijf evenementen per jaar. Ik zou je goede wijnen kunnen leveren, die je met winst kun verkopen.'

'Dat klinkt goed, maar ik wil dat mensen zich vrij voelen om hun eigen wijn mee te brengen.' Ze nam nog een slok van haar koffie. 'Ik zal erover nadenken.'

Een tijdlang zwegen ze allebei. Toen zei Antony: 'Ik weet dat je niet graag hulp aanneemt en liever onafhankelijk bent. Maar je moet er niet te moeilijk over doen. Ik vind het fijn om een filantroop te zijn. Volgens Seb streelt het mijn ego.'

'Ik heb al zo veel hulp van je aangenomen...' begon ze.

'Terwijl je het niet wilde. Je vond het vreselijk om hier te komen en te vragen of ik met de kaasmakerij wil helpen, toch?'

'Ja,' zei ze met iele stem.

'Nou, je hebt het toch gedaan. Ik vind dat je trots op jezelf mag zijn.' Antony glimlachte, en zijn glimlach maakte hem ineens nog aantrekkelijker. En hij was al zo aantrekkelijk.

'Ik hoop ooit iets voor jou te kunnen doen. Iets waar ik je echt een plezier mee doe,' zei ze, overmand door dankbaarheid.

Toen herinnerde ze zich dat zijn motieven misschien wel uit eigenbelang voortkwamen. 'Behalve de boerderij aan je verkopen, als ik die erf,' liet ze er vlug op volgen.

Hij lachte uit volle borst.

Onwillekeurig registreerde ze zijn heen en weer bewegende adamsappel en prachtige gebit. Dankbaarheid maakt me overgevoelig, dacht ze. 'Ik moet eens gaan. Ik ga Amy opzoeken.'

'Ik zou zeggen "doe haar de groeten",' zei Antony, 'maar dat zou ze vast niet op prijs stellen.'

'Als ik haar vertel hoe behulpzaam je bent, verandert ze vast van gedachten.'

'Vertel het maar niet.' Hij klonk heel beslist. 'Het zal haar alleen maar ongerust maken. Ze zal mijn motieven verdacht vinden.'

'Ik kan haar uitleggen...'

'Nee, ze heeft al drie generaties lang een hekel aan mijn familie. Daar zal niets aan veranderen, wat je haar ook over me vertelt.'

Fran bestudeerde hem. Hij was knap, invloedrijk en enorm aardig voor haar. Ineens voelde ze zich ongemakkelijk. Was het verkeerd van haar om zijn hulp te aanvaarden, terwijl ze wist hoe Amy over hem dacht? Waarschijnlijk wel. Maar wat moest ze anders?

Hij voelde haar innerlijke worsteling aan en legde een hand op haar schouder. 'Maak je geen zorgen, Fran. Zeg gewoon niets tegen Amy. Ik ben niet zo'n slecht mens als ze denkt. Echt niet.'

'Maar je bent wel slecht?' zei Fran, zich hevig bewust van zijn aanraking.

Hij lachte. 'Nou, niemand is perfect!' Toen haalde hij zijn hand weg. 'Hup, naar je tante. Ik hoop dat het goed met haar gaat.'

Amy was in topvorm. Gezien het feit dat ze net bij Antony vandaan kwam en haar hoofd tolde, had Fran liever gehad dat het een van haar slaperige dagen was geweest. Ze besloot Amy te vertellen wat ze met de kolenkachel had gedaan en het onderwerp van de dinerclub aan te snijden.

'We wachten op de goedkeuring van de schoorsteenveger,' besloot ze, nadat het weer, het eten in het verzorgingshuis en het al dan niet doorgaan van de plaatselijke landbouwshow de revue waren gepasseerd.

'Schoorsteenveger? Tig heeft borstels, hij kan de schoorsteen voor je vegen.'

'Ja, dat heeft hij ook gedaan, maar ik wil zeker weten dat de schoorsteen veilig is, voordat we hem in gebruik nemen. Er moet een camera-inspectie worden gedaan om te controleren of er geen scheuren zijn.'

Amy klakte met haar tong. 'Mensen overdrijven tegenwoordig zo.' Met 'mensen' bedoelde ze Fran.

'Het zou vreselijk zijn als de boerderij afbrandde omdat de open haard onveilig is,' zei Fran geërgerd.

'Ik snap niet waarom je die kachel zo nodig moest weghalen. Ik heb er jaren geleden flink geld voor betaald,' mopperde Amy. 'Hij was heel zuinig met kolen.'

'Nou, laten we het over iets anders hebben. Ik heb besloten een dinerclub te organiseren op de boerderij.' Amy's uitdrukking leek belangstellend genoeg om verder te gaan. 'Het is een vrij nieuw concept. Mensen komen bij je thuis dineren en betalen wat ze het waard vinden.'

'Waarom?' vroeg Amy.

'Waarom ze betalen? Omdat ze lekker gegeten hebben, hoop ik.'

'Maar waarom zou je mensen te eten vragen en dan verwachten dat ze betalen? In mijn tijd deden we zoiets niet.'

'Nee, nou, het is ook een vrij nieuw concept.' In Amy's ogen was alles wat uit de periode van na de Tweede Wereldoorlog stamde waarschijnlijk nieuw, dacht Fran. 'Ik wil de plaatselijke bewoners leren kennen en mijn kaas presenteren, zodat ik die kan verkopen. Ik heb inmiddels een kleine voorraad van diverse soorten in de koelkast.'

'Heb je al veel dorpelingen ontmoet?'

Fran zou zweren dat Amy gedachten kon lezen en precies wist welke onderwerpen ze het liefste wilde vermijden. 'Nog niet zo veel. Tig, natuurlijk, en zijn moeder. Op dit moment logeert mijn vriendin Issi bij me.' Ze hoopte dat Amy belangstelling zou tonen voor Issi, die op dat moment in het dorp de kringloopwinkels aan het afschuimen was op zoek naar antieke ovenschalen.

'Heb je je ingelaten met die schurk van een buurman?'

Fran zou graag hebben gelogen, maar dat kon ze niet, want (a) ze was er niet goed in, en (b) Amy zou onmiddellijk weten dat ze loog.

'Eerlijk gezegd is Antony erg behulpzaam...'

'Antony, hè? Staan jullie al op zo'n voet met elkaar? Hij hangt vast de aardige buurman uit, maar vergeet niet dat hij zijn hulp alleen aanbiedt zodat de boerderij in betere staat is wanneer hij hem van je kan kopen. Hij zal je proberen over te halen!'

'Amy, echt...'

'Let op mijn woorden! Als hij behulpzaam is, voert hij vast iets in zijn schild.'

Fran had nog geen gelegenheid gehad om Amy te vertellen over het herstel van de oprit of zijn gulle aanbod haar te helpen met een kaasmakerij, maar ze vermoedde dat de wegreparatie Amy ter ore was gekomen. 'Hij heeft me fantastisch geholpen door me vaklui te sturen om de oprit te herstellen,' zei ze opstandig. 'Die was niet altijd begaanbaar voor de melkwagen, weet je.'

'In mijn tijd was dat geen enkel probleem!' zei Amy.

Fran besefte dat Amy zich haar moeizame laatste maanden op de boerderij waarschijnlijk niet meer kon herinneren. 'Het is fijn om een begaanbare weg te hebben.'

'Verkoop je nog wel melk aan de coöperatie?'

Fran vroeg zich af wie er had geklikt. Wie wist dat ze kaas van de melk maakte in plaats van die te verkopen? 'Nee, ik maak er kaas van. Volgens mij heb ik je dat al verteld.' Wat ze Amy niet had verteld, was dat de coöperatie zijn medewerking bijna had opgezegd en dat ze van haar spaargeld leefde.

'Dan heb je ook geen dure nieuwe weg nodig!'

'Nog even over de kaas,' zei Fran. Het leek haar beter Amy's opmerking te negeren. Blijkbaar had Amy iets gegeten dat haar in een zure stemming had gebracht. 'Ik zou graag cheddar willen maken. Kun je me vertellen waar de steengroeve is, waar je de kaas liet rijpen toen je die zelf nog maakte?'

'Nee,' antwoordde Amy. 'Als jij zo graag kaas wilt maken, moet je die zelf maar zien te vinden. Ik heb mijn boerderij niet aan je nagelaten zodat je dikke maatjes kunt worden met de vijand en hem voor een nieuwe oprit laat betalen.' Met elk woord leek Amy woedender te worden.

Fran slikte hevig en haalde diep adem. 'Amy, je bent nog springlevend, en je hebt me de boerderij nog niet nagelaten. We hebben afgesproken dat ik de boerderij een jaar zal runnen om te proberen of ik er een succes van kan maken. Dat gaat me zeker niet lukken als de weg onbegaanbaar is.' Ze besefte dat ze zelf boos begon te worden, wat averechts zou werken. Dus hield ze haar mond en glimlachte. 'Zeg, is er iets wat je nodig hebt? Kan ik volgende keer iets voor je meebrengen? Wil je mijn kaas misschien proeven?'

Amy keek haar strak aan. 'Wil je me soms vergiftigen? Iedereen weet dat oudere mensen beter geen zachte kaas kunnen eten. Er kan wel listeria of E. coli in zitten!'

Zodra ze zich met goed fatsoen kon excuseren, stapte Fran

op. Amy was me er eentje, zeg! Ze vond een schoorsteen laten keuren 'overdreven', maar weigerde een stukje kaas te proeven uit angst voor voedselvergiftiging!

Briesend van verontwaardiging liep Fran het café in waar ze met Issi had afgesproken. 'Je gelooft nooit wat ze nu weer heeft gezegd!'

Issi nam haar vriendin aandachtig op. 'Zeg maar niets. Neem een plak cake.' Ze schoof een bord met chocoladecake in Frans richting. 'Alles ziet er beter uit na een plak cake.'

10

Op de boerderij was de lente vroeg aangebroken, zodat Fran en Issi primula's konden uitgraven om ze te verplanten naar schaaltjes en theekopjes, als tafeldecoratie voor de dinerclub. Fran legde haar helpers Issi, Seb en Tig uit dat ze de verwelkte knoppen eruit mochten plukken. Naderhand zouden ze allemaal weer terug worden gezet.

'De kamer ziet er spectaculair uit!' verkondigde Issi, die haar zanderige handen afveegde aan haar schort, nadat ze op elke tafel primula's hadden neergezet.

'Ik ben er best blij mee,' zei Fran iets minder zelfverzekerd. Hoewel de dinerclub al snel was volgeboekt, wat geweldig was, moest ze zorgen dat het eten perfect was en al hun zorgvuldig opgestelde plannen zouden slagen.

'Het doet me denken aan een ouderwetse tearoom,' zei Seb, die had aangeboden te helpen met het verplaatsen van meubilair – wellicht omdat er altijd koek en gebak was als beloning.

'Is dat goed of slecht?' vroeg Tig, die er om dezelfde reden was.

'Het is prima,' zei Issi, die de rol van cheerleader op zich had genomen. Als iemand niet zo vrolijk was, fleurde zij hem of haar weer op. 'Na een paar slokken van hun gratis cocktail zullen ze het allemaal geweldig vinden!'

Als gratis drankje zouden ze Heavenly Dew serveren. Op internet hadden ze gelezen dat dat typisch iets voor dinerclubs was.

In een stoffig keukenkastje had Fran verschillende flessen sleutelbloemwijn aangetroffen, ook al wist iedereen dat Amy niet dronk. Ze had het er met Tig over gehad, die zei dat zijn werkgever de drank zou hebben omschreven als 'plattelandswijn', wat hem op de een of andere manier niet-alcoholisch maakte. Ze hadden besloten hem voor de dinerclub te gebruiken. Seb, die had laten blijken dat hij goed cocktails kon mixen, deed er een beetje brandy bij voor een extra kick en vulde het geheel aan met cava uit de plaatselijke supermarkt. Iedereen was blij met het eindresultaat.

De cocktail zou geserveerd worden in Amy's verzameling van verschillende glazen, met een paar geleende van mevrouw Brown erbij, die zich als vrijwilliger had aangeboden voor de bediening en hulp bij de afwas. Fran had zich zorgen gemaakt dat sommige mensen meer waar voor hun geld zouden krijgen dan andere, aangezien de glazen nogal verschilden in grootte. Issi had gezegd dat het niet uitmaakte.

Mevrouw Brown, die helemaal enthousiast was geraakt over de dinerclub, had dankzij het feit dat ze de sleutel van het dorpshuis had voor extra stoelen gezorgd en had ook haar eigen nogal uitgebreide verzameling mooie borden en schalen meegebracht, omdat Amy er niet genoeg had.

'Ik hou echt van die vintage look,' zei Issi. 'Die komt hier perfect uit, met de open haard en zo. Wie wil nou dat alles precies bij elkaar past?'

'Het heeft wel de uitstraling van spullen van een plattelandsveiling,' zei Seb. 'Maar misschien is dat wel prima.'

‘Het ziet er charmant uit,’ zei Issi beslist.

Fran maakte zich zorgen dat hij misschien wel gelijk had. Het zag er inderdaad een beetje uit als een ouderwetse tearoom, zo eentje met een uithangbord met gotische letters.

Naast de Heavenly Dew (die best sterk was) serveerden ze verschillende canapés, sommige met kaas, en allemaal niet te duur. De algemene favoriet waren de met kaas gevulde champignons, die Fran al minstens twee keer eerder als avondeten had geserveerd.

‘Geweldig dat we volgeboekt zijn,’ zei Issi. ‘Tenslotte kent niemand ons hier echt.’

‘Ik ben natuurlijk bij dat etentje geweest, en volgens mij heeft Antony geholpen het nieuws te verspreiden,’ zei Fran. ‘Bovendien hebben we kaartjes en zo in de plaatselijke winkels opgehangen. En jij bent een kei als het op online marketing aankomt.’

‘Mijn moeder heeft het aan al haar vriendinnen verteld,’ zei Tig, ‘maar als ze komen, is het alleen omdat ze hier al een tijdje niet meer zijn geweest.’

‘Ik verwacht dat veel mensen komen omdat ze nieuwsgierig zijn,’ zei Issi. ‘Zolang ze betalen voor het voorrecht is dat geen probleem!’

‘Als ze een leuke avond hebben, komen ze vast nog eens terug,’ zei Tig.

‘Waarschijnlijk ook omdat hier in de buurt niet veel restaurants zijn,’ zei Seb, ‘en dit is weer eens iets anders.’

‘Pastei met aardappelpuree, bedoel je?’ zei Fran, die zich plotseling zorgen maakte dat haar menu veel te eenvoudig was.

‘Wildpastei,’ zei Issi.

‘Met wild dat bij jachtpartijen op heel voorname landgoederen is afgeschoten,’ voegde Seb eraan toe. ‘Je zou het “Luxe Pastei met Puree” kunnen noemen, als je wilt.’

Issi en Seb zeiden het op een toon waaruit bleek dat ze zoiets al eerder hadden gezegd en dat ze er nu maar eens mee moest stoppen.

'Zolang de mensen maar genoeg betalen,' zei Fran. 'We moeten onze kosten dekken en zorgen dat we iedereen kunnen betalen...'

Seb onderbrak haar. 'Ik hoef niet betaald te worden, hoor. Ik heb een baan.'

'Ik ook,' zei Tig.

Fran kreeg tranen in haar ogen. 'Dank je wel! Ik sta erop jullie te betalen, maar waardeer alle moeite die jullie hierin hebben gestoken echt heel erg.'

Issi, die waarschijnlijk vermoedde dat haar vriendin zich een beetje overweldigd voelde, veranderde van onderwerp. 'Jammer dat het nog geen zomer is. Mensen zouden alleen al betalen voor het uitzicht.'

'Als deze dinerclub een succes wordt, kunnen we er nog wel een of twee organiseren,' zei Fran.

'Ik moet de koeien melken, dus ik ga nu,' zei Tig. Hoewel hij de volgende avond geen ober wilde zijn en zelfs niet wilde blijven eten, wilde hij wel in de keuken blijven en zo nodig de afwas doen.

'Je bent geweldig geweest, Tig. Heel hartelijk bedankt,' zei Fran.

'Inderdaad,' beaamde Issi, en ze gaf hem een knuffel.

'Ik kan beter ook gaan,' zei Seb. 'Ant heeft straks een vergadering. Hoe laat wil je me morgen hier hebben?'

Toen alle bedankjes waren uitgewisseld, ze afscheid hadden genomen en de twee vrouwen weer alleen waren, zei Issi: 'Wat zouden we ook weer qua alcohol doen? Brengt iedereen zijn eigen drank mee?'

'O, Is! Ik twijfelde of ik die vergunning zou aanvragen waarmee je vijf evenementen per jaar mag organiseren, waarover Antony me vertelde. Alleen heb ik er een beetje te lang mee gewacht en het uiteindelijk niet gedaan.'

'Je had het ook zo druk met al dat koken bij Ant en de kaasmakerij.'

'Klopt, maar ik had die vergunning toch beter kunnen aanvragen. Ik had niet verwacht dat we dit vijf keer per jaar zouden doen.'

'Mensen brengen dus hun eigen drank mee?'

'We hebben heel duidelijk gemaakt dat ze dat moesten doen, al heeft Antony voor wat lekkere, niet te dure tafelwijn gezorgd. Het bedrag dat mensen daarvoor betalen, is een donatie aan zijn favoriete goede doel.'

'Volgens mij ben jij zijn favoriete goede doel, Fran,' zei Issi, en ze keek haar vriendin onderzoekend aan.

Fran slaakte een zucht. 'Hij is ongelofelijk aardig geweest, maar heeft nooit laten blijken dat hij meer in me ziet dan alleen een buurvrouw. Niet dat ik hem zo vaak zie. Als ik in zijn keuken bezig ben, is hij er nooit.'

Issi lachte. 'Je weet wat Mark Twain zei: altruïstische daden bestaan niet. Hij vindt je gewoon leuk.'

'Niet op die manier! En als hij met zijn vrijgevigheid een bijbedoeling heeft, is het omdat hij de boerderij wil kopen als ik haar erf.'

'Maak je geen zorgen, ik weet zeker dat je de boerderij erft. Amy is dol op je.' Issi had Amy eindelijk ontmoet en was sindsdien een paar keer samen met Fran bij haar langsgegaan. Tot Frans opluchting konden ze heel goed met elkaar overweg.

'Niet altijd. Vergeet niet dat ze me ervan beschuldigde dat ik haar met mijn kaas probeerde te vergiftigen, ook al had ik haar er niets van gegeven!' Friemelend aan een losse krul dacht Fran eraan terug. 'Soms lijkt ze inderdaad liefdevol en wil ze graag dat ik van de boerderij een succes maak, maar andere keren is ze heel, nou ja... ik weet het niet. Heel kribbig en lastig.'

'Ze is oud. Dan mag ze dat zijn.'

'Ik weet het,' zei Fran. 'Het maakt het alleen wel moeilijk voor me. Zo wil ze me niet vertellen...'

'Wat niet?'

'Ach, laat maar. Weet je, ik ben er nog steeds niet zeker van dat er genoeg plaats is voor de gasten. We kunnen ze wel rond de tafels proppen, maar ze moeten wel hun mes en vork kunnen gebruiken.'

Uiteindelijk gingen Fran en Issi op de krapste plekken naast elkaar aan tafel zitten en deden alsof ze aten. Dat ging net.

Fran vatte weer moed. 'Zolang ik niet ben vergeten hoe je voor een grote groep moet koken, komt het goed. Gelukkig krijgt iedereen hetzelfde gerecht op min of meer hetzelfde tijdstip. En niemand heeft gebeld om te zeggen dat hij of zij vegetariër is, zoals we hadden gevraagd. Voor de zekerheid zal ik toch wat eenpersoons vegetarische pasteitjes maken. Je weet hoe mensen zijn.'

Hoewel ze op tijd waren begonnen met het inrichten van de kamer, was het laat tegen de tijd dat ze er eindelijk tevreden over waren.

'Ik zou hier wel komen eten,' zei Issi. 'Weet je, in de zomer zou je hier thee met scones en jam kunnen serveren, met je eigen room erbij, nu de oprit is opgeknapt.'

'Tegenwoordig moet je als boer je activiteiten spreiden om te kunnen overleven,' zei Fran. 'Ik hoop dat ik kaas kan maken van mijn room. Ik kan er natuurlijk ook wat van achterhouden. Ik zal erover nadenken.' Ze gaapte. 'Ik ben moe, en we hebben de dinerclub nog niet eens achter de rug.'

'Je hebt al veel voorbereidend werk gedaan en een boel meubilair verplaatst. Morgen zal het makkelijker zijn.'

Hoewel Issi geruststellend klonk, merkte Fran dat ze eigenlijk niet overtuigd was.

‘Het sneeuwt in elk geval niet. Het regent zelfs niet,’ zei Issi de volgende ochtend, terwijl ze Fran over de keukentafel heen een kop thee aanreikte. Het was nog heel vroeg en donker buiten, maar Issi stond altijd vroeg op en wist dat Fran vandaag niet zou willen uitslapen.

‘Nee,’ zei Fran, ‘stel je voor dat de gasten vanwege ijs de oprit niet zouden kunnen nemen, na al het werk en geld dat we erin hebben gestoken.’

‘Of wijzelf,’ zei Issi. ‘Ik ga Tig wat koffie brengen. Moet ik hem nog iets voor je vragen?’

‘Nee, ik denk het niet. Ik heb hem hier pas rond zes uur vanavond nodig. Hij moet zich na de middagronde melken eerst nog douchen en omkleden, en daarna wil ik graag dat hij de haard aansteekt. Wel zo dat het niet te veel warmte afgeeft.’

‘Dat kan hij wel,’ zei Issi. Ze vertrok met twee grote koppen koffie.

Fran slaakte een sentimentele zucht om de opbloeiende relatie van haar vriendin, voordat ze de ingrediënten verzamelde om genoeg bladerdeeg voor minstens twintig mensen te maken. Daarna ging ze naar Antony’s huis.

Die middag raadpleegde Fran haar lijst. Ze had zo’n beetje alles gedaan wat er tegen die tijd gedaan moest zijn. Het grote keukenfornuis brandde goed, en het kleine kooktoestel was op temperatuur. Ze was van plan de pasteien een uur voordat de gasten verwacht werden in de oven te zetten. Dan had ze tijd om ze te verwisselen, zodat ze aan alle kanten even bruin werden.

De groenten waren klaargemaakt en er waren bergen aardappelen geschild om puree van te maken. Ze had worteltjes, jonge kool en doperwtjes, die ze samen zou serveren zodat het geheel er kleurig en fris zou uitzien, niet saai en afgezaagd. En al kwamen de erwten uit de diepvries, de wortels en jonge kool kwamen uit de buurt en waren biologisch.

Ze had bieten geroosterd voor het voorgerecht, die ze als salade ging opdienen met haar eigengemaakte feta. Omdat het hoofdgerecht wellicht nogal zwaar was, had een licht voorgerecht haar een goed idee geleken. Als toetje was er een keus tussen chocoladetaart (uiteraard geserveerd met eigengemaakte dikke room) en een citroenmousse waar (verrassend genoeg) geen room in zat, zodat hij fris en licht was, bijna dieetvoedsel. Daarna zou er kaas op tafel komen met crackers, zowel eigengemaakte als uit de winkel, en door mevrouw Brown gebakken sodabrood. Bij de koffie (of een selectie theesoorten) zou eigenmaakte Schotse fudge worden geserveerd, voor het geval, zo verkondigde Issi, dat mensen naar huis zouden gaan zonder minstens tweeduizend calorieën te hebben verbruikt. Om daar honderd procent zeker van te zijn, zou Fran ze ook nog eens een tasje met een selectie van haar eigengemaakte kazen mee naar huis geven.

Om even een frisse neus te halen, ging ze naar buiten en keek naar het uitzicht. Ze zag dat bloesem de heggen oplichtte en spotte een paar vroege lammetjes in een verre wei. Ze wist dat Tig binnenkort zou ophouden zijn koeien te melken, zodat ze geen melk meer zouden geven totdat ze een kalf hadden gekregen.

Dan zou ze even pauze hebben van het kaasmaken, maar in de toekomst zou het betekenen dat haar inkomsten ook konden opdrogen. Ach, het had geen zin daar nu over te tobben, zei ze tegen zichzelf. Misschien was ze hier volgend jaar niet meer. Misschien kon ze zich beter druk maken over hoe ze zonder melk de kost zou verdienen.

Die gedachte deed haar pijn aan het hart. Het leven was hier niet makkelijk, maar elke dag bood een uitdaging, iets om te bereiken of te overwinnen. Ze vond het geweldig.

Fran en Issi, die allebei in de keuken de laatste hand aan de canapés legden, schrokken op toen ze de eerste auto hoorden aankomen.

Issi keek naar buiten en zei: 'Het zijn Seb en Antony maar.'

Dat 'maar' was niet wat Fran bij Antony voelde, al had ze zich ervan overtuigd dat dat kwam doordat ze hem bijna nooit zag. In haar hoofd was hij aantrekkelijker en sexyer geworden doordat het haar ontbrak aan voldoende dosis realiteit. Ze wist dat veel van haar gevoelens voor hem voortkwamen uit dankbaarheid. Als Antony er niet was geweest, had ze het waarschijnlijk weken geleden opgegeven en was ze teruggegaan naar Londen.

Issi ging naar buiten om ze te begroeten, terwijl Fran bleef waar ze was. Ze vulde champignons met een mengsel van bacon, gebakken broodkruimels, gebakken champignonsteeltjes en een beetje knoflook. Toen ze daarmee klaar was, legde ze er kaas bovenop en zette ze in de oven. Hoewel ze haar blik gericht hield op de klus waarmee ze bezig was, hield ze haar oren gespitst om te horen of Antony de keuken inkwam.

Daar hoefde ze niet lang op te wachten. Beide mannen kwamen al pratend binnen. 'Hé!' zei Seb, die Fran achteloos een kus op haar wang gaf. 'Dat ziet er heerlijk uit.' Hij pakte een champignoncanapé. 'Lekker,' verkondigde hij kauwend.

'Ze zijn nog niet klaar,' zei Fran.

'Sorry,' zei Seb, en hij veegde zijn mond met de rug van zijn hand af.

'Hoe kunnen we helpen?' vroeg Antony, die er minder ontspannen uitzag dan Seb en niemand kuste.

'Jullie zouden naar de woonkamer kunnen gaan om te kijken of die er goed uitziet. Kijk maar of we niets essentieels zijn vergeten,' zei Fran.

'Kom met ons mee,' zei Antony, en hij pakte haar bij een elleboog beet.

Ze liet zich meevoeren naar de ruimte naast de keuken, want ze wist dat ze zelf de laatste controle moest doen.

'Ziet er perfect uit,' zei Issi.

De kamer zag er inderdaad goed uit, vond Fran. De tafels waren prachtig gedekt met een samenraapsel aan serviesgoed, messen en vorken. Ze waren erachter gekomen dat die look veel moeilijker te bereiken was dan eigenlijk zou moeten. Hoewel de bordjes voor brood en de glazen allemaal verschillend waren, moesten ze gecombineerd worden met porselein dat bij elkaar paste. Er waren een paar bijna complete serviezen, maar die moesten uit elkaar gehaald worden, zodat je geen groepjes van dezelfde kleur kreeg.

Eerder op de dag hadden ze de primula's die waren verwelkt weggehaald, en Tig had het perfecte vuur aangestoken, met wat vlammen die licht uitstraalden, zonder veel warmte.

Feestverlichting was over de vensterbanken gedrapeerd en aan de sinds kort weer zichtbare balk boven de open haard vastgemaakt. Waxinelichtjes op de tafels en strategisch geplaatste tafellampen gaven de ruimte een warme, uitnodigende gloed. Ja, er stonden veel te veel tafels en stoelen, en ja, de mensen zouden een beetje dicht op elkaar zitten, maar er hing een fijne sfeer.

'Heel *gemütlich*,' zei Antony.

'Wat betekent dat?' vroeg Issi.

Hij maakte een gebaar. 'Gezellig, warm, intiem. Wat dit is, eigenlijk.'

Fran kende het woord en was blij. Dat was precies het effect dat Issi en zij wilden bereiken.

Voordat ze iets kon zeggen, hoorden ze nog een auto. Ze liep naar de deur. Om de een of andere reden wilde ze niet betrapt worden in de eetkamer.

'Hé, je hoeft niet weg te lopen,' zei Antony, die achter haar aan kwam.

Ze bleef staan. 'Dat weet ik. Ik moet alleen mijn champignons in de oven zetten. Issi? Moet Seb het aperitief maken, of heb jij het al gedaan?'

'Het moet wel even worden voorgeproefd,' zei Seb. 'Antony is vanavond de bob.'

'Wil jij dat doen? Dan ga ik weer aan het werk.'

Fran wist hoe het ging. Bij een dinerclub was je zowel chef-kok als gastvrouw. Je moest jezelf laten zien. Het was irritant dat er geen plek voor de gasten was om rond te lopen en een praatje met elkaar te maken, maar goed, dat was nu eenmaal zo. Wanneer ze haar groezelige schort afdeed en een schone voordeed om de mensen welkom te heten, zou iedereen zitten. Het zou eerder op een toespraak lijken dan naar groepjes mensen gaan om hallo te zeggen.

Aangezien ze daar niets aan kon doen, haalde ze diep adem en liep de woonkamer in.

Ze bleef even staan om de ruimte te bewonderen. Alles zag er nog beter uit nu de stoelen bezet waren en iedereen met elkaar zat te kletsen. Doordat mensen zo dicht bij elkaar zaten, raakten ze makkelijker met elkaar in gesprek. Bovendien kenden een hoop mensen elkaar al.

Ze drukte het gevoel weg dat ze een schoolhoofd was dat haar leerlingen tijdens een maaltijd toesprak, kuchte en wachtte totdat iedereen stil was.

Niemand merkte het. Antony, die vrij dicht bij haar zat, tikte met zijn vork op zijn waterglas.

'Dames en heren, uw aandacht graag!'

Hoewel ze hem dankbaar was, voelde ze zich nu verplicht een toespraak te houden. Ze zou het kort houden. 'Welkom, iedereen. Het is heel fijn zo velen van u hier te zien. Ik hoop dat u geduld met ons zult hebben als niet alles stipt op tijd wordt geserveerd. We zijn geen restaurant en we hebben geen personeel, dus heb ik vrienden ingeschakeld om u te bedienen. Zodra u de Heavenly Dew en de canapés op hebt, serveren we u bietensalade met huisgemaakte feta. Hoewel er menukaarten op tafel liggen, kunt u niet kiezen… het is een waarschuwing!'

Nadat de mensen beleefd om haar grapje hadden gelachen, kon Fran zich terugtrekken naar de plek waar ze wist wat ze deed.

Isa kwam binnen met een dienblad vol lege canapéborden en glazen. 'Ongelooflijk, zo veel vuile vaat we nu al hebben, nog voordat het eten op tafel staat! Waar zal ik deze neerzetten?' Alle oppervlakken leken vol met borden bietensalade te staan, inclusief Amy's strijkplank.

'Eigenlijk hebben we nog een dienblad of vijf nodig,' zei Fran, die zichzelf in gedachten vervloekte omdat ze zoiets fundamenteels was vergeten.

'Weet je wat? Ik zet deze vaat in die kartonnen doos neer en zet dit blad dan vol borden. Tig is er, en als je het hem vraagt, wil hij vast wel de salade serveren.'

'Dank je, Issi,' zei Fran. 'Het is geweldig je hier te hebben. Je bent altijd zo kalm.'

Issi maakte een afwijzend geluid en begon borden op het dienblad te zetten. 'Dat zijn we om beurten. Ik ben kalm voor jou, en jij voor mij als ik het nodig heb.'

Het lastigste was het eten op tafel te krijgen, of ze nu genoeg dienbladen hadden of niet. Er was nauwelijks ruimte om tussen de stoelen door te lopen, en er moest veel gereikt en doorgegeven worden. Gelukkig leken de mensen dat niet erg te vinden. Tig en Seb hielpen met de kurkentrekkers, en slechts een paar mensen waren vergeten hun eigen wijn mee te brengen.

Toen uiteindelijk de kaasplanken (door Tig op zijn draaibank gemaakt van een dikke oude eiken tak) op tafel stonden en iedereen zat te smullen, kwam Issi de keuken weer in.

'Je moet nu echt naar de woonkamer komen,' zei ze tegen Fran. 'Iedereen wil je feliciteren.'

'Oké.' Hoewel ze wist dat dit erbij hoorde en ze doorgaans niet verlegen was, wilde ze nu gewoon in de keuken blijven en afwassen.

Ze was heel blij met het eten. Ze had een randje bladerdeeg geproefd en wist dat het heerlijk was. Ook de rijke pasteivulling was smakelijk, met een niet te sterke wildsmaak. De groenten waren over het algemeen perfect, al waren een paar wortels voor sommigen misschien een beetje te *al dente*.

De chocoladetaart was ook heel lekker, al had ze zich een beetje te laat zorgen gemaakt dat ze bij twee gangen bladerdeeg serveerde en was de mousse bij sommige taarten wellicht geschift. Met de kaas was ze meer dan blij geweest. Een paar waren huisgemaakt, maar ze had ook een heel lekkere lokale blauwaderkaas geserveerd, net als een geweldige cheddar-achtige kaas. Ze besloot dat die laatste de standaard was die ze zou nastreven als ze ooit zelf harde kaas zou maken.

Ze dook de bijkeuken in en wierp een vluchtige blik op zichzelf in het verweerde spiegeltje dat er hing. Haar haar was kroezig en al haar make-up was verdwenen, maar ze had geen tijd om zichzelf te fatsoeneren. Ze zou zich erdoorheen moeten slaan.

Ze liep naar de woonkamer en wenste ondertussen dat ze in de loop van de avond tijd had gehad om een glas wijn te drinken om haar plotselinge paniek te dempen.

Zodra ze verscheen, stond Antony aan haar zijde. Hij sloeg een arm om haar middel.

'Hier is ze dan, de fantastische chef-kok van vanavond. Ik weet dat u allemaal uw waardering wil tonen.'

Iedereen begon enthousiast te klappen, waardoor Fran zich in verlegenheid gebracht voelde. Ze keek naar de glimlachende mensen rond de tafels die haar gelukwensten. Sommigen herkende ze van het etentje waar Antony haar mee naartoe had genomen: daar zaten Caroline en haar man Julian, Erica, een paar mannen die ze eerder had gezien, en daar was Megan, die opviel doordat er nog geen zweem van een glimlach op haar gezicht te bekennen was. Ze keek Fran vernietigend aan.

Antony ging door. 'U zult het met me eens zijn dat we hebben genoten van eten met restaurantkwaliteit in een werkelijk prachtige en originele setting. Fran zal me hier vast voor vermoorden, maar mag ik voorstellen dat u een gulle bijdrage voor het eten geeft? Dan kan ze misschien overgehaald worden dit nog eens te doen.'

Weer werd er flink geklapt. Daarna begonnen mensen van hun stoel op te staan, wat nogal lastig ging.

Fran ging terug naar de keuken. Issi hielp mensen bij het vinden van hun jas, en Seb en Tig stonden klaar om de enveloppen in ontvangst te nemen die op de tafels waren gelegd voor de bijdragen. Antony was met Megan gaan praten; Fran had gezien dat hij zich door de menigte een weg naar haar toe baande.

Ze had nauwelijks tijd gehad om aan de afwas te beginnen want de mensen kwamen naar haar toe. De eerste was Erica, de oudere vrouw die ze bij Caroline en Julian thuis had ontmoet.

'Dat was fantastisch,' zei ze zonder enige uitweiding vooraf. 'Vooral de kaas.'

'Ik heb niet alle kaas zelf gemaakt, hoor,' zei Fran snel. Ze vond het jammer dat dat zo was. 'Alleen de zachte.'

'O, ik weet wel dat je de harde kaas niet hebt gemaakt, en ook de blauwaderkaas niet, want ik ken de mensen die ze maken. Ik heb een kraam op de boerenmarkt en zou het geweldig vinden om jouw kazen te verkopen. Je moet wel zorgen dat de kaas gemaakt wordt in echt hygiënische omstandigheden, al dat irritante maar belangrijke gedoe.' Ze glimlachte. 'Dat was je vast toch al van plan.'

'Uiteraard,' zei Fran. 'Ik zou er graag een keer met je over praten.'

'Ik ook met jou. Ik wilde vragen of je een keer kunt komen koffiedrinken of zo. Niet iedereen wil over kaas praten.' Weer glimlachte Erica.

'Dat weet ik. Ik zou graag horen wat je er allemaal over weet.'

Ze bleven niet veel langer kletsen, want het leek wel of iedereen haar persoonlijk wilde feliciteren. Fran begon te ontspannen. Het was echt een succes.

Toen ze dacht dat iedereen nu wel was vertrokken, en Issi met mevrouw Brown bezig was met de afwas, verscheen Megan ineens.

'Hallo,' zei ze. 'Ik had het net met Antony over mevrouw Flowers. Ik wilde weten hoe jullie familie van elkaar zijn. Hij dacht dat ze een nicht of iets dergelijks van je was?'

'Waarom zou jij dat willen weten?' vroeg Issi, die vanuit de keuken kwam aanlopen om wat glazen te verzamelen. Misschien had ze wel door dat ze ook namens Fran sprak.

'Ik vind stamboomonderzoek fascinerend,' zei Megan snel, alsof ze die vraag had verwacht. 'Net als iedereen tegenwoordig.'

'O,' zei Fran. 'Nou, ik weet het niet precies. Mijn vader was een neef van Amy, maar best een verre. Stamboomonderzoek is vast heel fascinerend, maar ik heb geen tijd gehad om het precies uit te zoeken.'

'Niet eens toen je hoorde van deze boerderij?'

Dat leek nu inderdaad een beetje vreemd, besefte Fran. 'Tja, ik was bereid Amy's gedachten over onze familieband te aanvaarden, en mijn moeder was het met haar eens. Het kwam dus niet helemaal uit de lucht vallen.'

Megan haalde haar schouders op, alsof ze Frans nonchalante houding niet begreep, en veranderde van onderwerp. 'Het eten was best lekker. Was het de bedoeling dat je bij twee gangen bladerdeeg serveerde, of was het een vergissing?'

'Het was een vergissing,' zei Fran. 'Maar jij bent de enige die er iets over zegt.'

'Ik denk dat de anderen dat liever niet wilden doen,' zei Megan. 'Het bladerdeeg smaakte trouwens best goed.'

'Best goed?' tierde Fran nadat Megan was vertrokken. 'Best

goed! Dat bladerdeeg was geweldig, zowel van de pastei als van de chocoladetaart!'

'Klopt,' zei Antony. 'Kom nu bij het vuur zitten en neem een flinke borrel. Wij gaan opruimen.'

Ondanks haar tegenstribbelen leidde Antony haar naar een hoekje bij de haard waar iemand, waarschijnlijk hij, de dichtstbijzijnde tafel had weggeruimd en een leunstoel had neergezet. Het vuur laaide nu hoog op.

Seb verscheen bij haar stoel. 'Wat wil je drinken?' vroeg hij. 'Brandy?'

'We hebben geen brandy.'

'Seb gaat nooit van huis zonder een heupfles,' zei Antony lachend.

'Nee, dat geldt voor jou, vriend,' zei Seb. 'Maar nu heb ik toevallig wat cognac bij me, die lang niet slecht smaakt.'

Nadat hij een flinke hoeveelheid in een glas had geschonken, nam Fran een slokje en sloot haar ogen. Wat een avond!

11

Het was maart, en Fran keek tevreden rond. De ruimte naast de oude melkerij was omgebouwd tot een kaasmakerij, met aangrenzend een winkel die ook aan alle hygiënevoorschriften voldeed. De wonderbaarlijke transformatie was tot stand gebracht door werklui die goede bekenden waren van Antony, en de beide vertrekken waren glanzend en steriel.

Alle muren waren makkelijk afneembaar gemaakt. Er waren wasbakken en gootstenen geïnstalleerd. In beide ruimtes was een nieuwe vloer gelegd, en bij de ingang stonden splinternieuwe witte laarzen en sandalen klaar voor iedereen die het gebouw betrad. Binnen stond al het gereedschap dat elke kaasmaker zich kon wensen: emmers, een kaaspers, mallen en een stapel felblauwe kaasdoeken om de harde kazen in te wikkelen. Het zag er allemaal geweldig uit.

Het was goedgekeurd door de ambtenaar van de gezondheidsinspectie. Fran was deels verguld en deels ontzet toen ze besefte dat hij een gast van de dinerclub was geweest. Als professionele chef-kok wist ze hoe belangrijk hygiëne was, maar toch voelde ze zich opgelaten bij de gedachte dat ze voor hem had gekookt zonder te weten wie hij was. Stel dat er een verdwaalde haar in een gerecht en vervolgens op zijn bord was beland?

Maar hij was jong, vriendelijk en zeer geïnteresseerd in kaas, en had de kaasmakerij perfect gevonden. Het enige wat Fran nog moest doen, was een manier bedenken om haar kaas te verkopen, zodat ze Antony kon gaan terugbetalen. De verbouwing moest hem een fortuin hebben gekost. En ze moest ook de schuld van de boerderij zien in te lopen – die aanzienlijk was, had ze inmiddels ontdekt.

Toch voelde ze zich opgewekt en optimistisch toen ze aan haar middagwandeling begon. Ze ging kijken of de primula's die ze na de dinerclub had terug geplant, waren aangeslagen. Dat had ze tegen Issi gezegd. In werkelijkheid was ze op zoek naar de steengroeve. Ze wist dat die ergens op het terrein was, maar niemand wilde haar zeggen waar, of zelfs een hint geven waar ze moest zoeken. Misschien was Amy de enige die het wist? En die zou het zeker niet zeggen. Wellicht was het een test die ze moest afleggen, voordat Amy haar de geliefde boerderij zou toevertrouwen.

Ook dit keer vond ze de groeve niet, maar de wandeling deed haar desondanks goed. Op de terugweg besloot ze om Antony voor een diner uit te nodigen – met Issi en Tig erbij voor morele steun – om hem te bedanken voor zijn gulheid. Maar toen ze de hoek omkwam, zag ze een man voor het huis staan, die door een van de woonkamerramen naar binnen gluurde. Ze onderdrukte een kreet van schrik. Ineens wenste ze dat ze een hond had, die Issi en Tig zou waarschuwen dat er een vreemdeling op het terrein rondhing. Wie was hij in hemelsnaam en wat voerde hij in zijn schild?

'Neem me niet kwalijk!' zei ze luid, dapperder klinkend dan ze zich voelde. 'Kan ik je ergens mee helpen?'

Toen ze bij de voordeur aankwam, draaide de man zich naar haar om. Hij was lang en zongebruind, met een smal gezicht dat net niet knap te noemen was. 'Ben jij Fran Duke?'

'Sorry, wie ben jij?' vroeg ze.

'Roy Jones,' antwoordde hij. 'Als jij Fran bent, ben ik je verloren neef uit Australië.'

Het duurde even voordat zijn woorden tot haar doordrongen. Toen besefte ze dat hij het andere verre familielid moest zijn aan wie Amy had geschreven en die haar brief nooit had beantwoord.

'O!' zei ze verbouwereerd. 'Wat doe je hier?'

Zijn mond trok scheef toen hij glimlachte. 'Wat denk je? Ik kom de boerderij bekijken. Tenslotte ga ik die erven.'

Fran wist niets te zeggen. In tegenstelling tot de meeste andere mensen ging ze er niet van uit dat ze de boerderij zou erven. Maar de gedachte dat deze man de boerderij zou inpikken, beviel haar niets. Ze kuchte.

'Ga je me niet binnen vragen?' zei Roy.

Fran forceerde een glimlach. 'We lopen even achterom. Op het platteland gebruikt niemand de voordeur.' Terwijl ze om het huis heen naar de achterdeur liepen, en Fran spijt had dat ze die niet op slot had gedaan, vroeg ze: 'Waar is je auto? Ik neem aan dat je er een hebt gehuurd?'

'Die heb ik bij het hek laten staan. Ik wist niet hoe de oprit eraan toe was en wilde niet vast komen te zitten.'

Aangezien de oprit er inmiddels piekfijn uitzag en dat ook was, geloofde Fran hem niet. Hij had zijn auto daar laten staan om stiekem een kijkje te kunnen nemen. Als ze niet was thuisgekomen, had hij ontdekt dat de achterdeur niet op slot zat en was hij ongevraagd naar binnen gegaan. Ze huiverde bij de gedachte.

Ze opende de deur en leidde hem naar de keuken, waar ze de ketel op het vuur zette. 'Hoelang ben je van plan te blijven?'

'Nou, dat hangt ervan af,' zei hij, en hij keek haar met een eigenaardige blik in zijn ogen aan.

'Waarvan?' Fran voelde zich in het nauw gedreven. Moest ze hem een logeerplek voor de nacht aanbieden?

'Hoelang die oude dame erover doet om dood te gaan.'

Zijn woorden kwamen als een schok. Dat meende Roy toch niet? De brutaliteit! 'Wil je haar niet leren kennen dan?'

'O, nee. Ik wil gewoon zorgen dat ze een indruk van me heeft voordat ze sterft. Het is ongetwijfeld fijn voor haar om te weten wie de last van die oude boerderij gaat overnemen.'

'Ik geloof mijn oren niet,' mompelde Fran, terwijl ze koffie pakte en in de cafetière schepte.

'Waar ik vandaan kom, zeggen we waar het op staat,' zei hij. 'We draaien niet om de hete brij heen.'

'En waar ga je overnachten? Ga je een vakantiehuis huren of zo?'

'O, ik overnacht hier. Jij logeert hier, dus ik ook.'

Fran werd overweldigd door de behoefte om te gaan zitten, maar ze stond met de ketel in haar hand, dus dat ging niet. 'Maar ik run de boerderij...'

'Ik weet waarschijnlijk meer van het boerenbedrijf af dan jij.'

Fran goot kokend water over de koffie. Ze pakte melk en schonk die in een kannetje, dat ze vervolgens in de magnetron zette. Ze zou niet in paniek raken; ze zou rustig blijven, diep ademhalen en de indruk wekken dat ze zichzelf onder controle had.

'Vanwaar je plotselinge interesse in de boerderij?' vroeg ze. 'Amy vertelde me dat je niet op haar brief hebt gereageerd.'

'Ik wist toen nog niet dat het zo'n goed object is. De grond tenminste. Als ik het erf, sloop ik de boerderij en zet ik er een paar huizen neer.'

'Ik weet niet of je daar wel een bouwvergunning voor krijgt. Bovendien zal het Amy's hart breken.'

'Dan is ze toch al dood, schat.'

'Misschien laat ze de boerderij helemaal niet aan jou na.'

'O, dat doet ze heus wel. Ik ben zelf boer, en we zijn nauwer verwant dan jij en zij. Dat zal ze belangrijk vinden.' Hij glimlachte. 'En ik ben een man, snap je. Voor een vrouw van haar generatie telt dat. Bovendien ben ik een betere boer dan jij ooit boerin zult zijn.'

'Maar Amy heeft de boerderij zelf jarenlang met succes gerund. In haar eentje. En zij is ook een vrouw.' Fran stikte bijna van verontwaardiging.

'Was het wel zo'n succes?'

Fran schonk de koffie in. Ze pakte de melk uit de magnetron en nam eerst zelf, voordat ze hem wat aanbood. Zonder op zijn vraag te reageren stelde ze hem de vraag die haar op de lippen brandde: 'Hoe ben je er eigenlijk achter gekomen dat het zo'n "goed object" is?'

Hij haalde zijn schouders op, en zijn glimlach was bijna minachtend. 'Laten we het erop houden dat een engel het me heeft ingefluisterd.'

'Wie dan?'

Dit keer was zijn minachting onmiskenbaar. 'Dat zou je wel willen weten, hè?'

Omdat ze voelde dat hij haar er graag verder mee zou sarren, veranderde ze van onderwerp. 'Je kunt hier niet overnachten. Ik heb hier al iemand te logeren. Dus er is te weinig ruimte voor.'

'Een man of een vrouw?'

'Waarom wil je dat weten?'

Opnieuw haalde hij zijn schouders op. 'Het maakt verschil. Als het een man is, delen jullie waarschijnlijk het bed. Als het een vrouw is, zul je haar moeten wegsturen. Ik blijf hier, want ik heb net zo veel recht om hier te wonen als jij.'

Fran dacht snel na. Er waren nog een paar slaapkamers niet in gebruik. Maar moest ze deze man echt in huis nemen?

'Ik weet niet of Amy het wel goedvindt dat je hier bij mij woont. Ze is nogal ouderwets.'

'Ik zou niet weten waarom niet. Beter dat ik hier woon dan dat jij met de vijand heult.'

'Wat bedoel je?' Al had Fran een vermoeden. Zoals ze ook een vermoeden had wie Roy had opgespoord en had gesuggereerd dat het de moeite waard was om langs te gaan.

'De buurman.'

'Welke buurman?' Ze was niet van plan het hem makkelijk te maken.

'Antony Arlington.'

Fran nam een slok koffie. Die was koud en bitter, en paste perfect bij hoe ze zich voelde. Megans interesse in genealogie had resultaat gehad.

'Zie je, ik ken al je vieze geheimpjes, Francesca.'

'Ik heb geen geheimen, Roy, en zeker geen vieze. Ik stel voor dat we samen naar Amy gaan om te horen of zij het een goed idee vindt dat je op Hill Top Farm komt wonen. Ze heeft me een jaar gegeven om er een succes van te maken. Als me dat lukt, laat ze mij de boerderij na, heeft ze gezegd. Volgens mij heb je je kans gemist.'

Langzaam schudde hij zijn hoofd. 'Nee, ze zal mij de boerderij nalaten, zonder dat ik er iets voor hoef te doen. Ik ben het meest naaste familielid van haar overleden man, dus de boerderij is van mij. Ze heeft hem jou alleen aan aangeboden omdat ik niet op haar brief heb gereageerd. Maar zodra ze me heeft ontmoet, zal ze de boerderij aan mij nalaten.'

Fran keek op haar horloge. 'Op dit moment zit ze waarschijnlijk te lunchen. Daarna doet ze haar middagdutje. Ik stel voor dat je nu een overnachtingsplek gaat regelen en dat we om een uur of twee bij Amy op bezoek gaan.'

'Niets daarvan. Ik ga nu mijn auto halen, en jij gaat een slaapkamer voor me in orde brengen.'

Zodra hij weg was, appte Fran Issi, hopend dat haar vriendin ergens was waar ze bereik had. Toen liep ze langzaam de trap op, zich ondertussen afvragend hoe alles in zo'n korte tijd zó mis kon gaan. Deze ochtend was ze nog hoopvol en optimistisch geweest, en opgetogen over haar prachtige nieuwe kaasmakerij, en nu leek het erop dat alles haar kon worden afgepakt door een man uit Australië die geen enkele interesse had in het huis of de boerderij, maar van plan was rond te hangen tot 'de oude vrouw doodging' zodat hij zijn erfenis kon opstrijken, om vervolgens alles wat Amy gedurende haar leven had opgebouwd, te verkopen. Dat kon ze niet laten gebeuren!

Waarschijnlijk zou Issi haar bericht pas krijgen tegen de tijd dat Roy en zij onderweg waren naar Amy, maar misschien zou ze voor hun terugkeer thuiskomen. Een troostend vooruitzicht. En misschien zou Issi Tig wel meenemen. Koortsachtig probeerde Fran zich te herinneren of Tig vandaag de koeien moest melken. Ze dacht van wel.

Toen ze Roys auto hoorde aankomen, haastte ze zich naar beneden. Het liefst had ze hem meteen naar haar auto geleid om naar Amy toe te rijden, maar ze besefte dat ze hem de tijd moest geven om zich op te frissen en zijn tas naar zijn kamer te brengen.

'Je kamer is de trap op, aan het einde van de gang, tweede deur rechts.' Ze ging hem voor en leidde hem rond. 'De badkamer is om de hoek. Het is een handdouche, en 's avonds werkt het warme water het best.'

'Ik zou liever een slaapkamer met een tweepersoonsbed...' begon Roy.

Daar was Fran op voorbereid. 'Dat geloof ik graag, maar ik was hier het eerst.'

'Klinkt redelijk.'

'Dat je het überhaupt durft te zeggen!'

'Wind je niet op. Ik zei het alleen om je op stang te jagen.'

Fran keek hem woedend aan. 'Nu we elkaar toch aan het pesten zijn: kun je bewijzen dat je echt bent wie je beweert te zijn?'

Hij keek haar een ogenblik met tot spleetjes samengeknepen ogen aan. Toen haalde hij een brief uit zijn jaszak. De brief zat in dezelfde envelop als de brief die Fran van Amy had gekregen, en ze herkende het handschrift meteen. Roy overhandigde haar de brief. 'Is dat voldoende?'

Ze hoefde de brief niet te lezen om te weten wat erin stond. 'Oké. Nu weet ik dat je echt Crocodile Dundee bent. Dus laten we naar Amy gaan. Ik ga me nog even klaarmaken.'

Ze wilde een moment om Antony te appen en hem van de indringer op de hoogte te brengen. Niet dat hij iets kon doen, maar ze zou zich beter voelen als hij ervan wist.

'Oké,' zei ze, eenmaal terug bij de achterdeur. 'Laten we gaan. Als we op het verkeerde moment komen, slaapt ze al, en dan moeten we morgen weer gaan.'

'Mij maakt het niet uit. Ik ga voorlopig nergens heen.'

Fran sloot het huis af, en terwijl ze naar de auto liepen, vroeg ze zich af hoe ze de situatie het hoofd moest bieden. Deze man zou in haar huis komen wonen, en ze had geen idee hoe ze van hem af moest komen. Maar er móést een manier zijn. Ze moest er alleen nog even opkomen.

'Mooie omgeving,' zei Roy, terwijl ze over de landwegen naar het dorp reden.

'Ben je van plan hier te komen wonen?'

'O nee. Het is mooi, maar benauwend. Ik zou er niet tegen kunnen, al die smalle kronkelweggetjes en heuvels die je het zicht op de horizon ontnemen. Nee, zodra ik mijn winst heb geïncasseerd, ga ik terug naar Australië.'

'Je bent er wel erg zeker van dat jij de boerderij gaat erven.'

'Dat ergert je nogal, merk ik. Maar inderdaad.' Roy was even stil. 'Het is volstrekt logisch. Ik heb onze stambomen bestudeerd – die engel, Megan, was erg behulpzaam – en van ons tweeën ben ik het meest naaste familielid. Het scheelt weliswaar niet veel, maar ik ben ook nog eens een man, en een vrouw als Amy vermaakt haar erfenis liever aan een man. Bovendien ben ik familie van haar overleden man. Dus zal ze de boerderij aan mij willen nalaten.'

Fran reageerde niet, maar concentreerde zich op het autorijden. Ze zou geen auto-ongeluk veroorzaken om hem om het leven te brengen. Ergens kon ze niet geloven dat Amy zo ouderwets kon zijn, maar tegelijkertijd leek het ook volkomen voorstelbaar.

Ze hoorde haar mobiele telefoon pingen, ten teken dat ze bereik had, en zette de auto op de gebruikelijke plek aan de kant. 'Neem me niet kwalijk, ik moet even mijn berichten checken om te zien of er niets dringends is. De meeste van mijn vrienden hebben nog niet door dat ze me op de vaste lijn moeten bellen.'

Er was een appje van Issi, als antwoord op Frans paniekerige bericht. Ze schreef dat ze met Tigs auto in het dorp was om iets voor hem op te halen, maar zo snel mogelijk naar de boerderij zou gaan. Verder was er een e-mail van Frans moeder, die kon wachten, en een bericht op haar voicemail. Ze luisterde het af. Het was een medewerker van de bank, die haar verzocht om een afspraak te maken met de manager.

De schrik sloeg haar om het hart. Ze vermoedde wel dat Amy een lening had lopen, maar Amy had er niets over gezegd, dus had ze de gedachte verdrongen.

Nou, daar zou ze mee moeten ophouden. 'Nadat we bij Amy zijn geweest, moet ik naar de bank,' zei ze. Ze voelde zich onpasselijk. 'Ze willen me spreken.'

'Bedoel je niet dat ze óns willen spreken?'

'Hoor eens, Roy, je bent hier nog maar net. Ik run de boerderij, totdat Amy anders besluit. Trouwens, ik moet er alleen heen om een afspraak te maken.' Dat gaf haar houvast: zij had de leiding, ook al was dat geen onverdeeld genoegen.

Ze stopte haar telefoon terug in haar tas en reed verder.

'Wat ga je doen als de boerderij verkocht is?' vroeg Roy een paar minuten later. 'Ga je dan terug naar Londen?'

'Ik ben geen helderziende,' snauwde Fran, nog altijd van slag door het bericht van de bank en Roys plotselinge verschijning. 'Zo ver kan ik niet vooruitkijken. Amy is nog kerngezond. Voor hetzelfde geld leeft ze nog een aantal jaren.'

'Ze zit in een verpleegtehuis. Volgens de statistieken leven mensen dan niet lang meer.'

'Amy voldoet niet aan de statistieken. Als je haar ontmoet hebt, zul je begrijpen waarom.'

Ze hadden hun bezoek goed getimed. Amy was opgewekt en levendig. Toen Fran Roy aan haar voorstelde, ging ze rechtop zitten en bestudeerde hem uitgebreid.

'Waarom heb je mijn brief niet beantwoord?' vroeg ze zonder hem te begroeten.

Roy glimlachte. Dat deed hij allercharmantst, merkte Fran op, terwijl zij intussen zorgde dat Amy alles had wat ze nodig had. Roy pakte een stoel en ging zitten.

'Ik heb die brief in eerste instantie niet gekregen, oudtante,' zei hij. 'Toen ik eindelijk las waar het om ging, was ik ontzet en ben ik met spoed hiernaartoe gekomen. Ik had het geluk een goede vlucht te kunnen boeken en hier vierentwintig uur later te zijn.'

Fran wist dat hij loog, maar dat kon ze moeilijk zeggen, want ze kon het niet bewijzen.

'Toen ik van de boerderij hoorde, was ik meteen vastbesloten,' ging Roy door. 'Ik ben al mijn leven lang boer, dus ik weet hoe belangrijk het is om een bloedlijn voort te zetten.' Hij glimlachte opnieuw. 'Zowel bij mensen als bij vee.'

Zijn woorden ontlokten Amy bijna een glimlach. 'Hoe heb je zo op stel en sprong kunnen afreizen?'

'Ik run de boerderij samen met mijn vader en een paar hulpkrachten. Het is een grote boerderij, maar met zijn vieren weten we de boel draaiende te houden.’

Fran moest Roy nageven dat hij inspirerend beschreef hoe zijn vader van ’s ochtends vroeg tot ’s avonds laat had gewerkt om de boerderij vanuit het niets op te bouwen. De pracht van het Australische achterland bracht hij zo overtuigend dat zelfs Fran er het liefst direct naartoe was gevlogen om het zingen van de kookaburra te horen en de kangoeroes over de vlakte te zien springen. Ze wist maar weinig van Australië, maar zijn verhaal klonk geloofwaardig.

Amy, die misschien minder goedgelovig was, zei: ‘Als je vader echt zo hard gewerkt heeft om die grotere boerderij uit het niets op te bouwen, wil je hier vast niet blijven om een boerderij te runnen.’

Roy leek voorbereid op haar reactie. ‘Ik heb een jongere broer die te zijner tijd dolgraag de boerderij van pap wil overnemen.’

Amy fronste. ‘Toen ik je aan het opsporen was, heb ik anders niets gelezen over een jongere broer.’

‘Hij is mijn halfbroer. Maar ik beschouw hem als mijn volle broer.’

Vervolgens vertelde hij uitgebreid hoe geweldig hij het zou vinden om een boerderij over te nemen van een familie van trotse boeren die zo ver terugging, en dat hij van plan was die winstgevend te maken en de toekomst ervan te garanderen.

Totdat Amy hem onderbrak. ‘Heel fijn,’ zei ze, en ze sloot kort haar ogen. Nadat ze ze weer had geopend, zei ze tegen Fran: ‘Logeert die vriendin van jou nog steeds op de boerderij?’

‘Ja.’

‘Mooi zo. Anders zou het ongepast zijn dat Roy er verblijft.’

‘Fran moet misschien een andere logeerplek zoeken,’ zei Roy.

‘Fran runt de boerderij,’ zei Amy stellig.

‘Maar dat kan ik doen! Zo’n klein bedrijf is makkelijk zat voor mij, met al die hectares die ik gewend ben.’

Amy fronste, alsof ze Roys woorden niet begreep. 'Francesca runt de boerderij,' herhaalde ze.

Kort daarop rondde Fran hun bezoek af, want het was duidelijk dat Amy wilde slapen. Maar ze was ook opgetogen en had duidelijk genoten van Roys bezoek. Hij was overgekomen als een enthousiaste en toegewijde boer die zijn hart en ziel in Hill Top Farm zou steken.

'Ik heb nog het een en ander te doen,' zei Fran. 'Waarom kijk je niet een beetje rond in het dorp?' Ze verwachtte half en half dat hij met haar mee zou willen naar de bank, maar dat zou ze niet toestaan.

'Kun je me het dichtstbijzijnde café wijzen waar ze Sky hebben? Ik kijk graag sport, en ik wil wedden dat de boerderij geen Sky heeft.'

'Dat heb je dan goed gewed! Ik ken de cafés hier niet, maar daar verderop is er een waar je het kunt vragen. Als ik bij de bank ben geweest, zie ik je daar.'

'Geweldig. Er is vanavond een wedstrijd die ik wil zien.'

'Je lijkt geen last van een jetlag te hebben,' zei Fran, toch een beetje onder de indruk. 'Als ik de halve wereld was rondgevlogen, zou ik vroeg naar bed willen.'

'Je bent ook maar een vrouw, dus je hebt niet het uithoudingsvermogen van mannen.'

Ze grimaste tegen hem en ging toen op weg naar de bank. Ze was misschien 'maar een vrouw', maar hij zou er snel genoeg achter komen uit wat voor hout ze was gesneden!

12

Tot Frans opluchting zag ze Tigs auto staan en kwam Issi meteen naar buiten om hen te verwelkomen.

'Jij moet Roy zijn,' zei Issi met uitgestoken hand en een stijf glimlachje. De boodschap in Frans paniekerige bericht moest duidelijk zijn overgekomen. 'Leuk je te ontmoeten.'

'Insgelijks,' zei Roy, die haar met een vriendelijke grijns de hand schudde. 'Dus jij Fran houdt gezelschap op de boerderij, als ik het goed begrijp?'

'Klopt.'

'Vanaf nu ben je mijn chaperonne!' zei Fran vrolijk. Ze hoopte dat haar wanhoop niet in haar stem doorklonk. 'Amy vroeg of je nog bij mij logeerde, want anders had Roy ergens anders onderdak moeten zoeken.'

'Laten we eerlijk zijn, dames,' zei Roy op redelijke toon. 'We kunnen doen wat we willen. Ze komt er toch nooit achter. Je kunt gewoon terug naar Londen verhuizen, Fran, en alles aan mij overlaten.' Hij grijnsde. 'Zoals de oude dame uiteindelijk ook zal doen.'

Fran, die zag dat Issi haar stekels opzette, hief een hand op. 'Laten we naar binnen gaan. Ik snak naar een kop thee. En Roy, vergis je niet, alles wat hier gebeurt, komt Amy ter ore. Je verblijft hier bij ons, of je gaat ergens anders naartoe. Wij blijven hier.'

'Snap ik. Ik vind het geen probleem dat je de strijd aangaat, zolang je maar weet wie er gaat winnen. Nou, pak je kop thee en leidt me rond.'

Roy stond erop dat ze hem alles liet zien. Ondertussen leverde hij overal commentaar op, van de oude schuur op de heuvel ('Mooie dakpannen. Ik wed dat ze een aardig centje zullen opleveren. Ik zal eens uitzoeken wat ze waard zijn.') tot aan de nieuwe kaasmakerij ('Deze ruimte moet een lieve duit hebben gekost. Hoe heb je de verbouwing gefinancierd? Niet met geld van de oude dame, want dat weet ik toevallig.'). Tegen de tijd dat Fran hem terugloodste naar het huis – Roy zag werkelijk álles in termen van geld – had ze behoefte aan iets sterkers dan thee. Gelukkig had Issi het avondeten bijna klaar en een fles wijn opengetrokken.

Toen Issi en Fran na het eten stonden af te wassen, roddelden ze over Roy, die naar de pub was gegaan om de wedstrijd te kunnen zien (om welke sport het ging was onduidelijk gebleven, en ze hadden er niet naar willen vragen.)

'Ik heb met veel Australiërs samengewerkt,' zei Fran, terwijl ze de bladerdeegresten uit de taartvorm schraapte. 'Het waren allemaal aardige, hardwerkende mensen met veel humor. Waarom is Roy niet zo?'

'Sorry dat ik het zeg,' reageerde Issi, 'maar wie zegt dat hij niet hard werkt en geen humor heeft? We haten hem gewoon omdat hij dit,' ze gebaarde om zich heen, 'van je wil afnemen.'

'Haten is een groot woord.'

'Ja,' beaamde Issi. 'En er is nog een reden waarom ik hem haat. Want als hij echt zo'n rotzak is dat hij de boerderij en de grond wil verkopen, wat zal er dan met Tigs baan gebeuren? En met zijn huis? Jij bent niet de enige die terug naar Londen zal moeten verhuizen. Nee, Tig en ik zullen hier ook weg moeten. En denk maar niet dat hij in Londen zal kunnen aarden.'

Fran zette water op, vooral uit gewoonte. 'In zekere zin is het voor jou erger dan voor mij.'

'Ik maak me vooral zorgen om Tig. Hij houdt net zo veel van het land als Amy.'

'En ik,' zei Fran. 'Shit!'

'Tijd voor thee. Bij de haard. Ga jij maar vast zitten, dan breng ik het.'

'Tot overmaat van ramp,' zei Fran na een slok thee, 'wil de bank dat ik langskom. Het zal wel met Amy's lening te maken hebben. Ze heeft me verzekerd dat er het eerste halfjaar geen vuiltje aan de lucht zou zijn, maar volgens mij is ze de lening vergeten.'

'O, Fran! Wanneer moet je naar de bank?'

'Ik heb volgende week een afspraak. Ik was liever vandaag gegaan, maar het is zo'n klein kantoor dat de manager er zelden is.'

'Oké,' zei Issi, 'genoeg tijd dus om nog wat geld te verdienen. We kunnen weer een dinerclub organiseren. Of wat dacht je van een pop-uprestaurant in de schuur!'

Fran moest lachen. De schuur was opgetrokken uit golfplaten en aan beide kanten open, zodat de elementen vrij spel hadden. Bovendien stond hij vol met machines. 'En dat alles in een week? Fluitje van een cent!'

De week daarop haalde Fran net een kaartje uit de automaat in de parkeergarage toen ze Antony naar haar toe zag komen lopen.

'Hé!' zei hij. 'Wat doe jij hier?'

'Niks gezelligs. De bank heeft me gevraagd te komen. Dat belooft meestal niet veel goeds, hè?'

'Waarschijnlijk niet.' Hij schraapte zijn keel. 'Enig idee waarover het gaat? En heb je haast of kunnen we nog eerst ergens een kop koffie drinken?'

'Dat lukt nog wel,' antwoordde ze. Er lag een goed koffietentje niet ver van de parkeergarage. 'Ik ben vroeg vertrokken om te voorkomen dat Roy zou merken dat ik wegging.'

'Kom, dan gaan we.'

Ze vonden een leeg tafeltje en bestelden. Omdat het nog vroeg was, kwam de koffie snel, en algauw zat Fran patronen te tekenen in het schuim van haar cappuccino. Ze zou willen dat ze kon genieten van hun samenzijn, zonder omringd te worden door andere mensen en het vooruitzicht van het gesprek met de bank.

Antony nam een slok van zijn espresso en zette het kopje neer. 'Hoe gaat het nu met Roy in huis?'

'Verschrikkelijk. Wat een nare man. En dan moet ik ook nog naar de bank.'

'Weet je al waarom?'

'Dat kan ik wel raden. Bij mijn aankomst kreeg ik te horen dat de financiële kant van de zaak geregeld was. Maar dat blijkt dus niet zo te zijn. Ik heb ontdekt dat Amy vergeten is te vertellen dat er ook een lening bij de bank loopt.'

'Moet die worden afgelost?'

'Nee, het gaat om een periodieke betaling.'

'Kun je die betalen?'

Ze keek hem aan. 'Natuurlijk niet. Nou ja, dat betwijfel ik. Ik weet nog niet hoeveel...'

'Wil je dat ik...'

'Nee, geen sprake van! Ik sta al genoeg bij je in het krijt.'

Hij glimlachte om haar felle reactie. 'Ik wilde het niet voorschieten, hoor. Ik wilde alleen vragen of je wil dat ik meega naar de bank.'

‘Waarom zou je meegaan?’

‘Omdat de manager, of met wie je ook een afspraak hebt, je dan niet alleen zal zien als een meisje uit Londen dat niets van het boerenbedrijf afweet, laat staan van geld verdienen om de lening te kunnen aflossen.’

‘O jee, zo zal hij over me denken, hè?’

Antony knikte. ‘Wat was je van plan tegen hem te zeggen?’

‘Dat ik geweldige kaas maak die ik voor veel geld ga verkopen. Hopelijk kan ik hem ervan overtuigen dat hij de lening moet verlengen.’

‘Voor kaas?’

‘Volgens Erica zou ik met onze melk een uitstekende harde kaas kunnen maken. Het duurt nog wel voordat het zover is – een jaar, schat ik – maar tot die tijd heb ik de zachte kazen. Bovendien wil ik vaker een dinerclub organiseren.’

‘En wat antwoord je als hij vraagt hoe je aan inkomsten komt wanneer de koeien droogstaan?’

Fran beet op haar lip. ‘Ik hoop dat hij niet weet dat koeien een paar maanden droogstaan.’

Hij lachte, waardoor zijn doorgaans ernstige uitdrukking verzachtte. ‘Die kans bestaat natuurlijk. Toch zou ik graag met je meegaan.’

Een aantrekkelijk lach, dacht Fran onwillekeurig. Snel zei ze: ‘Ik neem aan dat je wel iets beters te doen hebt. Ik wil je niet ophouden.’

‘Wat ik te doen heb, kan ook een ander keer.’

‘Waarom blijf je me toch helpen, Antony?’ Ze had het zich al vaker afgevraagd, maar durfde het nu pas, onder deze ietwat vreemde omstandigheden, op de man af te vragen.

Hij trok een wenkbrauw op. ‘Ik kom natuurlijk op voor mijn toekomstige belangen.’

Ze klakte met haar tong en slaakte een zucht. ‘Nou ja, zeg! Net als Roy ben je uit op iets wat je niet verdient en ook nooit zult krijgen. Alleen als het echt niet anders kan, heb ik liever dat de boerderij naar jou gaat dan naar Roy.' Ze was even stil en keek op naar de man naast haar. Hij droeg een pak, zonder stropdas, en leek zich in zijn ietwat formele kleding volledig op zijn gemak te voelen. Misschien had ze dat laatste niet hardop moeten zeggen. 'Oké, ga dan maar mee. Het wordt tijd dat we gaan.'

De man bij wie ze in alle haast binnen werden geleid maakte geen vriendelijke indruk, dus Fran was blij dat Antony haar vergezelde. Hij was jong en ongetwijfeld zeer bekwaam, maar wist niet hoe je met mensen moest omgaan.

Hij nam Antony met gefronste wenkbrauwen op. 'Ik ben Jeffery Partland en heb een afspraak met mevrouw Duke. Bent u haar partner? '

'In zekere zin wel,' antwoordde Antony kalm en met gezag. 'Ik adviseer mevrouw Duke soms in zakelijke aangelegenheden, op informele basis.' Hij glimlachte en ging zitten.

Meneer Partland wendde zich tot Fran. 'Mevrouw Duke, u bent hier namens mevrouw Flowers?'

Ze ging snel zitten. 'Ja, ze woont in een verzorgingshuis.'

'En u hebt de boerderij overgenomen?'

'Tijdelijk, ja.'

'Hoe bedoelt u, tijdelijk? Keert mevrouw Flowers weer terug naar de boerderij?'

'Nee, niet vanuit het verzorgingshuis. Ze is al op leeftijd. Ik ben familie van haar. Als het me lukt de boerderij een jaar met succes te runnen, wil ze me het bedrijf misschien nalaten.'

Meneer Partland trok een wenkbrauw op. 'Een mooie meevaller.'

Iets in zijn stem leek te benadrukken dat er noch voor haar noch voor de boerderij een duidelijke regeling was getroffen. Hoe had ze zo dom kunnen zijn haar Londense leventje op te geven voor een boerderij die ze misschien helemaal niet zou erven?

'Dat is het zeker.'

Meneer Partland bladerde door zijn papieren. 'Goed, ter zake. Mevrouw Flowers heeft bij ons een lening afgesloten, met de boerderij als onderpand. De eerstvolgende aflossing zal binnenkort voldaan moeten worden. Kunt u mij vertellen wanneer we uw betaling tegemoet kunnen zien? Hoe langer u wacht met betalen, hoe hoger de rente.'

'Hoeveel ben ik u verschuldigd?'

'Weet u dat niet?' Hij keek weer in zijn papieren om het bedrag te controleren. 'Achthonderd pond.'

'Mijn god,' flapte Fran eruit.

'Hoeveel afbetalingen lopen er nog?' vroeg Antony, die ook leek te zijn geschrokken.

'Nog tien aflossingen van achthonderd pond.'

'Kan ik nog onderhandelen over de lening?' vroeg Fran. 'Misschien kunnen we de voorwaarden versoepelen?'

'Is het moeilijk voor u om die achthonderd pond te betalen?' vroeg meneer Partland.

'Ja, heel moeilijk!'

Hij fronste zijn wenkbrauwen. 'Het lijkt erop dat deze lening niet verstrekt had mogen worden. Het moge duidelijk zijn dat ik er niets mee van doen heb.'

'Ik ook niet,' zei Fran. 'Maar nu we er allebei aan vastzitten, is het misschien een idee om de financieringsduur te verlengen.'

'Zodat het aflossingsbedrag van achthonderd pond omlaag kan?'

'Ja,' zei Fran. Ze kruiste haar vingers onder de tafel.

'Hoe genereert de boerderij inkomsten, mevrouw Duke?'

'Het is een klein melkveebedrijf,' antwoordde Fran. 'Ik maak kaas van de melk.'

'En hoe verkoopt u de kaas? Hebt u een winkel?'

'Ik deel een kraam op de boerenmarkt met een vriendin.' Ze hield haar vingers nog steeds gekruist; zo ver was het immers nog niet. 'Ik heb lage overheadkosten.' Ze wist niet hoe hoog de kosten waren, maar ongetwijfeld lager dan die van een winkel.'

'Dus het grootste deel is winst?' vroeg meneer Partland, al iets enthousiaster.

'Ja, want ik betaal mezelf niet uit.' Fran keek naar Antony, die zacht snoof. Hij vond dat ze haar uren in rekening moest brengen, wist ze, maar dat wilde ze niet.

Ze had het gevoel dat ze de Britse underdog was tijdens een tennisfinale op Wimbledon: na elke ace van meneer Partland moest ze de benen uit haar lijf lopen om een antwoord op zijn vraag te verzinnen. Dat lukte haar telkens op het nippertje. En al hijgde ze niet, ze moest zo haar best doen om ontspannen en zelfverzekerd over te komen dat het zweet haar over de rug liep.

Antony gaf haar een kort knikje, ten teken dat ze zich goed had geweerd. Als dit een tenniswedstrijd was geweest, had hij nu vast staan springen en juichen. Dat hoopte ze tenminste. Met Antony wist je het maar nooit.

'Goed, mevrouw Duke, zo te horen weet u waarmee u bezig bent. Dat neemt niet weg dat u met een businessplan zult moeten komen...'

'Daar kan ik haar mee helpen,' mompelde Antony.

'... en de eerste aflossingsbetaling zult moeten voldoen,' vulde meneer Partland aan. 'Daarna kunnen we heronderhandelen over de voorwaarden.'

Fran onderdrukte een kreetje. Toen slikte ze en vroeg: 'Hebt u een termijn in de gedachten?'

'De betaling moet in elk geval volgende week binnen zijn. U bent immers al te laat. Daarna kunnen we een nieuwe afspraak maken voor als ik weer in de provincie ben.'

'Oké,' zei Fran. Ze wenste dat ze wat zekerder had geklonken.

'Goed. Hoe gaat u het eerste bedrag aflossen? Ik neem aan dat u geen aparte rekening heeft waar u het bedrag van kunt afboeken.'

'Nee.'

'Hoe gaat u dat oplossen? Door een koe te verkopen?'

'Dat zou niet zo slim zijn,' zei ze, plotseling boos. 'De koeien zijn onvervangbaar. Bovendien heb ik de melk nodig om kaas van te maken.'

Meneer Partland haalde zijn schouders op en stond op. Het overleg was voorbij; waarschijnlijk had hij nog meer te doen terwijl hij 'in de provincie' was. 'Het maakt me niet uit hoe u het geld bij elkaar krijgt, als u volgende week maar betaalt.'

Even later stond Fran knipperend tegen het zonlicht op de stoep voor de bank, alsof ze vanuit een donkere grot naar buiten was gestapt. Ze herinnerde zich amper hoe ze de uitgang had gevonden.

'Ik heb nog wel tijd voor een tweede kop koffie. Jij?' vroeg Antony.

'Ik ben eerder toe aan een borrel. Maar dat kan helaas niet. Ik moet nog naar Amy.'

'Wat dacht je dan van een dubbele espresso en een brownie?'

Fran glimlachte. 'Ik denk dat ik een spa rood neem. Ik heb het gevoel dat ik een marathon heb gelopen. Nou ja, in elk geval een halve.'

'Kom, dan gaan we naar de pub. In het koffietentje worden we gezien.'

'Waarom mogen we niet gezien worden?' vroeg Fran een tikje geschrokken. Door het gesprek met de bank waren haar zenuwen tot het uiterste gespannen.

'Stel dat we door iemand gezien worden, en dat diegene tegen Amy zegt dat we samenspannen? Kom.' Hij pakte haar bij de arm en loodste haar door de straten naar een leuke bruine pub waar Fran nog nooit was geweest. 'Hier kent niemand Amy.'

Terwijl Antony bestelde, ging Fran aan een tafeltje zitten. Ze vroeg zich af hoe ze in vredesnaam binnen een week aan achthonderd pond kon komen. Haar spaargeld, waar ze op dit moment van leefde, slonk snel. Plotseling moest ze aan de dakpannen denken waar Roy haar op had gewezen.

'Zo,' zei Antony, die met een glas spa en een kop koffie tegenover haar ging zitten. 'Gelukkig vroeg hij niet hoe je aan geld komt wanneer de koeien droogstaan.'

Fran schoot in de lach. 'Volgens mij had hij geen verstand van koeien. In elk geval nog minder dan ik.'

'Met Tig in de buurt hoeft dat ook niet.'

'Ik moet me er wel in verdiepen. Stel dat hij niet op de boerderij blijft wonen?' Ze voelde een steek van verdriet. 'Als Roy het bedrijf erft, geldt dat misschien ook voor mij. Sterker nog, geldt dat zéker ook voor mij.'

'Kop op! Niet zo pessimistisch. Dat is niks voor jou. Zoals je weet is er een manier om aan die achthonderd pond te komen.' Hij schraapte zijn keel. 'Uiteraard doe...'

'Nee, dank je. Het is heel aardig van je, maar je hebt al veel te veel voor me gedaan. De oprit, de kaasmakerij met alles erop en eraan.'

Toen hij weer glimlachte, kreeg Fran kriebels in haar buik. Dat wilde ze niet. Ook zonder verliefd te worden had ze al genoeg om over na te denken. Ze moest met haar hoofd bij de boerderij zijn.

'Allemaal eigenbelang,' zei hij ongedwongen.

'Maar jij wilt helemaal geen kaasmakerij! En ik betaal je alles terug. Maar eerst is de bank aan de beurt.'

'Je bent in elk geval weer wat positiever dan zonet. Heeft de spa je weer tot leven gewekt?'

Fran grinnikte flauwtjes. 'Inderdaad. Ik denk dat ik weet hoe ik aan de eerste achthonderd pond kan komen. Het irriteert me alleen dat Roy me op het idee heeft gebracht en ik een deel van de boerderij zal moeten verkopen.'

'Geen grond?'

Ze schudde haar hoofd. 'Gelukkig niet.' Hoewel zijn gezichtsuitdrukking niet was veranderd, hoorde ze aan zijn stem dat hij was geschrokken. Snel vertelde ze hem over het vervallen schuurtje dat Roy had ontdekt, en de bijzondere dakpannen.

'Ik wil me er niet mee bemoeien, maar een vriend van mij handelt in antieke bouwmaterialen.'

'Echt waar? Dat zou geweldig zijn. Als ik zelf iemand regel, weet ik zeker dat ik word afgezet.' Ze zuchtte, moe van alle verantwoordelijkheid die op haar schouders rustte. 'Hoe kan ik je ooit terugbetalen?'

'Ik weet wel een manier,' zei Antony kalm maar beslist.

'Ik ga de...'

'... boerderij niet verkopen? Dat had ik al begrepen. Ik beloof je dat ik je nooit zal dwingen wanneer het zover komt.'

'Fijn. Nogmaals bedankt. Maar nu moet ik gaan, anders slaapt Amy als ik aankom. Ze doet regelmatig een middagdutje,' voegde ze eraan toe. 'Zou je me de naam van die vriend willen mailen? Het moet gebeuren wanneer Roy er niet is.'

'Is hij veel weg?'

'Hij gaat vaak naar de pub. Sport kijken, zegt hij.'

Antony lachte. 'Je kijkt erbij alsof het om porno gaat.'

Fran glimlachte terug. 'Ik betwijfel alleen of hij naar de pub gaat om sport te kijken. Wie weet wat hij allemaal in zijn schild voert. Eerlijk gezegd vertrouw ik hem voor geen cent. Maar nu moet ik echt gaan.' Ze stond op. 'Beloof je dat je een gil geeft als ik iets voor je kan doen?'

'Dat beloof ik,' antwoordde hij plechtig.

Eenmaal buiten besefte Fran dat er niets was wat ze voor Antony kon doen. Ze was zo goed als blut, terwijl hij zwom in het geld.

Ze was bijna bij haar auto toen ze Erica opmerkte, die wild naar haar stond te zwaaien.

'Fran! Wat goed dat ik je hier tref. Zaterdag boerenmarkt? Ik heb de formaliteiten geregeld, dus je mag je kaas verkopen. Goed dat je chef-kok bent!'

'Hoezo? Wil je een kookdemonstratie geven?'

'Nee, maar wel een goed idee trouwens, voor een andere keer. Ik bedoel dat je certificaten up-to-date zijn. Je mag je kaas verkopen.'

'Zodra ik terug ben van Amy, ga ik nog meer kaas maken,' beloofde Fran, in een poging even enthousiast te klinken als Erica. Als ze zich niet zo veel zorgen had gemaakt over de antieke dakpannen die ze moest verkopen om de bank te kunnen betalen, had ze zichzelf niet hoeven forceren.

Het bezoekje aan Amy verliep al evenmin in een opgewekte sfeer.

Amy was moe en humeurig, en ze gaf eerst tien minuten hoog op over Roy voordat ze in slaap viel. Tot overmaat van ramp liep Fran op de gang ook nog Amy's notaris tegen het lijf.

'Dag, meneer Addison,' zei ze met een glimlach. 'Wat doet u hier?'

Hij glimlachte terug. 'Dat kan ik helaas niet zeggen. Beroepsgeheim.'

'Ach, natuurlijk, wat dom van me. Nou, ik hoop dat alles goed met u is.' Ze wilde eraan toevoegen dat Amy niet aanspreekbaar was omdat ze een middagdutje deed, maar bedacht zich.

Terwijl ze doorliep, vroeg ze zich onwillekeurig af of Amy hem had gebeld om haar testament ten gunste van Roy te laten wijzigen. Ze wist dat ze zich neurotisch gedroeg – dit was een verzorgingshuis; de notaris kon hier ook voor een van de andere bewoners zijn. Toch ging ze automatisch van het ergste uit.

Eenmaal thuis trok Fran zich terug in de kaasmakerij. Na het stressvolle gesprek met de bank en het ontmoedigende bezoekje aan Amy, vond ze het heerlijk zich te kunnen afzonderen en producten te maken voor Erica's kraam. Ze zette de radio aan en begon met het kloppen, verhitten, roeren en op smaak brengen van enkele tientallen liters van de beste melk, die ze vervolgens liet afkoelen en rusten. Toen ze een paar uur later de mascarpone, zonder toegevoegde smaakmakers, proefde, oordeelde ze dat die hemels was. En ook al was ze dan misschien niet objectief, ze wist dat het goed was.

13

Op zaterdagochtend, de dag van de boerenmarkt, stond Fran afgrijselijk vroeg op. Ze laadde haar auto in en reed de weg af.

Ze maakte zich een beetje zorgen over wat Roy zou uitspoken nu zij de hele dag weg was, maar besloot dat hij niet veel kon doen. Antony's vriend was gekomen om de dakpannen te taxeren, die geruststellend waardevol bleken. Zijn bezoek was samengevallen met een van Roys frequente bezoekjes aan de pub, en dat was heel goed uitgekomen. Aangezien ze de pannen praktisch al had verkocht, hadden Issi en zij besloten dat Roy te laat zou zijn als hij probeerde ze achter haar rug om te verkopen. Issi had erop gewezen dat alleen iemand die heel neurotisch was (ze knikte naar Fran) zich over dat soort dingen zorgen maakte.

Toen Fran de oprit naar Erica's huis insloeg, zodat ze alle kaas in haar koelwagen konden leggen, besloot ze dat het vandaag een leuke dag zou worden, dat ze al haar zorgen achter zich zou laten en zich zou focussen op de kaas.

Hoewel er zo vroeg op de ochtend nog niet veel publiek op de markt rondliep, werd ze vrolijk van de aanblik. Er stonden kramen met stapels verse groenten die roken naar pas omgespitte aarde. Ook waren er twee kramen met brood in alle groottes en vormen die je je kon voorstellen, van speltbroden met pompoenzaden, geglaceerd met honing, tot rustieke ronde roggebroden, ruw en aanlokkelijk. Honing, boenwas en kaarsen van bijenwas verspreidden de geur van was en terpentine. Er stonden emmers met snijbloemen, inclusief takken uit de heggen, en in een kraam verkochten ze producten gemaakt van geitenmelk, waaronder zeep en cosmetica. Een lokale pottenbakkerij had een tafel vol schalen, borden, mokken en kannen, allemaal in de mooiste kleur blauw. De kleurige luifels, de overvloed aan producten (allemaal lokaal en van hoge kwaliteit) gecombineerd met de grappen en grollen van de andere kraamhouders fleurden haar op. En dan was er nog het heerlijke aroma van koffie dat haar vanuit het café tegemoetkwam, waar de kraamhouders zo vroeg al broodjes met uitgebakken spek en toast geserveerd kregen. Ze glimlachte.

'Lieve hemel, niet te geloven hoe lekker deze kaas is,' zei een vrouw die een paar uur later Frans roomkaas met knoflook en brandnetel proefde. De brandnetel zat er meer in voor het oog dan voor de smaak, maar Fran was erg blij met het resultaat.

Dankzij Erica's ingenieuze borden om aan te kondigen dat Fran die dag te gast zou zijn in haar kraam trok ze een hoop belangstelling. Er kwamen een paar mensen van de dinerclub langs, van wie de meesten iets van zowel Fran als Erica kochten. Megan was de uitzondering op de regel. Ze droeg een strakke broek, een bodywarmer van schapenvacht, hooggehakte laarzen en een sjaal van Hermès, waardoor ze eruitzag alsof ze op het chique Sloane Square thuishoorde, niet op een plattelandsmarkt.

'Smaakt naar compost, als je het niet erg vindt dat ik het zeg,' verkondigde ze.

'Hoe weet jij nou hoe compost smaakt?' vroeg Erica.

'Je weet best wat ik bedoel!' zei Megan, die met haar ogen draaide en op een artistieke manier met haar handen wapperde.

'Ik weet wel wat je bedoelt,' zei Fran. 'Je kunt je wel voorstellen hoe compost smaakt, al ben ik het niet met je eens dat mijn kaas ernaar smaakt.'

Megans gezichtsuitdrukking verzachtte een beetje. 'Hoe gaat het tussen jou en Roy? Wat een leuke man, hè?'

Fran glimlachte en knikte. 'Echt een vrolijke Frans.'

'En wat is hij zorgzaam tegenover Amy, hè? Volgens mij ziet hij haar bijna elke dag,' ging Megan door, waardoor ze Fran het gevoel gaf dat zij Amy verwaarloosde.

'Ik hoop dat hij haar niet afmat,' zei ze.

'O, ik weet zeker van niet. Hij houdt goed rekening met haar leeftijd, heeft hij me verteld. Ze wil gewoon graag alles weten wat er op de boerderij gebeurt.'

'Dan raakt ze misschien wel een beetje verveeld,' zei Fran, 'want ik hou haar ook al goed op de hoogte.'

'Vertel je haar wel alles?' vroeg Megan. 'Zo zei Roy dat er laatst een opkoper van antieke bouwmaterialen is langsgekomen. Heb je haar dat verteld?'

Fran vroeg zich af hoe Roy dat in vredesnaam wist en zei: 'Nou, nee. Dat heb ik haar niet verteld. Ik dacht dat ze zich dan zorgen zou maken.'

'Erg attent van je, hoor. Aangezien Amy ze nog goed op een rijtje heeft, vindt Roy dat ze het recht heeft om op de hoogte te worden gehouden.'

'Roy houdt jou duidelijk ook goed op de hoogte, Megan,' zei Fran.

'Dat is wederzijds.' Megan haalde haar schouders op, alsof ze iedereen een plezier deed. 'Ik kon hem vertellen dat ik Antony en jou laatst samen koffie heb zien drinken. Amy wilde dat wát graag horen, kan ik je verzekeren!'

'Daar heeft ze niets over gezegd tegen mij,' zei Fran naar waarheid. 'Ik vertel haar over de boerderij en over alles waarvan ik denk dat het haar zou interesseren, maar niet alles wat ik doe.'

'Je weet wat ze ervan vindt dat je tijd met Antony…'

'Sorry, dames,' zei Erica, 'er staan klanten te wachten. Ik spreek je later nog, Megan. Laten we een keer samen lunchen.'

Daarop liep Megan weg, zonder te zien dat er helemaal geen klanten stonden te wachten.

'Hartelijk dank dat je haar weg hebt gekregen,' zei Fran. 'Ze heeft het echt op me gemunt.'

'En we weten allemaal waarom,' merkte Erica op.

Hoewel Erica haar kraam vanuit haar busje opnieuw had aangevuld, was de voorraad kaas aardig geslonken toen Fran opkeek en een bekend gezicht op zich af zag komen.

'Kijk nou! Fran!' zei een grote man met een bos krullend haar.

Ze kwam de kraam uit, zodat ze hem kon omhelzen. 'Roger! Jij bent het echt! Wat doe je hier?'

'De vraag is wat jij hier doet. Je zou in mijn restaurantkeuken moeten staan.'

'Je had me nooit een baan in je keuken aangeboden. Daar ben je een veel te grote snob voor,' zei Fran, zo blij om haar oude vriend en ex-baas te zien dat ze zich nauwelijks kon inhouden.

'Niet als chef-kok, uiteraard. Als keukenhulp.'

Fran gaf hem een por tegen zijn arm. 'Mijn dagen als keukenhulp zijn voorbij,' zei ze. 'Ik ben nu kaasmaker en -handelaar.'

'Echt? Laat me eens iets proeven.'

Fran smeerde wat van haar speciale roomkaas op een crackertje.

'O god, ik ben gestorven en in de hemel terechtgekomen!'

'Niet zo overdrijven, Roger,' zei Fran, die dat wel van hem gewend was.

'Ik overdrijf niet. Voor de verandering. Ik wil alles proeven! Als ik het lekker vind, ga ik zo veel verkopen als jij kunt leveren.'

Uiteindelijk moesten ze hem tegenhouden, anders had hij niet alleen alles geproefd maar ook gekocht. Erica zei dat ze vaste klanten had die de kaas moesten krijgen die ze hadden besteld. Toch kocht hij bijna alle kaas die daarna in de kraam over was.

Uitgeput en heel blij dat ze vroeg de boel weer bij elkaar konden pakken, vroeg Erica: 'Wie was dat?'

'Zullen we de spullen in het busje leggen en koffie gaan drinken? Dan zal ik je alles over hem vertellen wat ik weet.'

Fran vertelde Erica precies wat ze voor Roger had gedaan toen ze nog voor hem werkte, en ook dat hij compleet gestoord was.

'Kom, dan googelen we hem,' zei Fran, die boter van haar vingers veegde nadat ze razendsnel een koffiebroodje naar binnen had gewerkt.

'Goed plan,' zei Erica. 'Hier, gebruik mijn telefoon.'

'Goeie grutten,' zei Fran even later. 'Hij is vooruitgekomen in de wereld, zeg. Kijk! Hij krijgt een eigen tv-programma en is betrokken bij de opening van een nieuwe delicatessenzaak in Londen.'

'Niet gewoon in Londen, in Belgravia!' zei Erica duidelijk onder de indruk.

'Klopt. Al noem ik mezelf een Londense, dat stukje Londen ken ik niet.'

'Misschien wordt het dan tijd dat je het leert kennen,' zei Erica opgetogen. 'Wat zou het geweldig zijn als je daar je kaas kunt verkopen.'

'Hij leek hem echt lekker te vinden.' Fran beet op haar lip. 'Dit zou best eens een heel goede kans kunnen zijn, hè?'

'Het zou je als kaasmaker op de kaart kunnen zetten en mij heel waardevolle extra verkopen kunnen bezorgen.' Even was Erica stil. 'Dat vind ik nog een rondje koffiebroodjes waard!'

14

Optimistisch gestemd reed Fran terug naar de boerderij. Als ze haar kaas zou kunnen verkopen aan de betere kaaswinkel, zou ze er de kost mee kunnen verdienen. Hopelijk wist Roger zijn klanten te overtuigen van de kwaliteit, en zouden de rijke fijnproevers haar straks weten te vinden.

Toen ze met een lading lege bakjes de keuken in kwam, bleek Issi er ook te zijn. Haar vriendin was al even opgetogen als zijzelf.

'Hoi!' groette Issi, terwijl ze de waterkoker aanzette. 'Hoe ging het?'

'Geweldig! We hebben alles verkocht. Ik kwam een oud-collega uit Londen tegen. Hij heeft het merendeel van de kazen gekocht. Trouwens, jij bent zelf ook in je nopjes, zie ik.'

'Klopt! Drie keer raden waarom?'

'Ik ben te moe om te raden. Zou je me alsjeblieft een kop thee willen inschenken en vertellen waarom je zo blij bent?'

'Nou, vooruit.' Issi reikte Fran een stuk taart aan. 'Cadeautje van Tigs moeder. Ze wil overigens dat we haar Mary noemen. Oké, de reden is...' Ze maakte haar zin niet af.

'Tada!' opperde Fran aarzelend.

'Roy is weg!'

Frans mond viel open. 'Weg? Hoe bedoel je, weg? Voor altijd?'

'Nee, dat niet helaas. Maar wel voor een tijdje.'

'Waarom?' vroeg Fran. Ze kon pas van haar taart genieten als ze wist hoe de vork in de steel zat.

'Omdat hij zich verveelde. Hij zei letterlijk dat Amy er te lang over deed om dood te gaan. Nu is hij met zijn pubvrienden op sporttournee of zoiets.'

Fran nam een hap van haar taartpunt; ze proefde overheerlijk fruit en kaneel. 'Hij had ook terug naar Australië kunnen gaan om daar te wachten tot ze is overleden.'

'Dat zei ik ook. Maar hij wilde per se in de buurt blijven voor het geval jij iets in je schild voert.'

'Wat zou ik in mijn schild moeten voeren?' Ze nam nog een hap taart. 'Ik sta open voor tips.'

'Hij denkt dat je Amy probeert te beïnvloeden, in de hoop dat ze jou de boerderij nalaat.'

'Dat probeer ik zeker.' Fran dronk van haar thee en slaakte toen een zucht. Ze moest almaar aan het bezoek van meneer Addison aan het verzorgingshuis denken. Was hij bij Amy op bezoek geweest? Of toch bij een van de andere bewoners? 'Helaas laat Amy zich niet beïnvloeden, integendeel zelfs. Ze weet precies wat ze wil.' Ze zweeg even. 'Al moet ik toegeven dat ze Roy lijkt te mogen. Hoe dan ook, het komt goed uit dat hij weg is, want ik kan de dakpannen verkopen. Als de kaas dan ook nog een succes wordt, komt alles misschien toch nog op zijn pootjes terecht.'

'De dakpannen verkopen?'

'Om de bank te kunnen betalen, zodat ze me niet blijven lastigvallen. Dat heb ik je toch al verteld, Is.'

'O ja, sorry.'

'Ik zie de toekomst rooskleurig in. We zitten in de lift.' Ze fronste haar wenkbrauwen. 'Dankzij Antony natuurlijk, en dat zit me bepaald niet lekker. Ik sta niet graag bij anderen in het krijt.'

'Hij heeft geld genoeg, Fran.'

'Daar gaat het niet om. Hij heeft me gesteund en geadviseerd. Hij is zo aardig voor me...'

'Omdat hij je leuk vindt.'

'... dat ik niets liever wil dan hem terugbetalen.'

'Dat gaat vast lukken. O ja, voor ik het vergeet! Je moet morgen vroeg op om naar de koeien te kijken.'

'Echt waar?'

Issi knikte enthousiast. 'Ze gaan morgen voor het eerst sinds maanden weer naar buiten. De wei is droog en het gras begint te groeien. Volgens Tig is het een fantastisch gezicht de koeien naar de wei te zien rennen. Op zondag laat hij het melken altijd aan Ed of Phil over, maar dit wil hij voor geen goud missen.'

Issi bracht Fran de volgende ochtend een kop thee op bed en spoorde haar aan op te staan en zich warm aan te kleden. 'Nu is het nog frisjes, maar het belooft een mooie dag te worden. Echt wisselvallig lenteweer.'

Fran vond een paar dikke sokken en sjaals voor op haar spijkerbroek-met-trui-outfit en voegde zich bij Issi in de keuken. Issi wilde dolgraag dat ze van de koeien zou genieten, besefte ze, terwijl ze de snee toast aannam die haar vriendin haar aanreikte. Tussen hen ging het grapje dat Fran als de dood voor koeien was, en zoals wel vaker het geval was met grappen, zat er een kern van waarheid in. Het was natuurlijk ook te gek voor woorden dat ze boerin wilde worden – nota bene melkveehouder – terwijl ze niet in de buurt van de dieren durfde te komen die haar broodwinning waren. Ze zou wat stoerder moeten worden.

Ze liep achter Issi naar buiten en over het erf naar de melkstal. Boven de velden hing een sluier van mist, en de opkomende zon legde een magische glans over de wereld. De sleedoornheggen (Issi had haar verteld dat de struiken zo heetten, en haar vriendin had het weer van Tig) zaten vol uitlopende, lichtgroene knoppen en witte bloesem, die zich in de herfst tot sleepruimen zouden ontwikkelen. De vogels zongen en het zou niet lang meer duren of er zou wilde knoflook in de bossen groeien, waar ze pesto van kon maken.

'Beter dan dit wordt het niet, ' zei Fran.

'Nee, hè?' beaamde Issi. 'Het is zo fijn dat je hier vogels hoort in plaats van sirenes.'

'Zeg dat wel. Ik wil vogelgeluiden leren herkennen,' zei Fran. 'Er schijnt een app te zijn die dat kan.'

Issi grinnikte. 'Ik denk niet dat Amy het gebruik van apps zal toejuichen.'

'Zolang ik het maar leer. Ik vertel haar natuurlijk niet hóé ik het heb gedaan.' Wat viel er toch veel te leren op het platteland, dacht Fran, en ze besefte dat haar hart zou breken als de boerderij van haar werd afgenomen.

Tig kwam naar hen toe lopen.

'Fran,' zei Tig.

'Tig,' zei Fran.

'Kom je naar de koeien kijken?'

Fran knikte en wierp een nerveuze blik in de stal. De koeien stonden te stampen en te snuiven, alsof ze aanvoelden dat er iets stond te gebeuren. Het zag er nogal angstaanjagend uit.

Toen Tig het grote hek naar het weiland opende, deden de twee vriendinnen een paar passen achteruit. De koeien huppelden en sprongen als lammetjes, en wisten van gekkigheid niet meer wat ze moesten doen.

'De eerste twee weken gaan ze 's nachts nog naar binnen, ' zei Tig, 'maar daarna blijven ze de hele zomer buiten.'

Terwijl Fran die grote beesten zag rondrennen in de lentezon, te midden van vogelzang en het frisgroen van de ontluikende heggen, kon ze wel lachen en huilen tegelijk.

'Mooi, hè?' zei Issi met een zucht.

'Supermooi,' beaamde Fran. Ze keek opzij naar haar vriendin en zag dat ze naar Tig keek in plaats van naar de koeien. Hoe was het mogelijk, peinsde ze, dat twee stadsmeisjes zoals zij het geluk hadden gevonden op het platteland. Al vond ze het geweldig dat haar beste schoolvriendin het avontuur met haar was aangegaan, en misschien zelfs verliefd aan het worden was, ze voelde zich ook verantwoordelijk voor haar. Als Amy Hill Top Farm aan Roy naliet, zou niet alleen Fran haar woonplek verliezen, maar Tig en Issi waarschijnlijk ook.

Maar goed, het was lente, Roy was weg – in elk geval voorlopig – en ze hadden de boerderij voor zich alleen.

'Zou Roy zich net zo uitgelaten als die koeien voelen omdat hij even "speelkwartier" heeft?' vroeg Issi.

'Het voelt in elk geval wel alsof de grootste pestkop van school op vakantie is. Zeg, zullen we Tig vragen of hij zin heeft om samen met ons te ontbijten?'

'Goed idee,' zei Issi.

'Ik heb gisteren een heerlijke bacon gekocht op de markt. Ik kan er gebakken brood bij maken.'

'Het zijn wel dikmakers, hè?'

'Niet voor Tig. Als je op het land werkt heb je veel calorieën nodig, en dus vet.'

'In de negentiende eeuw, ja,' zei Issi. 'Tig rijdt de helft van de tijd met een tractor rond.'

'Hm, vrees je soms voor zijn sixpack?'

'O, dat zit wel goed,' zei Issi blozend, denkend aan Tigs gespierde torso.

Toen de koeien eindelijk tot rust waren gekomen en begonnen te grazen, kwam Tig door de wei naar hen toe lopen.

'Vonden jullie het leuk?' vroeg hij.

'We hebben genoten,' zeiden Fran en Issi bijna in koor.

Tig knikte.

Toen ze samen terugliepen, vroeg Fran: 'Tig, ben jij sterk?'

'Waarom wil je dat weten?'

'Nergens om. Je bent alleen zo stil.'

Hij lachte. 'Als het nodig is doe ik mijn mond echt wel open. Maak je geen zorgen.'

Fran zag dat hij zijn hand op Issi's schouder legde. Een veelzeggend gebaar, vond ze.

Er volgden een paar fijne dagen. Niet dat ze minder werk verzette, maar zonder Roy was alles leuker en makkelijker. Bovendien had ze het kaasmaken al aardig in de vingers.

De opkoper van antieke bouwmaterialen kwam langs en betaalde Fran een flink bedrag voor de Cotswold-dakpannen.

'Dat lijkt me erg veel!' flapte ze eruit, even vergetend dat ze de prijs juist moest opdrijven.

'Dat is het ook,' beaamde de man. 'Maar ik zou u er niet minder voor durven geven dan ze waard zijn, want dan krijg ik het met Antony aan de stok.'

'Oké, zolang u er maar winst op maakt...'

'Dat zal wel lukken. Het is een behoorlijke stapel. Kan ik morgen een vrachtwagen sturen om ze op te halen?'

'Uitstekend. Hoe sneller hoe beter, wat mij betreft,' zei Fran.

'Mooi. Kan ik contant betalen?'

'Prima.' Even vroeg ze zich af hoe het zat met de belasting, maar meteen verwierp ze die gedachte weer. Ze keek toe terwijl de man een geldclip uit zijn achterzak pakte, een stapeltje vijftig-pondbiljetten eruit haalde en die in haar hand legde. Snel deed ze een schietgebedje, als dank dat Roy er niet bij was om het geld uit haar hand te grissen. Het bedrag was genoeg om één afbetaling mee te financieren, en misschien zelfs een deel van de volgende. Wanneer ze later vandaag bij Amy langsging, zou ze het meteen op de bedrijfsrekening storten.

Amy was in vorm toen Fran die middag bij haar op bezoek kwam.

'Roy is er even tussenuit,' zei ze tegen Amy, die knikte. Dat ze het maar een keer hoefde te zeggen, betekende dat Amy haar gehoorapparaat in had. Het maakte de communicatie wel zo makkelijk.

'Goed idee. Hij zal wat meer van het platteland moeten weten als hij hier komt wonen.'

'Hij kan beter teruggaan naar Australië om zijn boerderij te runnen.'

'Australië is niet naast de deur,' zei Amy.

'Hij hoeft er ook niet per zeilschip naartoe,' wierp Fran tegen. 'Met het vliegtuig is hij er in een dag en een nacht.' Omdat ze niet precies wist hoelang de vlucht duurde, hield ze het vaag.

'Liep hij je voor de voeten?'

'Ja. Hij doet amper iets en heeft commentaar op alles wat ik doe.'

'Een man neemt nu eenmaal niet graag bevelen aan van een vrouw. Daar heb ik ook de helft van mijn werkende leven onder geleden.'

'Ik geef hem geen bevelen.'

'Maar jij hebt het voor het zeggen, en dat bevalt hem niet.'

Fran slikte haar trots in en besloot van onderwerp te veranderen. Amy kon behoorlijk dwars zijn. De kans bestond dat ze Roy de leiding zou geven om hem bezig te houden – of om haar bij de les te houden. 'Tig heeft de koeien vanochtend naar buiten gelaten. Het was zo mooi om ze door de wei te zien dansen!'

Amy's gezicht verzachtte. 'O ja, dit is de mooiste tijd van het jaar. Mijn man en ik lieten ze na de winter altijd samen naar buiten. Het was alsof de koeien onze kinderen waren en wij toekeken terwijl ze speelden.'

Fran kreeg een brok in haar keel van ontroering. Dit was wel het laatste wat ze had verwacht.

'Eigenlijk is het er nog te vroeg voor,' ging Amy door. 'Tig laat de koeien altijd veel te snel naar buiten. Zeg dat tegen hem. Zeg dat het nog te vroeg is en dat ze pas over twee weken de wei in mogen.'

Fran moest een lach onderdrukken. Ze zag zichzelf al tegen Tig zeggen wat hij met zijn geliefde koeien moest doen. Snel schraapte ze haar keel. 'Tig is een geweldige veehoeder; je had geen betere kunnen kiezen. Hij heeft het beste met de koeien en de boerderij voor en zal je nooit teleurstellen. Dat weet ik zeker.'

Amy beloonde haar compliment met een knikje. 'Natuurlijk heb ik een goede veehoeder. Hij zal zich alleen nooit door een vrouw laten commanderen.'

Fran werd van de ene emotie in de andere geslingerd. Na de ontroering en geamuseerdheid kwam de feministische verontwaardiging. 'Amy!' reageerde ze ontsteld. 'Je bent zelf een vrouw! Tig deed toch zeker wel wat jij hem opdroeg?'

'Ik was in de tachtig toen ik hem aannam,' zei ze, alsof dat betekende dat ze toen geen vrouw meer was. 'Jij bent nog maar een jonge meid uit Londen.'

Fran lachte nu openlijk. Al hield Amy er vreemde ideeën op na, ze was altijd een moedige, hardwerkende vrouw geweest die haar leven had gewijd aan de boerderij. Dat moest ze niet vergeten. 'Ik weet niet wat ik moet zeggen, Amy. Had ik je al verteld dat ik heel veel kaas heb verkocht op de boerenmarkt?'

'Heel moeilijk om een kraam te bemachtigen op de boerenmarkt.'

'Dat is waar, maar ik mocht een kraam met Erica delen. Een oud-collega uit Londen heeft...' Fran maakte haar zin niet af.

Amy was ingedommeld.

Nog nagrinnikend om Amy's dwarsigheid, reed Fran terug naar de boerderij, waar Issi haar stond op te wachten.

'Is er iets gebeurd?' vroeg Fran zodra ze de auto had geparkeerd.

'Antony belde op de vaste lijn. Hij klonk nogal... gespannen. Nou ja, niet zo kalm en beheerst als anders in elk geval.'

Fran was nog niet uitgestapt of Seb kwam aanrijden.

'Fran,' zei Seb. Ook hij klonk ernstig voor iemand die doorgaans een zonnige kijk op het leven had. 'Ant heeft je nodig. Kun je snel een tas pakken en met me meekomen?'

'Mijn god, Seb, wat er is aan de hand? ' vroeg Fran geschrokken. Het koude zweet brak haar uit. 'Is hij ziek? Heeft hij een ongeluk gehad?'

Sebs uitdrukking verzachtte iets. 'Ik moest je zeggen dat het tijd werd voor een tegenprestatie.'

Fran likte over haar droge lippen. 'Voor alles wat hij voor mij heeft gedaan?'

Seb knikte. 'Maak je geen zorgen, het is geen zaak van leven of dood. Nou ja, eigenlijk wel, alleen... Ga je tas nu maar pakken, dan breng ik je naar zijn huis.'

Fran schudde haar hoofd. 'Ik kom wel met mijn eigen auto. Ga jij maar vast en zeg tegen Antony dat ik eraan kom.'

Fran concentreerde zich op de weg en bedwong de neiging om zo hard mogelijk naar Park House te rijden. Een ongeluk zat in een klein hoekje.

Seb stond haar al op te wachten. 'Kom binnen. Er is niks aan de hand, hoor!' zei hij geruststellend. 'Het is juist heel leuk. Maar ik moet weg. Vandaar dat Antony je hulp nodig heeft.'

'Waar ga je naartoe?' vroeg Fran verbaasd. Ze begreep er niets van.

'Naar de bruiloft van een vriend. Ik ben getuige. Hier is het...'

Hij opende de deur naar de grote woonkamer, en een muur

van warmte sloeg haar tegemoet. Antony stond op van de bank waarop hij zat en kwam naar haar toe.

'Ha, daar ben je,' zei hij, en hij omhelsde haar stevig, alsof hij om troost verlegen zat. 'Ik zal je maar meteen vertellen wat je te wachten staat. Als je weer naar huis wilt, moet je het zeggen, want dan moet Seb de bruiloft afzeggen.' Hij loodste haar mee naar een grote kartonnen doos voor de goed opgestookte houtkachel. 'Kijk.'

Fran keek in de doos en zag een aantal zwartglanzende buisjes op de bodem liggen. Het duurde even voor ze doorhad dat het jonge hondjes waren. 'O mijn god,' fluisterde ze. 'Puppy's!'

Hij knikte. 'Ze zijn nog maar een paar uur oud.'

'Maar waar is de moeder?'

'Die heeft een keizersnede gehad en haar pups verstoten. Dat komt voor. We zullen ze met de hand moeten voeden.'

'We?'

Hij lachte geamuseerd. 'Voorlopig zijn dat jij en ik. Kom mee naar de keuken, dan leg ik het je uit terwijl ik de melk voor de volgende voedersessie klaarmaak. Ze moeten om de twee uur gevoed worden, en het voeden zelf duurt ongeveer een uur.'

Fran slikte haar tweede 'O mijn god' in.

De keuken was veel minder strak dan de laatste keer dat ze er had gekookt. Het hele aanrecht stond vol met kleine flesjes, een weegschaal, een grote plastic emmer puppymelk, plastic kannen, thermosflessen.

Antony schepte een paar afgestreken eetlepels gedroogde puppymelk in een kan en zette die vervolgens op de weegschaal. 'De pups zijn van goede vrienden van me, die als ouders voor me zijn geweest toen ik opgroeide. Hun dochter was als een jonger zusje voor me. Ze hebben een bordercollie – dat is de moeder van de pups en een geweldige schapendrijver. Omdat ze zo bijzonder is, zijn de puppy's mogelijk veel geld waard.' Hij liep naar de waterkoker en goot wat water over zijn pols.

'Het water mag niet koken, anders lost de melk niet goed op,' legde hij uit. 'De dochter van June en Jack is net bevallen, dus ze wilden graag naar haar toe. Er zijn helaas wat problemen met de baby. En omdat ze met hun handen in het haar zaten, heb ik aangeboden voor de pups te zorgen.'

'En dat lukt niet in je eentje? Dat kan ik me voorstellen! Nou, ik help je graag, hoor.'

Hij keek haar indringend aan. 'Vanavond doen we het samen, maar morgen... morgen moet ik naar Londen. Dan ben je hier dus vierentwintig uur alleen. Ik besef dat ik je om een grote gunst vraag, Fran. Het is meer dan wat ik voor jou heb gedaan.'

Ze schudde haar hoofd. 'Dat ben ik niet met je eens. Je hebt zo veel meer gedaan: de oprit, de kaasmakerij...'

'Als je geld genoeg hebt,' onderbrak hij haar, 'is het niet zo moeilijk om er wat van af te staan. Wat ik van jou vraag, is uren van je tijd en een slapeloze nacht.' Hij zweeg even. 'Voor deze pups zorgen is keihard werken. Ik stel voor dat je me eerst met deze voeding helpt, dan zien we daarna wel hoe we het verder gaan aanpakken. We moeten ze behalve voeden ook helpen met poepen en plassen. Dat kunnen ze namelijk niet zelf.'

'Waar heb jij dat allemaal geleerd?' vroeg ze, terwijl ze met het hete water, de flesjes, een kan melk en de thermosflessen naar de woonkamer liepen.

'June heeft het me vanochtend voorgedaan. Ze heeft het zelf ook een keer moeten doen. Millie – de moeder – had een groot nest jongen geworpen, en een paar pups moesten met de hand worden grootbracht. Maar dit is andere koek.'

'Jeetje.'

'Niet dat de dierenarts hun heeft aangeraden de pups met de hand groot te brengen, maar zelfs de meest geharde dierenarts laat niet een heel nest doodgaan.'

'Natuurlijk niet! Kostbaar of niet, het is nieuw leven!'

Antony knikte, en even leek het of hij haar wilde kussen maar iets hem weerhield. 'Ik wist dat je het zou begrijpen. Ik ken verder niemand die bereid zou zijn om voor deze kwetsbare wezentjes te zorgen. Ze zijn zo… afhankelijk.'

Fran slikte een brok in haar keel weg. 'Ik ben zo blij dat je het mij hebt gevraagd.'

'O, voor ik het vergeet,' zei Antony. 'We moeten eerst onze handen wassen.'

Fran schrobde haar handen schoon in het betegelde, ietwat kille toilet op de benedenverdieping. Antony had haar gevraagd omdat ze aardig en efficiënt was, hield ze zichzelf voor, niet omdat hij haar leuk vond – niet op die manier.

15

Fran en Antony stonden op het punt in de woonkamer aan de voedersessie te beginnen.

'Hier is een klembord,' zei Antony. 'Er staat op hoe de vacht van iedere pup eruitziet, zodat we ze uit elkaar kunnen houden. Gelukkig zijn het collies, met witte vlekken. Als het labradors waren geweest, hadden we ze nagellak of iets dergelijks op moeten doen.'

'Best gezellig, hè, zo?' Fran was even stil. 'En toch ook een beetje als een ziekenzaal. Gezellig vanwege de warmte en het zachte licht, maar ook efficiënt.'

'Volgens mij snap ik wel wat je bedoelt,' zei Antony.

Hoewel hij het volgens haar helemaal niet snapte, stelde ze op prijs dat hij probeerde haar te begrijpen.

Er stond een tafeltje vol met thermosflessen kokend water, een kan koud water, een kan met melk en een paar zuigflessen.

'Goed, we gaan de flesjes vullen. Nou ja, tot halverwege.' Hij keek hoe ze het deed. 'Perfect.'

'Drinken ze een halve fles melk? Het zijn flesjes van poppenformaat, maar...'

‘Het zou ideaal zijn als we voor iedere pup een pas gesteriliseerd flesje hadden. Helaas konden ze niet aan voldoende flessen komen, vertelde June me. Daarom gieten we tussen elke voeding kokend water over de speen.’

‘Wat is dit?’ Fran keek naar het klembord. ‘Ik snap de vachttekeningen wel en vind het geweldig dat ze namen hebben. Maar “plasje” en “hoopje” doen? Echt?’

Antony knikte berouwvol. ‘Een beetje quasipreuts, ik weet het. Dat heeft June er bij het opstellen van het schema in gezet. Ik zal je laten zien hoe dat gaat.’

Hij pakte een wattenschijfje en doopte het in de dop van een thermosfles waarin hij een beetje kokend en koud water had gedaan. Vervolgens wrong hij het schijfje boven zijn pols uit om de temperatuur te testen. Tevreden stak hij zijn hand in de doos en haalde er een puppy uit. ‘Er zit een verwarmingskussen onder de hondendeken in de doos,’ zei hij met het kronkelende hondje in zijn hand. ‘Het is heel belangrijk ze goed warm te houden. Daarom brandt er een flink vuur in de houtkachel en heb ik de verwarming opgedraaid.’

Heel zacht begon hij tussen de achterpootjes te deppen. ‘Kun je zijn vachttekening opzoeken? Ik zie dat het een jongetje is.’

Fran pakte het klembord. ‘Lange witte vlek? Wit vlekje op een oor? Dan is dat Billy.’

‘Geweldig,’ zei Antony. ‘Hij heeft net geplast, dus vink dat vakje maar af. Ik ga hem nu voeden, arm hongerig hondje, en daarna doen we het poepgedeelte.’ Hij keek naar haar op.

Fran staarde naar de piepkleine pup die hij nu in zijn handpalm hield. Antony ondersteunde Billy’s kopje met zijn vinger en stopte de speen in het wijd open bekje. Billy hapte erin en begon gulzig te zuigen.

‘June vertelde me dat het voordeel van pups ten opzichte van mensenbaby’s is dat ze na het voeden, poepen en plassen meteen weer in slaap vallen nadat je ze hebt teruggelegd. Geen gedoe met het in slaap proberen te krijgen dat je kennelijk bij baby's hebt.' Even was hij stil. 'Nu ga jij er een voeden.'

Terwijl ze haar nervositeit probeerde te verbergen bij het oppakken van zo'n kwetsbaar wezentje stak ze een hand in de doos. Hoewel het beestje diep in slaap leek te zijn begon het te wriemelen zodra ze het vastpakte. In plaats van een zwart-wit buisje was het een puppy.

'O...' fluisterde ze, terwijl ze het voorzichtig in haar hand hield.

'Je hoeft niet bang te zijn. Ze zijn verrassend sterk. Goed, wie heb je daar?'

Fran bekeek haar kronkelende handvol hond. 'Deze heeft drie witte pootjes. Dat moet helpen.' Ze keek naar het schema. 'Hé, er zijn er twee met drie witte pootjes, en twee met een beetje wit op hun rug. O, Antony, ik weet niet welke het is.'

'Er is iets waar je nog niet naar hebt gekeken? Draai de pup eens om. Is het een jongen of een meisje?'

Fran, die zich ontstellend dom voelde, bekeek de pup. 'Ik weet het nog steeds niet.'

Gelukkig liet Antony haar in haar waarde. 'Het is een jongetje. Kijk. Het zit verrassend hoog, niet waar je het zou verwachten.'

Fran schaamde zich. 'Echt, zoiets primairs. Ik hoop maar dat ik dit kan.'

'Je kunt het. Als het mij lukt, kan het niet zo moeilijk zijn.'

Ze rechtte mentaal haar rug en begon. Eerst haalde ze de pup over te plassen, en daarna voedde ze hem. Dat vond ze het meest bevredigend, om zo'n klein beestje vol levenslust te zien. Ten slotte keek ze hoe Antony het deed (hij had een andere pup gevoed terwijl zij met haar eerste bezig was) en kreeg een rolletje gele poep uit hem.

'Niet te geloven hoeveel voldoening dat geeft,' zei ze. 'Het was alsof ik verf uit een tube zag komen.' Ze legde de pup terug bij zijn broertjes en zusjes, waar hij prompt in slaap viel. Toen begon ze te blozen. Ze wist niet of ze Antony wel goed genoeg kende om over poep te kunnen praten.

'Er is vast wel een chique verfkleur die "puppypoep" heet,' zei hij. 'Misschien doe ik die hier wel op de muur, wanneer ik eraan toe kom de boel opnieuw te schilderen.'

Ze ontspande en pakte nog een pup. 'Hm, ik weet niet of die hier wel staat. Misschien kun je beter "olifantengal" of iets dergelijks kiezen. Goed.' Ze inspecteerde haar nieuwe gevangene. 'Wie heb ik hier? O, je bent een meisje!'

Toen alle zes de pups waren gevoed en hun verschillende prestaties op het klembord waren afgevinkt (een vink in alle hokjes), gingen Antony en Fran samen op de bank zitten kijken naar het slapende nest jongen, allemaal op een hoopje bij elkaar.

'Ik zou zweren dat hun buikjes al wat groter zijn,' zei Fran, 'maar dat kan vast niet.'

'Blijkbaar hebben ze een beetje een buisvorm wanneer ze pasgeboren zijn, en met het verstrijken van de dagen zwellen hun buikjes op. Kom, dan drinken we voor de volgende voeding een kop thee of iets anders.'

Een paar minuten later zette hij een mok warme chocolademelk voor haar neer. 'Met zijn tweeën gaat het veel sneller,' zei hij.

'Dat kan ik me voorstellen.' Ze dronk van haar chocolademelk. 'Hoelang heb je dit in je eentje gedaan?'

'Ze kwamen vanochtend om acht uur hier aan. Ik heb er zo lang mogelijk mee gewacht jou om hulp te vragen. En echt, ik zou je helemaal niet hebben gevraagd als ik morgen niet weg moest. Het is maar voor een nachtje, hoor,' voegde hij eraan toe.

Ze hield maar net een ontzet kreetje binnen bij het vooruitzicht dat ze in haar eentje verantwoordelijk zou zijn voor zo veel hulpeloze wezentjes. Om van onderwerp te veranderen, begon ze over iets wat ze kende: eten. 'Heb je vandaag al iets gegeten?'

'Veel toast. Er ligt meer brood in de vriezer.'

'Zal ik eten koken? We hebben iets meer dan een uur tot de volgende voeding. Tijd genoeg.'

'Dat zou geweldig zijn. Koken is wel het laatste waaraan ik heb gedacht. Ik weet alleen niet wat ik in huis heb.'

'Geen zorgen. Ik vind wel iets.' Toen ze pas geleden haar pasteien in Antony's keuken had bereid, had ze ontdekt dat er goede en minder goede basisingrediënten in zijn koelkast lagen. In het uiterste geval zou ze een omelet bakken.

Een uur later liep ze zachtjes terug naar de woonkamer, waar ze Antony uitgestrekt en diep in slaap op een van de banken aantrof. Onder het koken (worstjes met aardappelpuree) had ze het kokende water klaargemaakt, twee porties melk gemengd en alle flesjes gesteriliseerd. Ze nam aan dat ze voor de volgende voeding net genoeg tijd hadden om te eten.

Ze schraapte haar keel, en Antony was zo voorkomend zijn ogen te openen.

'Kom, dan gaan we eten. De pups worden al onrustig. Ze denken dat het tijd is voor hun volgende maaltijd.'

'Geweldig,' zei hij met een blik op het dienblad, en hij zette zijn voeten op de grond neer.

Ze overhandigde hem een bord.

'Wil je er een glas wijn bij?' vroeg hij.

'Ik zou een moord plegen voor een glas wijn, maar het lijkt me eerlijk gezegd geen goed idee zolang ik verantwoordelijk ben voor de puppy's,' antwoordde ze.

Hij lachte. 'Ik neem de verantwoordelijkheid op me, dan kan jij een glas wijn drinken.'

Ze schudde haar hoofd. 'Ik heb liever een kop thee. Die zet ik hierna wel.'

Ze praatten verder niet meer, maar aten met smaak de worstjes op, met precies de juiste combinatie vlees, vet, graan en kruiden, en de romige aardappelpuree.

'Dat was heerlijk,' zei Antony zodra hij klaar was. 'Nu ga ik theezetten.'

De puppy's roerden zich nu echt, dus schonk Fran de juiste hoeveelheid melk in de flesjes en ging haar handen wassen. De thee stond op haar te wachten toen ze terugkwam.

'Waarschijnlijk kan ik beter de pups voeden voordat ik ga theedrinken,' zei ze, 'maar ik ben bang dat ik nu eerst voor mezelf ga zorgen.'

'Heel goed,' zei Antony, nadat hij een slok van zijn eigen thee had genomen. 'Zullen we aan de slag gaan?'

En zo begon het opnieuw.

Voor de nachtdienst namen ze elk een bank. Geen van beiden wilde voor twee uur slaap naar bed gaan. Hoewel Fran de wekker op haar telefoon had gezet, sliep ze door een hele voeding heen. Dat betekende dat ze, toen ze haar telefoonwekker weer hoorde, vier uur had geslapen.

'Antony!' zei ze verwijtend, zodra hij met de thermosflessen en de melk de kamer weer in kwam. 'Je had me wakker moeten maken.'

'Morgen moet je het een hele dag en nacht in je eentje doen,' zei hij. 'Ik dacht dat ik je beter een voeding kon laten overslaan. Er staat nog meer thee op het aanrecht in de keuken. Zou jij die willen halen? En zelfgemaakte zandkoekjes, die June voor ons heeft gebakken.'

Tijdens de voeding praatten ze niet veel, hooguit over hoe de puppy's het ieder afzonderlijk deden. Er was er eentje, een beetje kleiner dan de rest, die gulzig begon te drinken maar snel moe werd. Fran zag haar als een uitdaging.

'Ik voed Betsy als eerste,' zei ze, 'en wanneer ze dan een dutje heeft gedaan en alle andere zijn gevoed, geef ik haar nog wat.'

'Je bent hier echt door gegrepen, hè?' vroeg Antony, terwijl hij met een vochtig wattenschijfje over een buikje streek.

'Ik heb nog nooit op deze manier voor een dier gezorgd, of beter gezegd, voor dieren, meervoud. Je gaat echt om ze geven. Zoals je al zei, ze zijn zo afhankelijk.'

'Zelfs grote dieren, zoals koeien, zijn afhankelijk,' zei Antony. 'Vraag maar aan Tig.'

Ze begon nu een beetje beter te begrijpen wat Tig voor zijn koeien voelde, en Amy waarschijnlijk ook. Niet alleen omdat ze waardevol waren en heerlijke melk gaven; ook omdat ze zonder zorg en aandacht niet zouden gedijen. Door voor ze te zorgen ging je van ze houden.

'Ik zal wat meer over de koeien praten met hem,' besloot ze. 'Blijkbaar vormen koeien familiegroepen en is het belangrijk die te herkennen. Daar wil ik graag meer over weten.' Ze haalde diep adem. 'Hebben we alle pups gehad? Wil je me dan Betsy aangeven? Kom, meiske, nog een beetje meer melk.'

Ze stond erop dat Antony de voeding van zes uur 's ochtends oversloeg en fatsoenlijk naar bed ging, zodat hij kon slapen totdat hij even na achten moest vertrekken naar Londen. Hij reed zelf, aangezien Seb nog steeds bij de trouwerij van zijn beste vriend was.

Ze was net in de keuken bezig de voeding van acht uur voor te bereiden, toen hij verscheen, fris onder de douche vandaan. Hij rook heerlijk, en toen ze zich omdraaide om hem aan te kijken, zag ze dat hij er ook nog eens geweldig uitzag.

'Je ziet er niet uit als iemand die vier uur slaap heeft gehad,' zei ze, overdonderd door de indruk die hij op haar maakte.

'Ik weet niet of mensen die weinig slaap hebben gehad er altijd uitzien zoals jij,' zei hij op zijn beurt, 'maar ik moet zeggen dat die look me bevalt.'

Fran, die bezig was de waterkoker te vullen, hield even stil. 'Geef je me nu een compliment?'

Hij lachte zacht. 'Ik besef dat het voor iemand met slaaptekort een beetje vaag klinkt. Maar, ja, je ziet er mooi uit. Verfomfaaid, allesbehalve tot in de puntjes verzorgd, en daardoor verrukkelijk.' Hij fronste zijn wenkbrauwen. 'Nu ben ik vast een grens over gegaan die ik niet had moeten overschrijden. Sorry, vergeet maar dat ik het heb gezegd.'

'Ik onthoud het toch liever, als je het niet erg vindt,' zei ze, plotseling verlegen. 'Heb je nog tijd voor thee?'

Hij liep naar het enorme koffiezetapparaat. 'Ik kan wel iets sterkers gebruiken. Een dubbele espresso, dus.'

'En toast? Ik zou er een dikke laag Marmite op kunnen smeren om hem bijna oneetbaar te maken. Ik ben bang dat ik bij het idee van een dubbele espresso zo vroeg op de ochtend hoofdpijn krijg, maar als jij ervan houdt...'

'Toast met boter en de gewoonlijke hoeveelheid Marmite zou heerlijk zijn.'

'Wordt geregeld,' zei ze.

Even later – Fran had het gevoel dat het een paar tellen later was – zei Antony: 'Dat was heerlijk.' Hij veegde zijn mond af en schraapte zijn keel. 'Ik weet niet wat vreemder zou voelen, je een afscheidskus geven of dat niet doen.'

'O...'

'Al is het waarschijnlijk verkeerd om je te kussen, ik ga het toch doen.'

En dat deed hij inderdaad. Niet een kus op de wang, zoals ze verwachtte, maar op haar mond, stevig en zo vol betekenis dat ze er de rest van de dag aan terugdacht.

Ze bracht de daaropvolgende uren door met televisiekijken en dutjes doen tussen de voedingen door. Ze kon de pups nu beter uit elkaar houden en wist hoe ze ze sneller kon laten poepen en plassen. Betsy, de kleine, leek goed te gedijen op haar gesplitste voedingen. Het lukte Fran nu ook de poedermelk sneller af te meten. In feite was ze een zombie: de buitenwereld leek er niet toe te doen. Het enige wat belangrijk was, was de pups op tijd te voeden en alle vakjes in het schema af te vinken.

Hoewel de pups altijd plasten, sloegen ze het andere wel eens over, wat zorgwekkend was. Fran zou willen dat ze aan Antony had gevraagd in hoeveel hokjes achter elkaar ze een kruis kon zetten voordat ze een dierenarts moest bellen. Ook al ging ze nog niet bellen, ze zocht toch het nummer van de dichtstbijzijnde dierenarts op, zodat ze het bij de hand had.

Issi kwam op tijd voor de voeding van vier uur 's middags naar haar toe. Ze kreeg les in puppyhygiëne en mocht – omdat het zo tijdrovend was en ze Issi was, al was het een enorme concessie – helpen met de voeding. Doordat Fran slaapgebrek had en al haar aandacht op het nest was gericht, had ze wat het beschermen van de pups betrof leeuwinnenneigingen gekregen.

'Je wilt dit nu vast niet horen,' zei Issi, die bewonderend toekeek terwijl Fran een pup liet plassen alsof ze op een knop drukte en niet alleen met een vochtig wattenschijfje depte. 'Roy komt later vanavond terug.'

'O nee! Ik had gehoopt dat hij iets langer zou doen over zijn rondje Britse eilanden.'

'Hij is naar Cornwall geweest.'

'Goede keus.'

'En vandaag komt hij terug. Ik weet niet precies waarom, al mompelde hij wel iets over dure b&b's.'

'O god, wat heb ik hier tegen opgezien. Omdat ik op de boerderij woon, denkt hij zeker dat hij dat recht ook heeft. Maar ik leef van mijn spaargeld. Ik ga hem echt niet financieel onderhouden.'

'Natuurlijk niet! Ik draag bij wat ik kan met mijn huur, maar ik weet dat je je zorgen maakt over alle kosten.'

'Het komt vast goed,' zei Fran. 'Zolang we deze pups in leven kunnen houden totdat ze opgehaald worden, lijkt verder niets belangrijk. Zie je kleine Betsy?' Ze wees naar het hoopje honden.

'Die zwart-witte, bedoel je?'

'Je hoeft niet sarcastisch te doen, hoor. Ze is kleiner dan de andere. Kijk!' Fran tilde de pup op, zodat Issi haar kon bekijken. 'Ik voed haar twee keer, een keer aan het begin en een keer aan het eind van elke sessie.'

'Is het wel goed om ze dwangvoeding te geven? Dat doen ze toch ook bij ganzen om foie gras te krijgen?'

'Nee, zo gaat het helemaal niet!' zei Fran verontwaardigd. 'Alleen weet ik niet zeker of ik er wel goed aan doe. Na een tijdje drinken wordt ze moe. Tegen de tijd dat ze even gerust heeft, wil ze wel meer.'

'Het is vast prima,' zei Issi.

Fran rukte haar gedachten los van het nestje pups dat op dat moment haar obsessie was. 'Even over Roy. Ik wil echt niet dat hij op de boerderij gaat rondsnuffelen terwijl ik er niet ben.'

'Maak je geen zorgen,' zei Issi, 'ik zal er zijn. Ik zal je territorium bewaken. Je komt toch snel weer terug? Worden de pups morgen niet opgehaald?'

'Volgens mij wel. Wanneer is Roy terug?'

Issi haalde haar schouders op. 'Dat weet ik niet precies. In de late middag of vroege avond, zei hij.'

Fran keek op haar horloge. Het was bijna vijf uur. 'Misschien kun je dan nu beter teruggaan?'

'Ik maak wat toast en thee voor je, en dan ga ik,' zei Issi. 'Ik begrijp het wel, hoor. Je ziet er alleen uitgeput uit. Laat mij anders een voeding overnemen, dan kun jij lekker een tukje doen.'

'Ik red me wel! Heus, hoe zwaar het ook is.' Fran forceerde een glimlach. 'Zolang ik me geen zorgen hoef te maken over andere dingen, lukt het me hier allemaal wel. Dus als jij me thuis rugdekking kunt bieden, zou dat heel fijn zijn.'

'Dan zal ik dat doen. Eerst thee en toast. Wil je dat ik eten voor je kook en het hierheen breng?' opperde Issi. 'Mijn pastasaus is redelijk eetbaar.'

'Je pastasaus is heerlijk, maar het enige wat ik wil is dat je mijn boerderij bewaakt. Ik heb hier koude worstjes en een restje aardappelpuree. Ik kom heus niet om van de honger.'

'Ik hoop echt dat het jouw boerderij wordt,' zei Issi. 'En niet alleen in je eigen belang.'

Fran legde een hand op die van Issi. 'Ik weet het. Ik denk ook aan Tig. Goed, als jij nu toast gaat maken...'

Het werd een lange nacht. Fran had het gevoel dat ze voortdurend bezig was haar handen te wassen, water te koken en melkpoeder af te meten. Ondertussen bekeek ze de lijfjes goed, zodat ze de pups uit elkaar kon houden, wreef met vochtige wattenschijfjes over hun buikjes en – het kleinste onderdeel – voedde de pups.

Na de voeding van acht uur 's ochtends stond ze in de keuken flesjes af te wassen, toen ze de deurbel hoorde. Een beetje nerveus droogde ze haar handen af en liep erheen. Wie kon het zijn? Wie kwam er nou zo vroeg bij Antony langs? Dat kon geen goed nieuws zijn.

Er stond een echtpaar van in de zestig voor de deur. 'Sorry,' zei de vrouw, 'ik weet dat het afgrijselijk vroeg is, maar we moesten weten hoe het met de pups gaat.'

'Wij zijn Jack en June,' zei de man. 'Vrienden van Antony. De collie die de pups heeft gekregen is van ons.'

Fran deed de deur wijder open. 'Jullie staan vast te popelen om ze te zien. Het gaat goed met ze.'

Ze voelde zich merkwaardig bezitterig toen ze de deur van de woonkamer opende en het stel naar binnen leidde.

June ging meteen in de doos kijken. Fran liep met haar mee. 'Ik zoek Betsy,' zei June.

'Daar is ze,' zei Fran. 'Wil je haar hebben?' Ze tilde Betsy op en gaf haar aan June.

'Wat is ze gegroeid! Dat zijn ze natuurlijk allemaal, maar vooral Betsy. Zij was de kleinste.'

'Ik heb haar twee keer gevoed. Bij elke voeding, bedoel ik. Een keer aan het begin, en dan ter aanvulling nog iets aan het eind. Was dat verkeerd?'

'Volgens mij niet, hoor,' zei June. 'Wat aardig van je.'

'Zal ik theezetten of zo? Dan kunnen jullie ondertussen opnieuw kennismaken met de pups.'

Het stel knikte, ging op de bank zitten en tuurde vol bewondering in de doos. Ze liet ze met rust en ging naar de keuken.

Even later zei June: 'Ik kan niet geloven dat Antony iemand heeft gevonden die dit op zo korte termijn op zich wilde nemen. Ik wist echt niet wat ik moest. Ik kon niet níét naar mijn dochter en kleindochter gaan. Toen hij zei dat hij iemand kende die zou kunnen helpen, waren we zo opgelucht.'

'Konden jullie nu wel bij jullie dochter weg? Gaat het goed met ze?' Hoewel de pups voor Fran het allerbelangrijkst waren, accepteerde ze dat mensenbaby's er ook toe deden.

June straalde. 'Jazeker! Ze zijn nu allebei zo gezond als een vis. En jij? Was het lastig om alles te laten vallen voor deze mormeltjes?'

'Ik vond het fijn dat ik kon helpen,' zei ze. 'Antony is heel genereus voor me geweest.'

'Wat een leuke man, hè?' Nu June thee zat te drinken met Betsy op schoot, was ze niet meer zo gespannen. 'Niet iedereen ziet die kant van hem. Mensen denken dat bij hem alles om zaken draait.'

'Hoe hebben jullie hem ontmoet?' Fran was opgetogen dat ze meer over Antony te weten kon komen.

'Hij is bevriend met onze zoon. Vroeger bracht hij de schoolvakanties bij ons door, nadat zijn ouders naar Zwitserland waren verhuisd. Zijn moeder woont daar nog steeds. Hoewel hij een heel andere achtergrond heeft, hielp hij altijd graag een handje mee. We hebben een kleine boerderij en hebben altijd collies gehad.' Ze gaf de pup een kus en zette haar terug, voordat ze een andere pakte. 'Thuis mocht hij nooit een hond hebben, dus had hij er een bij ons. Een goede werkhond was dat.'

'Hij vond het vast fijn om te helpen,' zei Fran.

'Antony, ja, maar jij? Ik kan niet zeggen hoe blij ik ben dat...'

'June.' Jacks waarschuwing aan zijn vrouw dat ze niet te veel moest zeggen was als het nauwelijks hoorbare gegrom van een hond die geen geweld wilde gebruiken, maar dat zo nodig wel kon.

'Jack, die lieve meid heeft alles uit haar handen laten vallen om voor onze puppy's te zorgen. Die andere had dat nooit gedaan.'

'Ze bedoelt Ants vrouw,' zei Jack, die zich blijkbaar had neergelegd bij de behoefte van zijn vrouw om eens lekker te klagen over iemand uit Antony's verleden die ze nooit goed genoeg voor hem had gevonden.

'Ze was alleen geïnteresseerd in zijn geld en bezittingen,' zei June. 'Jij bent heel anders dan zij.'

Daar moest Fran om lachen. 'Vast en zeker! Ze was vast tiptop verzorgd en glamoureus.'

'Dat was ze zeker,' zei June, die een zwart kopje met haar vinger streelde. 'Ze gaf een vermogen uit aan kleding en was veel te dun. Helemaal niet knap, zoals jij.'

'Dank je wel. Maar Antony en ik – nou ja, we zijn geen stel. We zijn gewoon vrienden.'

'Hm,' bromde Jack. 'Hij moet je wel hoog hebben zitten als hij deze kleine donderstenen aan jouw zorgen toevertrouwt.'

'Hij heeft gelijk,' zei June, die Frans hand een klopje gaf. 'Ik hoop dat je single bent. Ik zou het niet kunnen verdragen dat Antony's hart nog eens gebroken werd.'

'Hij maakte er geen ophef over,' wierp Jack tegen. 'Hij draagt zijn hart niet op de tong.'

'Nee, maar hij leed er wel onder,' zei June. 'Dat wist ik.' Ze zette haar mok neer. 'Goed, ik ga nog even naar de wc, en dan moeten we deze kleintjes maar eens naar huis brengen. We hopen dat hun moeder wat vriendelijker tegen ze doet nu ze over de operatie heen is.'

'Ik zal ze missen,' zei Fran. Plotseling realiseerde ze zich dat dat echt zo was.

'Kom ze opzoeken, als je even tijd hebt,' zei June, die opstond.

Na twee gebroken nachten voelde Fran zich niet alleen duizelig, maar ook een beetje mat terwijl ze haar spullen pakte om naar huis te gaan. Ze wilde Antony weer zien om het voldane gevoel met hem te delen dat ze had gekregen toen ze de puppy's had teruggegeven, veilig en wel, en net iets groter dan ze bij aankomst waren geweest. In plaats daarvan zou ze terugkeren naar Roy.

Op het moment dat ze de auto parkeerde, kwam een heel opgetogen Issi naar haar toe. 'Kom snel! Op dit moment wordt het eerste kalf van het seizoen geboren.' Prompt verdween haar opwinding. 'O, je bent waarschijnlijk kapot. Je wilt je vast alleen wassen en dan slapen.'

Ooit, eigenlijk nog niet zo lang geleden, zouden douchen en slapen Frans eerste optie zijn geweest. Maar sinds ze voor de puppy's had gezorgd, zo klein en weerloos, was het idee de geboorte van een dier mee te maken niet langer een beetje vies en beangstigend; het was geweldig.

'Breng me naar de barende koe,' zei ze daarom. 'Alleen niet als ze me er niet bij wil hebben.'

'Daar merkt ze niets van,' zei Issi, blij dat Fran wilde meekomen. 'Kom op!'

16

Fran nam de tijd haar jas aan te trekken, want er stond een straffe wind die de ontluikende lente eraan herinnerde dat de winter nog niet voorbij was. Daarna liep ze achter Issi aan naar de stal.

'We moeten heel stil en rustig zijn,' zei Issi. 'Dit is het eerste kalf voor deze koe, en de moeder is heel speciaal.'

'Ik weet heus wel dat we rustig moeten zijn,' zei Fran, die zich een beetje gekwetst voelde omdat Issi was vergeten wat ze de afgelopen dagen had gedaan. Maar ze begreep wel dat haar vriendin helemaal opging in het moment.

'We hopen op een stierkalf,' ging Issi door. Ze klonk aandoenlijk bezitterig.

'Willen we geen vaarskalveren? Voor de melk?' vroeg Fran, niet helemaal helder door slaapgebrek.

'In het belang van de kudde hebben we een goed stierkalf nodig. De koe die aan het kalven is, is bezwangerd met sperma van een heel speciale stier, zodat de genenpoel wordt vernieuwd.'

'Je weet er een hoop van af.'

Issi bleef staan en draaide zich om naar Fran. 'Eerlijk gezegd is Tig niet erg spraakzaam, maar wanneer hij iets zegt, gaat het over de kudde.'

'Is dat niet een beetje... saai?' In gedachten zag Fran haar pientere, grappige vriendin op een oude bank naast Tig zitten, terwijl ze over koeien praatten.

Issi aarzelde. 'Ik vind het allemaal even fascinerend. Het is een heel oude kudde, die altijd heeft gegraasd op dat bijzondere, zeldzame grasland. Daardoor is de melk zo vol van smaak en jouw kaas zo lekker. Kom mee.'

Ze kwamen bij de koeienstal aan. Fran had verwacht dat de koe afgezonderd zou zijn, maar ze stond gewoon bij de andere koeien.

'Alles goed met haar?' Ze voelde zich belemmerd door onwetendheid en slaapgebrek.

'Zo te zien wel,' zei Tig, 'Maar het is haar eerste kalf en je kunt nooit zeker weten hoe het loopt.'

'Hoelang gaat het duren?' ging Fran door.

'Ook dat weet je niet, vooral niet bij vaarzen.' Hij glimlachte kort. 'Ze wordt voor het eerst moeder. Ze weet nog niet hoe het gaat.'

'Maar het komt toch wel goed met haar?' Fran dacht aan de moeder van de puppy's, die een keizersnede nodig had gehad en haar kroost had verstoten.

'Ik hoop het. Tot nog toe gaat het allemaal goed.' Weer glimlachte hij. Fran zag wel waarom Issi hem zo leuk vond: hij was kalm, aardig en deskundig. 'Je hoeft hier niet te blijven, hoor. Je kunt ook teruggaan naar het huis en daar op nieuws wachten.'

'Nee, ik moet hier zijn. Op deze boerderij draait het om de koeien, en daarom wil ik zo veel mogelijk over ze te weten komen.' Voordat Roy de boerderij erft en ze allemaal verkoopt, voegde ze er in gedachten aan toe.

Tig maakte een geluid dat geamuseerdheid of bewondering zou kunnen uitdrukken, of zelfs dat hij een kikker in zijn keel had. Fran vroeg niet om opheldering.

Ze merkte dat ze het allemaal merkwaardig boeiend vond. Hoewel er niet veel leek te gebeuren – de koe liep in de stal rond, knabbelde hier en daar aan wat hooi en loeide zo nu en dan hard – bleef Fran er met haar aandacht bij door de gedachte dat ze elk moment een kalf kon baren. Dat, of ze was zo moe dat ze blij was erbij te zijn en deel uit te maken van iets wat wel eens heel belangrijk kon zijn voor de boerderij.

'Tig vertelde me dat ze nu al een tijdje steeds gaat liggen en weer opstaat,' vertelde Issi Fran op gedempte toon. 'Zolang de weeën niet stoppen, moet het goedkomen. Als ze stoppen, heeft ze beslist hulp nodig.'

Even later stelde Issi voor koffie te zetten voor Tig. Samen liepen ze het huis in.

Fran at een stuk cake en sneed ondertussen een plak af voor Tig. 'Lekkere cake!' zei ze.

'Mary heeft hem gebakken. Ze wist dat het kalf binnenkort geboren zou worden en dat het een speciaal kalf is. Het kan best zijn dat Tig geen tijd heeft voor een fatsoenlijke maaltijd.'

'Een van de leuke dingen aan Tig is dat hij om zijn koeien geeft alsof het huisdieren zijn, ook al is hij professioneel veehoeder in hart en nieren,' zei Fran.

'Dat is zo. Goed dat je dat erkent,' zei Issi.

'Hoezo?'

'Omdat jij misschien ooit zijn baas wordt.'

Fran lachte. 'Ik zal nooit een reguliere baas zijn. Geen haar op mijn hoofd die eraan denkt hem te vertellen wat hij moet doen.' Prompt gaapte ze zo hard dat haar kaak ervan knakte.

'Hoor eens,' zei Issi, 'je bent halfdood. Ga toch een dutje doen.'

'Ik wil dit niet missen, Issi. Ik heb het gevoel dat het belangrijk is. En dan kan ik er Amy later alles over vertellen.'

'Oké. Ga nu slapen, dan maak ik je wakker zodra het interessant begint te worden.'

Fran wilde tegensputteren, maar wist dat het zinloos was. 'Beloof je dat je me wakker zult maken? Zelfs als ik diep in slaap ben?'

'Dat beloof ik.'

Er leken slechts een paar seconden verstreken te zijn toen Issi haar bij haar schouder schudde. 'Ik heb net de veearts gebeld,' zei ze.

Fran schoot omhoog. Ze was meteen klaarwakker. 'Lieve help! Komt het wel goed?'

'Dat weten we niet.'

Fran realiseerde zich dat de tranen Issi hoog zaten. Ze moest opstaan, niet alleen voor de koe en het kalf, maar ook voor haar vriendin. Issi's geluksgevoel was nauw verbonden met dat van Tig. Als er iets met een van de dieren gebeurde, zou hij er kapot van zijn, besefte ze.

Ze legde een hand op die van Issi. 'Ga. Ik ben zo bij je.'

Nadat ze snel wat water in haar gezicht had geplensd om zichzelf wakker te maken, liep ze naar de koeienstal toe.

De vaars lag op haar kant te loeien. Tig lag aan de achterkant op het stro, met een hand in de koe en een gespannen uitdrukking op zijn gezicht.

'De veearts is onderweg,' zei Issi, die nu kalmer leek.

Tig keek op en zag Fran staan. 'Veeartsen zijn niet goedkoop. Ik zou hem niet hebben gebeld als het me zelf was gelukt. O, wacht eens, ik heb misschien iets. Issi, kun je me de touwen geven die daar hangen?'

'Tig, als je de veearts nodig hebt, moet je hem bellen! Meteen doen. We betalen hem op de een of andere manier wel.' Fran had geen idee hoeveel veeartsen kostten, maar ze liet geen enkel dier lijden, ongeacht de kosten.

Hij knikte. Fran wist dat hij was gerustgesteld.

Ze wist niet of ze het afschuwelijk of fascinerend vond toen Tig de touwen om de kleine poten vastmaakte die nu uit de vaars tevoorschijn kwamen. Het idee dat een dier zo geboren moest worden was vreselijk, maar blijkbaar was het niet erg, want anders zou Tig het niet doen.

'Ik kan wel wat hulp gebruiken, Is,' zei Tig zacht.

Issi aarzelde niet. In een fractie van een seconde zat ze naast Tig.

'Oké,' zei Tig, 'hou dit goed vast, en als ik zeg dat je moet trekken, trek je.'

Fran kon het niet verdragen toe te kijken of er ook maar aan te denken dat een baby met zo'n kracht, geweld zelfs, uit een moeder werd getrokken. Toch had ze alle vertrouwen in Tig. Als hij vond dat touwen en trekken nodig waren, dan waren ze dat beslist.

Met haar ogen half dichtgeknepen tuurde ze uit een ooghoek naar wat er gebeurde. Ineens hoorde ze Tig roepen: 'Kom op!' En daar was het kalf, dat in een golf van bloed en vloeistof op het stro landde.

'Het is een stierkalf,' zei Tig. 'Nu moet je het stevig wrijven met stro,' zei hij tegen Issi. 'Ik moet kijken hoe het met de moeder gaat.' Er was geen tijd om de geboorte te vieren.

Het kalf begon bijna meteen te bewegen, maar de moeder leek minder gelukkig. Tig probeerde haar op de poten te krijgen. Dat lukte niet.

'Wat denk je dat er met haar aan de hand is?' vroeg Issi.

'Dat weet ik niet zeker. Misschien melkziekte.'

Fran voelde tranen in haar ogen prikken en beet hard op haar lip om ze binnen te houden. Ze wist dat ze zo emotioneel was vanwege de puppy's, haar vermoeidheid en de stressvolle situatie waarin ze zich bevonden. Maar het kwam ook door iets diepers, een oergevoel, het feit dat ze een vrouwtjesdier zag doen waarvoor de natuur vrouwen had voorbestemd: nieuw leven op de wereld zetten. En dat was zwaar.

'Ik zal verse thee zetten,' zei ze tegen niemand in het bijzonder.

'Goed idee,' zei Tig. Dat gaf haar vertrouwen.

Onderweg naar het huis gingen duizenden gedachten door haar hoofd. Waarom droeg ze nog steeds die gestreepte laarzen, terwijl ze na aankomst op de boerderij al van plan was geweest echte boerenlaarzen te kopen? Als de vaars doodging, wat zou ze dan tegen Amy zeggen, als ze al iets zou zeggen? Wilde Tig echt thee, of wilde hij haar alleen uit de weg hebben? En moest ze ook theezetten voor de veearts?

Ze zette vier mokken thee met cake op het dienblad, eentje voor de veearts, die elk moment kon arriveren. Vervolgens zette ze alles er weer af, legde het lege dienblad in een grote mand, een van de vele die Amy in de keuken had staan, en zette alles er weer op. Toen ze terugliep naar de koeienstal, was ze blij dat ze nog in staat was initiatieven te nemen.

Ze had er goed aan gedaan thee voor de veearts mee te nemen. Bij de stal aangekomen zag ze een man staan die een fles heldere vloeistof omhooghield, met een slangetje dat van de fles naar de koe liep, die nu een naald in een van de aderen in haar nek had.

'Melkziekte,' zei Issi zacht. 'Andrew geeft haar calcium. Andrew!' zei ze iets luider. 'Wil je thee?'

'Later, graag,' antwoordde hij. 'Geen zorgen, ik drink nooit warme thee. Dat vind ik niet eens meer lekker.'

Toen Fran Tig zijn thee aanreikte, voelde ze dat de sfeer nu wat luchtiger was, al wist ze niet of het kwam doordat Andrew er was of doordat het calcium werkte.

Issi en zij dronken hun thee en keken in stilte toe. Het kalf stond nu op zijn poten, maar de koe lag nog steeds met haar poten onder zich op het stro.

Plotseling leek er iets te veranderen. De koe leek haar houding tegenover het moederschap te herzien en kwam met behulp van Tig en Andrew moeizaam overeind.

'Gelukkig,' zei Issi tegen Fran. Ze sloeg een arm om Frans schouders heen en gaf haar een snelle knuffel.

Met zijn tweeën keken ze hoe het kalfje naar zijn moeders uier toe strompelde en probeerde een uier te pakken te krijgen. De moeder draaide haar kop om en begon hem te likken. Koe en kalf doorzagen tegelijkertijd wat ze moesten doen, en het kalf begon te drinken.

Iedereen keek in stilte en vol verwondering naar het wonder der natuur. Fran zag dat Issi's wangen nat waren en slikte moeizaam om haar eigen tranen te bedwingen.

Eindelijk nam Andrew een slok van zijn thee, en Tig dronk zijn mok leeg.

'Ik haal wel wat warm water, zodat je je kunt wassen,' zei Tig.

'Je kunt ook naar het huis komen,' opperde Fran, die wassen in een koeienstal een beetje al te primitief vond.

Andrew glimlachte. 'Ik was het ergste er hier wel af. Kan ik misschien nog wat thee krijgen? Ik loog toen ik zei dat ik die graag koud dronk.'

Terwijl Fran met Issi terugliep naar het huis, besefte ze dat ze er als feministe eigenlijk bezwaar tegen zou moeten maken dat ze gezien werd als theezetter. Maar als iemand die niets van kalven afwist, was ze blij dat ze iets nuttigs kon doen. Later zou ze het wel in overeenstemming brengen met haar geweten.

Toen ze de waterkoker aanzette, wankelde ze op haar benen.

'Je bent zo moe dat je bijna omvalt!' zei Issi. 'Laat die thee toch zitten. Ik zet wel een mok voor Andrew en Tig. Ga lekker terug naar bed.'

'Dat ga ik doen,' zei Fran. 'Eigenlijk kan ik wel een fatsoenlijke maaltijd gebruiken, maar eerlijk gezegd ben ik te moe om te bedenken wat ik wil eten. Hoe lekker ik die cake ook vind, op het ogenblik heb ik er geen trek meer in.'

'Ik bak wel een omelet voor je zodra je wakker bent. Ga nu maar naar bed.'

Dat hoefde Issi geen tweede keer tegen haar te zeggen. Fran hunkerde ernaar nog een paar uur goed te slapen, in een echt bed.

17

Fran was zo diep in slaap dat het even duurde voor ze doorhad dat Issi haar zachtjes heen en weer schudde en ze niet in een draaimolen op de kermis zat die in haar dromen was verschenen.

'Sorry dat ik je wakker moet maken,' zei Issi, 'maar er staat een voicemailbericht van Roger op de vaste telefoon.'

'Ken ik een Roger?'

'Ja! Die vriend van je, die chef-kok uit Londen die je kaas zo lekker vond. Hij heeft verschillende berichten achtergelaten.'

'Hoe laat is het?'

'Drie uur 's middags. Je hebt een paar uur geslapen.'

'Dank je, Is. Ik zal Roger bellen. O, is Roy al opgedoken? Hij zou gisteravond toch terugkomen?'

'Ja, hij kan elk moment komen opdagen, neem ik aan.'

'Oké. Ik zal zorgen dat ik er klaar voor ben.'

'Wat ben ik blij dat je belt!' zei Roger, die de telefoon al na één keer overgaan opnam. 'Ik begon de hoop al op te geven. Ik wil zo snel mogelijk zo veel mogelijk mascarpone als je kunt maken.'

'Wat is zo snel mogelijk, Roger?'

'Grr! Hoor eens, ik heb een team restaurantrecensenten, redacteurs van tijdschriften, vertegenwoordigers van belangrijke winkels... Het is allemaal een beetje last minute, anders had ik wel eerder gebeld.'

'Ik zal nooit aan supermarkten kunnen leveren, Rog, zelfs als ik dat zou willen.'

'Geen supermarkten! Gespecialiseerde kruideniers en delicatessenzaken! Wat is er mis met jou, Fran? Het zijn invloedrijke mensen. Ze kunnen jouw kaas als merk op de kaart zetten.'

Het voelde nogal vreemd om de kaas die ze met zo veel liefde en – in het begin – moeite maakte te zien als een merk. 'Sorry, ik ben een beetje moe.'

'Maar je maakt de kaas?'

'Als het kan. Wat voor soort mascarpone wil je hebben? Het soort dat ik met een cultuur maak, de beste, kost meer tijd om te maken. En je weet dat ik ongepasteuriseerde melk gebruik?'

'Daarom is hij ook zo lekker! Ik wil je beste kaas hebben, en wel morgenmiddag, indien mogelijk.'

'Dan heb ik dus minder dan vierentwintig uur,' zei Fran langzaam. Ze deed wat berekeningen in haar hoofd, maar wist dat ze niet echt een keus had. Dit was een geweldige kans. 'Ik doe mijn best.'

'Ik stuur wel een koerier. Laat me weten wanneer je bijna klaar bent, dan laat ik de kaas ophalen.'

'Ik ga ermee aan de slag. Als het me niet lukt, bel ik je terug.'

'Het móét je lukken!' zei Roger, en hij hing op.

Zodra ze de telefoon had neergelegd, realiseerde ze zich dat ze de mascarpone alleen kon maken als ze room had. Ze wist niet eens of er nog koeien waren die melk gaven. Ze was de draad een beetje kwijtgeraakt op de boerderij – toen ze voor de puppy's had gezorgd, was het alsof ze in een andere wereld leefde – en dat ze zo moe was maakte het niet makkelijker om na te denken. Als er geen melk was, zou haar merk niet die enorme zet omhoog krijgen. En als ze de kaas op tijd klaar wilde hebben, zou iemand melk moeten hebben afgeroomd. Waarschijnlijk ging het allemaal niet lukken.

Ze ging Tig zoeken. Issi en hij waren weer in de koeienstal, waar ze naar de koe en het kalf stonden te kijken. Gelukkig hadden moeder en kind elkaar gevonden en vormden ze het toonbeeld van voldoening.

'Wat zijn ze mooi,' zei Fran, zich ervan bewust dat ze een speciaal moment tussen Tig en Issi onderbrak.

'Dat zijn ze zeker,' was het enige wat Tig zei.

'Het was zo'n voorrecht om het kalfje geboren te zien worden. Heb je al een naam voor hem? Of geef je je koeien geen namen?'

'Jawel,' zei Tig. 'Antony lijkt me een goede naam.'

Fran schraapte haar keel. Ze wist niet goed hoe ze dat moest opvatten. 'Hij zal er vast mee in zijn nopjes zijn.'

'Het is een fraai exemplaar,' zei Issi. 'En Antony ook.'

'Ja, nou ja, misschien,' zei Fran. 'Eh, Tig? Heeft Issi je al verteld dat ik telefoon kreeg van Roger, die op de boerenmarkt al mijn kaas heeft gekocht?'

Hij knikte.

'Ik moet een heleboel mascarpone maken. Staan alle koeien droog? Hebben we melk? En zo ja, heeft iemand de melk afgeroomd?' Ze keek naar Tigs gezichtsuitdrukking, maar kon er niets uit afleiden. 'Nee, natuurlijk niet. Daar heb je geen tijd voor gehad.'

De moed zonk haar in de schoenen. Het was allemaal te mooi om waar te zijn. Een groep mensen met invloed in de voedselindustrie zou haar kaas proeven – alleen als ze die kon maken. En er was geen room. Alle koeien stonden droog.

Fran hoorde Tig hummen en keek weer op. Uit de lichte verandering van zijn gewoonlijk zo onleesbare gezichtsuitdrukking bleek dat hij blij was. 'Ik spreid het kalven altijd een beetje, waardoor we altijd melk hebben. Dus ook al is het lente, we hebben melk.'

'O, Tig!'

Nu glimlachte hij echt. 'En mijn moeder is hiernaartoe gekomen om de melk af te romen. Die wilden we niet verloren laten gaan.'

'O, Tig! O, Mary! Ik ben dol op jullie.'

Ineens weer optimistisch gestemd liep ze naar het huis. Ze zou zich snel wassen en dan haar speciale kleding aantrekken en naar de kaasmakerij gaan. Van deze geweldige kans zou ze zo veel mogelijk profiteren.

Ze was blij dat ze nu al zo vaak mascarpone had gemaakt dat ze zich zeker voelde over wat ze deed, al vergde het nog steeds haar volle concentratie. Het was belangrijk dat ze niet te veel cultuur toevoegde, omdat de ongepasteuriseerde melk zijn eigen bacteriestructuur had. Zodra ze het eerste mengen van melk en room achter de rug had en het mengsel op de juiste temperatuur had gebracht, kon ze het twaalf uur laten staan. Als ze vroeg opstond, kon ze het laten uitdruipen totdat het bijna de juiste textuur had, en dan zou ze Roger bellen en kon hij de koerier laten komen. Straks kon ze slapen, bleef ze zichzelf voorhouden.

Opnieuw had de kaasmakerij een magische, kalmerende uitwerking op haar. Zij had hem ontworpen, door Antony was hij tot stand gekomen en ze vond hem prachtig. Ze hield ervan de lichtgele room met de melk te mengen, ze door elkaar te roeren en er haar eigen beetje magie op uit te oefenen, waardoor het mengsel veranderde in de heerlijkste kaas die ze ooit had gegeten. Terwijl ze de temperatuur van de kaas keer op keer controleerde en wachtte totdat die het juiste niveau bereikte, vroeg ze zich af of dit haar voldoening zou kunnen bieden. Misschien hoefde ze geen harde kaas te maken. Wellicht was dit genoeg.

Later, toen ze eindelijk klaar was met het schoonmaken van

de kaasmakerij, besefte ze dat het niet genoeg was. Ze moest die steengroeve vinden en zich de vaardigheden eigen maken die je als echte kaasmaker nodig had.

Net na zeven uur 's avonds liep ze terug naar huis, doodop maar heel tevreden. Ze kon haar kaas nu twaalf uur laten uitlekken, haar wekker op zeven uur 's ochtends zetten, de kaas verder afmaken en dan de koerier bellen. Wat kon er nou misgaan?

Omdat er nogal eens iets misging in het leven, stond Fran even stil bij die gewoonlijk retorische vraag en checkte in gedachten meer dingen dan normaal. Alles leek in orde. Perfect in orde zelfs!

Neuriënd in zichzelf ging ze via de achterdeur de keuken binnen. Issi stond bij het aanrecht in iets te roeren en draaide zich naar haar om.

'Hoi! Alles goed gegaan met de kaas?'

Onmiddellijk wist Fran dat er iets mis was. Hoewel Issi opgewekt klonk, was de paniek van haar gezicht af te lezen.

'Ja, prima. Dank je. Wat is er mis, Issi?'

Met een gekwelde uitdrukking op haar gezicht keek ze Fran aan. 'Roy is terug.' Ze was duidelijk bang dat hij haar zou horen. 'En hij heeft een vriend meegenomen.'

Er begon Fran iets te dagen. Er was veel meer aan de hand dan een extra tafelgast bij het avondeten.

'Ze zijn dronken!' fluisterde Issi.

Nu viel het kwartje. 'Heel dronken?' fluisterde ze terug.

Issi knikte. 'Ik ben een berg eten aan het koken!' zei ze luid.

Fran wist niet wat ze in de kamer ernaast konden horen, als ze al iets konden horen, en besefte dat Issi het ook niet wist. Het was beter om op veilig te spelen.

Ze verhief haar stem. 'Geweldig! Heb je Tig niet uitgenodigd?'

'Nee, hij was verdwenen voordat ik wist dat we gasten hadden.' Ze draaide met haar ogen in de richting van de woonkamer.

Het was allemaal nogal belachelijk, en Fran begon er de humor van in te zien.

'Jammer,' zei ze. 'Het zou leuk zijn geweest om samen de geboorte van het kalf te vieren.'

'Dat is waar, maar hij was al zo vroeg op de been.'

Fran probeerde snel uit te rekenen hoelang zijzelf al op de been was. Omdat ze de vorige nacht om de twee uur bezig was geweest hongerige pups te voeden, was het moeilijk te zeggen. Ze besloot er geen opmerking over te maken. 'Alles goed met het kalfje?'

Issi knikte. 'En met de moeder ook. Antony is zo lief!'

Bij het horen van de naam van het kalf glimlachte Fran. 'Ik vraag me af hoe het met de mens Antony is.'

'Je zou hem kunnen bellen!' Issi leek enthousiast over het idee. 'Dan kun je hem uitnodigen voor het eten.'

'Nee, echt, ik ben doodop. En hij waarschijnlijk ook. Voordat hij naar Londen ging, heeft hij ook voor de pups gezorgd. Joost mag weten of hij kans heeft gezien bij te slapen.'

'Je eet toch wel mee, hè?' Issi klonk nog steeds een tikje wanhopig.

'Natuurlijk. Ik dacht dat ik geen trek had, maar nu ik eten ruik, rammel ik.' Fran glimlachte en hoopte dat ze Issi had gerustgesteld.

'Het is chili,' zei Issi.

'Lekker! Zal ik even hallo gaan zeggen tegen Roy en zijn gast?'

'Goed idee,' antwoordde Issi, die met de houten lepel waarmee ze door het eten roerde van de chili proefde en de lepel prompt weer in de pan stak. 'Je zou ze koffie kunnen aanbieden.'

Fran wist dat Issi de lepel nooit terug in de pan zou hebben gedaan als ze niet enorm van slag was. Het was namelijk een van de dingen waar Fran een bloedhekel aan had. Ze dempte haar stem. 'Hoe dronken zijn ze?'

'Behoorlijk dronken. Daarom ben ik vroeg aan de chili begonnen. Ik hoop dat een stevige maaltijd ze zal ontnuchteren.'

'Zijn ze… eh, agressief?' Zelfs in het beste geval steeg Frans hartslag bij het idee dat ze Roy te woord moest staan; als zijn vriend en hij een agressieve dronk hadden, zou ze misschien wel compleet in paniek raken.

'Waarom ga je niet even een kijkje nemen? Ik schep de chili op. We kunnen in de woonkamer eten. Dan kunnen we ze gewoon laten liggen, als ze buiten westen raken.'

Fran knikte. 'Goed, ik ga hallo zeggen.' Even was ze stil. 'Heb je een fles wijn open?'

Issi knikte. 'Roy heeft hem meegebracht. Wil je een slokje?'

'Graag.' Ze nam het glas dat Issi haar aanreikte aan en proefde van de sterke Australische wijn. Heerlijk, maar mogelijk gevaarlijk. 'Oké,' zei ze, 'ik ga naar binnen.'

Ze haalde diep adem, toverde een glimlach op haar gezicht en opende de deur van de woonkamer.

Meteen rook ze het. De mannen die elk een bank bezetten, half zittend en half liggend, wasemden alcohol uit.

'Hallo, mannen!' zei ze opgewekt, op een veel warmere toon dan ze gewoonlijk aansloeg tegen Roy. 'Wat hebben jullie uitgespookt?' Het was overduidelijk wat ze hadden gedaan, maar het leek beleefd ernaar te vragen.

'Gin,' zei Roy. 'Bij een rondleiding.'

Zijn vriend, die wellicht iets minder dronken was dan Roy, kwam met moeite overeind. 'Hallo, ik ben Barry.'

'Hallo, Barry. Jullie hebben dus een rondleiding gehad waarbij gin werd geschonken?'

Barry en Roy knikten allebei. 'Heel veel gin.'

Barry schraapte zijn keel. Hij deed duidelijk moeite zich netjes te gedragen. 'In een stokerij.' De woorden kwamen er niet perfect uit, maar goed genoeg.

'Aha. Hoe zijn jullie hier gekomen?'

'Hebben de auto daar gelaten,' zei Roy tot Frans grote opluchting. Anders zou ze obsessief het nieuws hebben gevolgd in afwachting van een bericht over een ongeluk waarbij de dader was doorgereden. 'Hiernaartoe gelopen.'

'Lieve help. Waar zijn jullie vandaan komen lopen?'

Barry maakte een armgebaar. 'Was niet ver. Verdomde taxi wilde ons niet meenemen. We waren nog niet eens dronken.'

Daar dacht Fran even over na. 'Wanneer is dat dan gebeurd?'

'Onderweg naar huis,' zei Roy. 'Toen hebben we de fles opgedronken die we hadden gekocht. Er zaten allemaal kruiden in, stond erop. Ik had niet verwacht dat er alcohol in zat.'

'Echt niet? Hebben ze dan geen gin in Australië?' vroeg Fran vol ongeloof.

Roy knikte. 'Jawel, alleen gingen ze maar door over dat plantaardige spul, bloemen en zo, dat erin zit. Ik dacht dat het misschien zoiets was als de sleutelbloemwijn van tante Amy. Daar vonden we een fles van,' ging hij door, 'en we hebben de gin erbij gegoten.'

'Ik dacht dat jullie de gin onderweg naar huis hadden opgedronken,' zei Fran, die niet langer moeite deed om vriendelijk te klinken.

'Niet alles!' Barry was verontwaardigd. 'We hebben een aantal flessen gekocht.'

In dit geval had Fran niet veel aan haar ervaring als serveerster. In een pub zou ze hen kunnen wegsturen (of met behulp van een paar potige barkeepers de deur uit kunnen zetten), en daarmee zou haar verantwoordelijkheid ophouden. Deze dronkenlappen zaten in haar huis, en er waren geen potige barkeepers voorhanden.

'Oké, ik denk dat jullie nu beter eerst zwarte koffie kunnen drinken. En dan gaan we eten. Issi heeft chili gemaakt. Ik ga de tafel dekken.'

'O, eten we hier?' vroeg Roy. 'Zeker omdat we een gast hebben.'

Fran besloot hem te vertellen wat Issi had gezegd. 'Nee, omdat we jullie dan niet hoeven te verplaatsen als je van je stokje gaat. Goed, ik ga koffiezetten. Roy, heb je Barry al laten zien waar hier beneden het kleine kamertje is?'

'Het kleine kamertje?'

'De *dunny*,' legde ze uit, blij dat ze in het verleden veel met Australiërs had gewerkt.

In de keuken bracht ze verslag uit aan Issi, die bezig was rijst te koken en kaas te raspen. 'Ze zijn inderdaad vreselijk dronken, maar tot nog toe niet al te vervelend.'

'Je gaat toch zeker niet naar bed, zodat ik alleen met ze achterblijf?' vroeg Issi. 'Ik heb geen pub-ervaring, zoals jij. Ik weet niet goed hoe ik met dronken mensen moet omgaan.'

'Nee, natuurlijk laat ik je niet alleen. Ik ben doodmoe, maar ik denk dat ze vrij snel zullen inkakken. Kom, dan gaan we eten. Hopelijk vallen ze daarna in slaap.'

'Denk je dat we ze na het eten in bed moeten stoppen?'

'Dat kunnen we proberen. Eens kijken of de koffie en het eten helpen.'

Wat bleek: van gin werden ze niet vervelend, maar praatziek. Heel erg praatziek.

Fran, die toch een glas wijn dronk, ook al had ze geprobeerd er vanaf te blijven, dutte tijdens het eten een paar keer in.

Ze bleven tot in de details een of andere rugbywedstrijd bespreken die geen van beiden live had bijgewoond, maar duidelijk een obsessie voor ze was. Over het eten deden ze een eeuwigheid. Telkens als Fran of Issi opperde dat ze nu wel genoeg hadden gegeten en aanboden hun borden naar de keuken te brengen, klampten ze zich eraan vast, namen nog een klein hapje en gingen weer door over de rugbywedstrijd.

Uiteindelijk kon Fran het niet meer opbrengen. Ze had genoeg van haar kostbare slaaptijd met deze idioten verdaan; nu was het genoeg geweest.

‘Goed, Barry,’ zei ze resoluut, ‘waar ga je slapen? Zullen we een bed voor je maken op de bank? Ik ben bang dat alle slaapkamers bezet zijn.’

‘Kan ik niet bij jou op de kamer slapen, Fran?’ vroeg Barry.

‘Nee,’ zei ze meedogenloos. ‘Roy? Tijd om te gaan slapen. Kom, naar bed.’

‘Ho eens even! Wie ben jij, dat je denkt dat je me kunt vertellen wanneer ik naar bed moet?’

‘Iemand die morgen heel vroeg op moet,’ zei ze.

‘We hebben jouw toestemming niet nodig. We gaan naar bed wanneer wij dat willen!’ ging Roy door.

Fran hield voet bij stuk. ‘Vanavond niet. Ik heb al dagen niet meer fatsoenlijk geslapen en moet morgenochtend om zeven uur op om aan mijn kaas te werken. Jullie hebben morgenochtend allebei een afschuwelijke kater. Hoe meer tijd je hebt om die weg te slapen, hoe beter. Ga nu naar de badkamer…’ Ze wees naar de deur. ‘… en wanneer jullie terugkomen, zorg ik dat jullie allebei een halve liter water drinken en wat pijnstillers innemen. Misschien dat we daarmee het ergste kunnen voorkomen.’ Ze verroerden zich niet. ‘Ga. Nu!’

Barry zwichtte als eerste. Hij sjokte richting de wc. Roy, die ook opstond, mompelde iets over verwaande meiden en dat het feminisme volledig uit de hand was gelopen.

‘Tjonge, jij bent goed,’ zei Issi nadat ze allebei waren verdwenen. ‘Wie had gedacht dat je zo bazig kon zijn? Ze gingen zo mak als een lammetje weg.’

‘Volgens mij hielp het dat ik de kater noemde die hun boven het hoofd hangt. Ik ga water en paracetamol voor ze pakken.’

‘Eigenlijk zouden we ze mariadistel moeten geven,’ zei Issi, die sinds haar verhuizing naar het platteland een beetje een hippie was geworden.

‘Ik zou ze ketamine geven, als ik dacht dat ik zo van ze af kon komen.’ Fran was niet van plan voorzichtig te doen met bloemenremedies of iets wat ook maar een beetje natuurlijk en goedaardig was.

'Dat paardenmiddel?' zei Issi lachend. 'Jij bent een harde, zeg!'

Fran probeerde wakker te blijven totdat ze zeker wist dat Roy en Barry veilig in comateuze toestand verkeerden, maar dat lukte haar niet. Haar ogen vielen dicht, en haar eerste gedachte daarna was er pas toen de wekker op haar telefoon om zeven uur 's ochtends afging.

Ze dwong zichzelf wakker te worden. Moest ze de puppy's voeren? Ineens wist ze het weer. De puppy's waren terug naar hun eigenaren. Wat zij nu moest doen, was haar kaas laten uitlekken.

Zodra ze een voet op de vloer zette, herinnerde ze zich Roy en Barry weer, maar aangezien het stil was in huis, maakte ze zich niet te veel zorgen. Ze moest geconcentreerd blijven. Ze kon zich niet laten afleiden door mannen met een gin-kater.

Ze nam de kortste douche ooit, trok snel kleren aan en haastte zich naar de kaasmakerij. Als ze een kop thee voor zichzelf zou zetten, zou ze misschien een bende aantreffen en moeten meehelpen met opruimen of een vet Engels ontbijt voor Roy en Barry moeten klaarmaken. Dat kon ze wel doen als ze klaar was met de kaas en op de koerier wachtte.

De kaasmakerij had het gewoonlijke kalmerende effect. Hier had zij de touwtjes in handen. Ze wist wat ze moest doen. Dronken familieleden en hun vrienden deden er niet toe. Hier ging alles om de melk, de room en de magie die de twee konden creëren.

De kaas smaakte hemels, besloot ze. Er was geen ander woord voor. Hij smaakte naar de beste dikke room, en hoewel hij machtig was, was de boterachtige smaak door het zuurtje in de nasmaak niet weeïg. In de loop der tijd had ze best veel mascarpone gegeten – ze had een poosje in een Italiaans restaurant gewerkt – maar ze had nog nooit zo'n lekkere kaas als deze geproefd. Issi had gelijk, de koeien en het unieke grasland waarop ze graasden hadden iets heel speciaals voortgebracht.

Ze verdeelde de kaas in porties, die ze in vierkantjes kaasdoek wikkelde en in de grote thermoskannen met de brede opening legde die Erica om de een of andere reden had achtergelaten nadat ze samen in de kaaskraam op de markt hadden gestaan.

Ze had er alle vertrouwen in, was zelfs blij. Nu ging ze de koerier bellen.

Op dat moment herinnerde ze zich dat ze irritant genoeg geen bereik had op haar telefoon. Ze moest teruggaan naar het huis om daar de vaste telefoon te gebruiken. Toen ze er aankwam, bleek die bezet.

'Hoor eens, vriend,' zei Roy met kracht, 'we hebben een taxi nodig. En wel nu!'

Fran deed haar ademoefening, vijf tellen inademen en acht tellen uit – of was het andersom? In plaats van aan te horen hoe Roy aan de telefoon mensen beledigde, ging ze naar de keuken. Issi was er. En ze had thee.

'Mag ik een beetje?' vroeg Fran, en ze gapte de mok.

'Neem gerust,' zei Issi. 'Jij hebt het harder nodig dan ik. Ik heb trouwens vers water opstaan.'

'En?' Fran keek om zich heen. De keuken was aardig netjes. 'Ik neem aan dat ze nog niet hebben ontbeten.'

'Ze zijn nog maar net wakker. Het verbaast me dat ze zo vroeg op zijn. Ik weet niet of ik een warm ontbijt voor ze moet klaarmaken, met wat van de bloedworst die ik voor Tig heb gehaald, of dat ik het ze zelf moet laten uitzoeken.'

'Lastig. Als we ze een goed ontbijt geven, zouden we op zijn minst van Barry af zijn, denk ik.'

'Ze willen met een taxi naar de stokerij, waar ze hun auto's hebben achtergelaten. Ze vroegen of ik ze wilde brengen. Ik heb gezegd dat ik niet kan autorijden.'

Fran was onder de indruk. 'Daar trapten ze in?'

Issi haalde haar schouders op. Ze kon prima autorijden. 'Ze zijn nog niet erg helder, en ik heb geen auto.'

'Ik hoop niet dat ze mij vragen om hen te brengen,' zei Fran, terwijl ze brood in de broodrooster deed. Ze rammelde ineens van de honger. 'Ik ga de koerier bellen voor mijn kaas, en dan ga ik tot nader order naar bed.'

'Is de kaas goed gelukt?' Issi reikte Fran een verse mok thee aan.

'Hij is heerlijk, Is! Echt zalig. Ik durf te zweren dat je de wilde bloemen erin kan proeven, waarschijnlijk zelfs de afzonderlijke bloemen kunt benoemen.'

'Heb je wat achtergehouden, zodat wij er ook van kunnen proeven?'

Gefrustreerd sloeg Fran met haar handpalm tegen haar voorhoofd. 'Verdorie, dat had ik moeten doen. Er was alleen niet veel kaas. Ik kan wel wat apart zetten?'

'Doe maar niet. Dit is je grote kans. Breng die niet in gevaar. Vertel me nog eens hoe de kaas in Londen komt. Je hoeft hem toch niet zelf te gaan brengen?'

'Gelukkig niet. Ik ben vandaag niet echt in staat naar Londen te rijden. Ik regel een koerier. Even kijken of Roy de telefoon al heeft neergelegd.'

Dat was zo. Roy keek niet blij.

'Hé, Fran!' Het was niet zozeer een begroeting als wel opluchting omdat hij een oplossing voor zijn probleem zag. 'Mag ik jouw autosleutels hebben? Ik kan geen taxi krijgen, en we moeten mijn auto ophalen bij de stokerij.'

Fran staarde hem een paar tellen aan, zich afvragend waar hij de brutaliteit vandaan haalde. Het was echt niet te geloven. 'Nee, Roy,' zei ze kalm, 'je mag mijn autosleutels niet hebben, omdat je vast nog te veel alcohol in je bloed hebt. Nu ga ik telefoneren, en daarna kun je meer taxibedrijven bellen.'

Ze had de gegevens die Roger haar had gestuurd in haar telefoon opgeslagen en liep naar boven om die te pakken. Toen ze weer beneden was, liepen Roy en Barry net de achterdeur uit.

'O, hebben ze toch een taxi kunnen regelen? En lopen ze de oprit af om onderaan te wachten? Buitengewoon verstandig,' zei ze, terwijl ze langs de keuken liep. 'Hebben ze niet eerst ontbeten?'

Issi legde de bakspatel neer. 'Nee, terwijl ik net een hoop spek in de pan had gedaan. Maar ik kan niet zeggen dat ik het jammer vind. Opgeruimd staat netjes. Laten we hopen dat Roy een tijdje wegblijft.'

'We ontbijten dus met dubbele boterhammen met uitgebakken spek?'

Issi knikte. 'Mijn specialiteit.'

Frans goede humeur, teweeggebracht door de afwezigheid van gasten en het vooruitzicht op een boterham met spek, verdween toen de koeriersdienst die ze van Roger moest bellen liet weten dat ze pas 's middags konden komen. Haar protest leverde niets op. Ze belde Roger, die vloekte.

Nadat ze hem even had laten uitrazen, stelde ze voor een andere dienst te proberen.

'We hebben geen tijd om aan te rommelen, Fran. We moeten die kaas tegen de middag hebben. Je zult hem zelf moeten komen brengen.'

Fran wierp een blik op haar horloge. Het was negen uur. Als ze nu wegging, zou ze het net redden. Roger had gelijk: als er nu niet meteen een koerier kon komen, zou de kaas niet op tijd op zijn bestemming zijn. Tenzij de auto een blauw zwaailicht en sirenes had en door rood licht mocht rijden.

Ze vloekte zelfs een beetje en liep terug naar haar ontbijt. 'Niet te geloven, Is. Ik zal de kaas zelf naar Londen moeten brengen. Ik heb geen keus.' Ze keek naar de boterham met spek die op een bord lag. 'Mag ik die hebben? Daarna moet ik weg.'

'Maar je bent zo moe!'

'Ja, maar nood breekt wet. Op de heenweg zal het wel gaan, denk ik. Voordat ik terugrij zet ik de auto ergens neer voor een powernap. Wat een nachtmerrie.' Ze nam een hap van haar boterham. Haar tanden gingen door het zachte brood, de boter en toen het knapperige, zoute spek heen. 'Wat is dit toch heerlijk.'

'Drink er wat thee bij. Ik zal nog een boterham voor je smeren om mee te nemen voor onderweg. En ik zoek een flesje water voor je.' Issi was in de moedermodus geschoten, en Fran merkte dat ze haar daar dankbaar om was. Op dat moment had ze een moeder nodig.

Nadat ze in haar slaapkamer haar handtas had gepakt, liep ze terug naar de keuken om de proviand op te halen die haar was beloofd. Voordat ze de boterham in haar tas stopte, zocht ze haar sleutels. Ze leken niet in haar tas te zitten, ook al stopte ze ze altijd in het zakje dat speciaal voor sleutels was bedoeld. Waar waren ze in vredesnaam?

'O nee,' zei ze zacht. Ze rende door de woonkamer naar het raam om naar buiten te kijken. Niet alleen de twee mannen waren verdwenen, ook haar auto was weg.

18

Fran liep langzaam terug naar de keuken, nauwelijks in staat een voet te verzetten. Roy had haar auto meegenomen, waarmee de kans was verkeken om haar kaas op de culinaire kaart te zetten. Al haar inspanningen waren voor niets geweest. Ze kon wel huilen.

'Roy heeft mijn auto meegenomen,' zei ze nauwelijks hoorbaar tegen Issi. 'Ik kan niet naar Londen. Al die belangrijke mensen zullen mijn kaas niet proeven. Daar gaat ons fortuin en de kans de boerderij te redden. Het is allemaal voor niets geweest.'

'Het is niet waar!' Issi keek haar ontsteld aan. 'De schoft! Hoe heeft hij dat kunnen doen?'

'Als ik heel eerlijk ben,' zei Fran, 'en je weet hoe moeilijk ik dat vind als het om Roy gaat: hij wist niet dat ik de auto nodig had. Dat heb ik er niet bij gezegd toen hij vroeg of hij hem kon lenen.'

'Dat maakt niet uit. Hij heeft hem gestolen!' Issi's opwinding groeide. 'Hé, laten we de politie bellen. Dan brengen zij je auto wel terug.'

'Dat lukt nooit op tijd,' zei Fran, nog altijd de redelijkheid zelve. 'En als Roy gearresteerd wordt, moet hij een blaastest afleggen.'

'Het is onze morele plicht de politie te vertellen wat er is gebeurd.'

'Dat weet ik, maar daar heb ik de moed niet voor. Al het werk is voor niets geweest.'

'Er is vast een oplossing. Denk na!'

'Dat doe ik,' zei Fran beduusd. 'Maar er komt niks.'

'Antony!' riep Issi verheugd uit.

'Is, ik ga Antony echt niet weer om een gunst vragen. Hij is trouwens...'

'Dat bedoel ik niet. Ik bedoel... Antony!' De achterdeur ging open en Issi sprong een gat in de lucht.

'Hé, Fran,' zei een diepe, vertrouwde stem, 'je bent wel thuis. Ik zag je auto niet... Liefje! Wat is er?'

Het volgende moment had Antony zijn armen stevig om haar heen geslagen en werd ze tegen zijn borst gedrukt. Ze rook zijn aftershave, zijn lichaam, hém, en werd overspoeld door een gevoel van troost, ondanks het overhemdknoopje dat in haar wang drukte. Er was geen plek op de wereld waar ze liever wilde zijn dan in zijn armen. Alle spanning viel van haar af . De kaas, de auto, niets was belangrijk meer. Ze was bij Antony.

In tegenstelling tot Fran stond Issi nog met beide benen op de grond. 'Fran moet haar kaas onmiddellijk naar Londen brengen! Het is ontzettend belangrijk. Hij zou door allerlei belangrijke mensen geproefd worden. Er was een koeriersdienst geregeld, maar die kan niet komen, en omdat Roy haar auto heeft gestolen, kan ze de kaas niet zelf naar Londen brengen.' Ze was even stil om adem te halen. 'Is Seb in de buurt?'

'Seb?' mompelde Antony in Frans haar. 'Ja, die is terug.'

Fran maakte zich los uit Antony's omhelzing. 'Heeft hij het druk? Kan hij me naar Londen brengen om de kaas af te leveren?'

'Ik kan je wel brengen. Ik doe het met alle plezier.'

Fran zuchtte. Antony keek op haar neer.

'O, stelletje tortelduiven!' zei Issi, die precies wist hoe de vork in de steel zat. 'Ga nu maar snel de kaas halen, dan maak ik ondertussen wat proviand voor onderweg.'

'Toen ik thuiskwam en ontdekte dat de puppy's weg waren,' zei Antony, terwijl ze in volle vaart over de snelweg naar Rogers culinaire deskundigen in Londen reden, 'was ik teleurgesteld. Het was natuurlijk hard werken, maar ik vond het fijn om er samen voor te kunnen zorgen.'

Fran zuchtte. 'Ik ook. Ik vond het ook jammer toen ze werden opgehaald. Voor de pups zelf was het natuurlijk beter, maar op dat moment waren ze alles voor me. Heb je nog iets gehoord van June? Gaat het goed met ze?'

'Ze groeien als kool. June gaf hoog over je op.'

Fran bloosde. Ze hoopte maar dat June niet tegen Antony had gezegd wat ze tegen haar had gezegd, toen ze haar had vergeleken met zijn ex-vrouw. 'Echt waar?'

'Ja, herinner je je de kleinste pup, Betsy, nog? Ze doet het fantastisch sinds jij voor haar hebt gezorgd.'

'Dat is fijn om te horen.' Fran voelde even iets van trots opwellen.

'Ik had het gevoel...' Antony zweeg, alsof hij niet wist hoe hij zijn gevoelens moest verwoorden.

'Dat het onze kinderen waren waar we samen voor zorgden?' maakte Fran de zin voor hem af.

Hij keek even opzij. 'Je slaat de spijker op zijn kop.'

Ze had de indruk dat hij nog meer wilde zeggen, maar gelukkig keek hij weer voor zich. Ze gloeide nog steeds na van zijn omhelzing in de keuken en was bang dat hun prille geluk als een zeepbel uit elkaar zou spatten als ze elkaar al na een paar kussen de liefde zouden verklaren.

Ze schraapte haar keel. 'Nadat ik voor de puppy's had gezorgd, voelde ik me vreemd genoeg sterker toen ik terugkeerde op de boerderij. Het feit dat ik die pups in leven had weten te houden, gaf me het vertrouwen dat ik beter met dieren was dan ik had gedacht.' Ze glimlachte bij de herinnering. 'Issi stond me bij de voordeur op te wachten. Ze was helemaal opgetogen omdat het eerste kalf van het seizoen geboren zou worden. Ik heb het zien gebeuren.'

'Lieve hemel,' zei Antony, alsof hij aanvoelde dat het voor haar een hele belevenis was geweest.

'Het was fascinerend en had iets heel oers. Opeens begreep ik wat Tig en Issi voor de kudde voelen. Het gaat om meer dan alleen de melk en room, die ik nodig heb om kaas te maken. Ik voel me nu meer verbonden met de dieren die het produceren. Ze lijken meer op mensen dan op machines.'

Hij grinnikte. 'Of beter gezegd, iets daartussenin.'

'Ik verwacht ook niet van jou dat je het begrijpt!' reageerde ze een tikje verontwaardigd. 'Jij bent geen man van het land. Geen boer.'

'Wat we doen hoeft niet per se overeen te komen met wat we in ons hart voelen.'

'Wat diepzinnig.'

'Maar dit,' hij maakte een gebaar, verwijzend naar de auto en het feit dat hij haar naar Londen bracht, 'komt wel overeen met wat ik in mijn hart voel.'

Fran werd overspoeld door een golf van emoties. 'Ik weet niet wat ik moet zeggen.'

'Zeg maar niets,' zei Antony. 'Ik had er niet over moet beginnen. Vergeet het.' Hij glimlachte naar haar. 'Denk er maar niet meer aan. Je kunt beter proberen wat te slapen.'

Fran glimlachte naar hem terug en sloot haar ogen. Na wat hij had gezegd, zou ze niet kunnen slapen, wist ze, maar ze was blij erover te kunnen nadenken.

Hij moest haar wekken. 'Hé,' zei hij zacht. 'We staan in de file, dus ik weet niet of we op tijd bij het festival zijn. Misschien kun je beter uitstappen en gaan lopen?'

Frans ogen schoten open. 'Zijn we er al?'

'Bijna. We hebben nog een kwartier. Wil je lopen of blijf je liever in de auto zitten? Dan loop ik het laatste stuk wel'

'Nee, ik ga zelf!' Fran stapte uit zodra Antony was gestopt. Dit was haar kans, en ze zou zich door niets of niemand laten weerhouden.

Met het van Antony geleende rolkoffertje holde ze door de straten terwijl ze zo nu en dan de Google Maps-pagina op haar telefoon controleerde. Bij Harrods stak ze door naar Belgravia. Ze had het gevoel dat ze in de verkeerde film was beland: hier liep ze dan, met nog vijf minuten om een gebouw te vinden dat ze amper wist te liggen en een product in haar koffer dat haar kon maken en breken. En alsof dat nog niet genoeg was, had de man aan wie ze bijna doorlopend dacht bekend dat hij ook gevoelens voor haar koesterde. Het was bijna te veel om te bevatten.

Het zweet liep langs haar slapen toen ze niet veel later weer haar telefoon checkte. Ze moest nu bijna bij het hotel zijn waar volgens Roger het foodfestival werd gehouden. Ze keek op, en ja hoor, ze stond er recht voor. Met een kurkdroge mond – hoe had ze zo dom kunnen zijn geen water mee te nemen! – haalde ze nog een keer diep adem en begon met haar laatste restje energie aan de klim van ogenschijnlijk ontelbare treden naar het majestueuze gebouw.

Het duurde even voordat ze Roger had gevonden. Hij stond in een drukke kamer vol bedienend personeel.

'Hallo, Roger,' begroette ze hem, nog nahijgend.

'Wat ben je laat. Het is bijna middag!'

Verontwaardigd hapte ze naar adem. 'Roger! Jouw koerier kon niet komen. Bovendien had iemand ongevraagd mijn auto geleend.'

'Hoe ben je hier dan gekomen?'

'Ik heb een lift gekregen.'

'Helemaal naar Londen? Dat is een behoorlijk eind.' Roger nam haar aandachtig op, alsof hij nu pas zag hoe vermoeid ze eruitzag.

Fran knikte.

Hij pakte een glas champagne van een voorbijkomend dienblad en reikte het haar aan. 'Hier, drink dit maar op. '

Fran sloeg het halve glas achterover, ook al wist ze dat ze beter niet kon drinken.

'Hoe is de kaas geworden?' vroeg Roger.

'Hemels lekker, Rog, en daar is geen woord van overdreven. Ik hoop dat ze de reis hebben overleefd.'

Hij gaf de rolkoffer aan een voorbijlopende ober. 'Wil je deze naar de keuken brengen en aan André geven? Bedankt, kerel.'

Fran keek de koffer met Erica's thermosflessen na en deed een schietgebedje. Ze hoopte maar dat de kaas echt zo goed was als ze had gezegd.

'Ik moet er weer vandoor,' zei ze tegen Roger, in de hoop dat ze Antony's auto terug zou weten te vinden.

'Oké. Nou, bedankt dat je helemaal hiernaartoe bent gekomen. Het is toch gauw honderdvijftig kilometer.'

Fran glimlachte. 'Minder, hoor. Goed, ik hou je niet langer op. Het wordt vast een geweldig foodfestival.' Ze keek de prachtige zaal rond, die gevuld was met beeldschone gasten. In een hoek werden tv-camera's opgesteld. 'O, het komt ook op tv! Het wordt vast fantastisch!' En weg was ze.

Terwijl ze zich door de goedgeklede gasten een weg naar buiten baande, ontdekte ze zelfs een paar bekende gezichten uit het culinaire wereldje, onder wie Gideon Irving, de voedseljournalist. Haar kaas zou dus echt getest worden door belangrijke mensen!

Antony's auto stond met knipperlichten aan geparkeerd op

een doorgetrokken gele streep. Fran liet zich op de stoel naast hem ploffen. 'Ik ben zo blij dat ik je zie!' zei ze. 'Ik heb het gevoel dat ik een marathon achter de rug heb.' Ze had geen champagne moeten drinken, hoe lekker het op dat moment ook was geweest.

'Het waren een paar hectische uren,' zei hij terwijl hij wegreed. 'Mag ik een voorstel doen?'

'Graag. Ik ben op het moment niet in staat beslissingen te nemen, dus ik laat het gewoon over me heen komen.'

Hij wierp haar een geamuseerde, bijna liefhebbende blik toe. 'Oké, dan gaan we naar mijn appartement. We kunnen een lunch bestellen, als je wilt,' zei hij.

'Ik moet nodig douchen...' Ze ging liever niet in haar spijkerbroek en smoezelige topje, waar ze voor haar gevoel al weken in rondliep, naar een chic restaurant.

'Dat kan. De lunch wordt in mijn appartement geserveerd.'

'Dat zou helemaal fijn zijn.' Na de enerverende gebeurtenissen van de afgelopen dagen was het een heerlijk vooruitzicht heet te kunnen douchen zonder de douchekop te hoeven vasthouden, zoals op de boerderij.

Antony, die toch regelmatig gechauffeerd werd door Seb, leek prima de weg te weten in Londen, want na een wirwar van achterafstraatjes stopte hij uiteindelijk voor een modern appartementencomplex aan de Theems.

'Ik wed dat je een geweldig uitzicht hebt,' zei Fran. Ze was zo uit haar doen door alles wat er de afgelopen tijd was gebeurd, dat ze haar toevlucht zocht tot koetjes en kalfjes.

'Dat heb ik zeker. Je zult het zo zien.'

Een man in uniform kwam naar Antony toe en nam de sleutels door het open raampje aan, vermoedelijk om de auto mee te nemen en ergens te parkeren.

Toen een andere geüniformeerde man het portier aan haar kant opende, realiseerde ze zich dat Antony een heel ander leven leidde dan zij. Hoewel ze het fijn vond hem beter te leren kennen, maakte het haar ook verlegen.

Terwijl de lift met een alarmerende snelheid omhoogschoot, keek ze met een voorzichtig glimlachje naar hem op. Antony keek glimlachend terug. 'We zijn er bijna.'

'O,' zei ze, toen de liftdeuren openzoefden en een gang zichtbaar werd. 'Ik hoopte stiekem dat de lift rechtstreeks naar je appartement zou gaan.'

'Sorry dat ik je moet teleurstellen. Het is niet ver meer.'

'Lieve hemel,' zei ze toen ze over de drempel stapte. 'Ik wist dat het uitzicht geweldig moest zijn, maar dit slaat alles!'

De verste wand was van glas en keek uit over de Theems met al zijn blikvangers: de Big Ben, de Houses of Parliament, de London Eye, en in de verte de zilveren spiegeling van The Shard.

'Daarom heb ik voor dit appartement gekozen. Kom, dan wijs ik je de badkamer. Zal ik alvast onze lunch bestellen? Waar heb je zin in?'

'Bestel jij maar. Ik ga douchen.'

De badkamer was ongeveer twee keer zo groot als haar slaapkamer in Amy's huis, en er lagen genoeg handdoeken voor een gezin.

'Wacht, ik zal de douche voor je aanzetten,' zei Antony. 'Kijk. Neem de tijd. En pak gerust shampoo en zo.'

Fran bekeek de toiletspullen, die stuk voor stuk van hoge kwaliteit waren, en stapte onder de douche. Er was niets heerlijkers dan onder een hete waterstraal staan wanneer je moe en plakkerig was. Ze douchte langer dan nodig was en waste voor de zekerheid haar haar, voor het geval ze nog ergens naartoe zouden gaan.

Toen ze klaar was, pakte ze een badjas van het haakje aan de binnenkant van de deur en controleerde haar gezicht in de spiegel. Tot haar verrassing, en een tikje tot haar teleurstelling, had ze geen spoortje make-up meer op haar gezicht. Ook al had ze zich die ochtend niet opgemaakt, ze had gehoopt nog een beetje mascara of lippenstift aan te treffen. Maar niets van dat alles. Ze had haar handtas nodig.

Ze opende de badkamerdeur op een kier en gluurde de woonkamer in. Toen ze Antony nergens zag, glipte ze de kamer in, pakte haar tas en rende terug naar de badkamer. Ze voelde zich belachelijk.

Gelukkig zat er tussen de heerlijke toiletspullen in de badkamer een gezichtscrème, en met behulp van een stompje kohlpotlood en een uitgedroogde mascara kwam ze met iets meer zelfvertrouwen weer tevoorschijn.

Antony stond in de hal. 'Hoi,' zei hij. Hij moest haar hebben staan opwachten. 'Ik heb tapas besteld. Ik hoop dat je daarvan houdt.'

'Ik ben gek op tapas!'

'Mooi. Ik ben blij dat ik niets verkeerd heb gedaan.' Hij pakte haar bij haar pols en legde zijn hand tegen haar wang. 'Hopelijk vind je het ook niet verkeerd wat ik nu doe, want ik kan me niet langer inhouden.'

Hij drukte zijn mond op de hare, en hoewel ze erdoor werd overrompeld, liet ze zich maar al te graag meevoeren. Zijn kus zette haar meteen in vuur en vlam. Ze kon zich niet herinneren ooit zo innig en fijn te zijn gekust. Toen de deurbel ging, ten teken dat de lunch was gearriveerd en ze moesten stoppen, was het dan ook alsof ze twee magneten waren die van elkaar moesten worden losgetrokken.

Fran vluchtte de slaapkamer in. Ze ging ervan uit dat het eten naar de keuken of de woonkamer zou worden gebracht en wilde niet dat iemand haar verhitte gezicht zag. Het lag er dik bovenop wat Antony en zij aan het doen waren.

Ze stond voor het raam, zonder veel te registreren, toen Antony binnenkwam om te zeggen dat ze weer tevoorschijn kon komen.

De heerlijke geur van kruiden lokte haar naar de woonkamer, waar de salontafel vol stond met kleine gerechten. Sommige tapas maakten een sissend geluid, en behalve een geopende fles wijn, zag ze een stapel kraakheldere servetten, een paar borden en een aantal messen en vorken.

'Het ruikt heerlijk,' zei Fran.

'En zo smaakt het ook. Kom, ga zitten.' Hij pakte de fles, schonk een glas halfvol en gaf het aan haar. 'Is er één reden waarom we vandaag nog terug naar huis zouden moeten rijden?'

Fran dacht aan alle verantwoordelijkheden die op de boerderij op haar wachtten, waaronder Roy. 'Nee.'

Hij glimlachte en vulde een tweede glas. 'Nou, waar heb je zin in?' Hij had een bord in zijn hand, alsof hij haar wilde bedienen.

Ze kon niet helder meer denken, afgeleid als ze werd door haar verlangen naar de man naast haar. Ze slikte. 'Ik vind alles lekker, zolang het maar geen inktvis is. Daar hou ik niet van.'

'Ik ook niet. Dus dat heb ik niet besteld.'

Als ze niet zo in vuur en vlam had gestaan, had het een heerlijke, ontspannen lunch kunnen zijn, dacht ze, terwijl ze zich in de hoek van de comfortabele bank nestelde. Al zijn bewegingen wonden haar op. Zelfs de manier waarop hij achtereenvolgens tomaten, aardappelen met chorizo, een blokje buikspek en een paar plakken *ibérico*-ham op een bord schikte vond ze de meest sexy beweging die ze ooit had gezien.

Ze nam een slokje van haar wijn en keek hem aan. Toen hun blikken elkaar kruisten, sloeg ze snel haar ogen neer en pakte een paar geroosterde amandelen.

Hoewel de tapas en de wijn heerlijk smaakten, kreeg ze amper een hap door haar keel. Antony leek zelf ook niet veel honger te hebben.

Uiteindelijk gooide hij zijn bord bijna op tafel, veegde zijn mond af met een servet en stond op. Toen liep hij naar haar toe en stak zijn hand uit. 'Het wordt tijd dat ik je naar bed breng.'

Later, toen ze weer honger kregen, haalde Antony de restjes tapas op. Ze aten de koude, ietwat vette hapjes op, die nog altijd heerlijk smaakten. Niet zo heerlijk als wat er het afgelopen uur was gebeurd, maar toch.

'Ik heb *patatas bravas* op je lakens gemorst.'

Antony zuchtte tevreden. 'Nou en? Wil je nog een glas wijn?'

'Nee, dank je. Ik heb genoeg gehad.'

'Toch niet van mij, hoop ik?'

'Nee,' zei Fran, haar armen naar hem uitstrekkend. 'Van jou krijg ik nooit genoeg.'

19

De volgende ochtend stond Fran met een van Antony's overhemden en verder niets aan in de keuken. Ze probeerde net wijs te worden uit de koffiemachine, toen ze haar telefoon in de slaapkamer hoorde pingen, een teken dat ze een appje had ontvangen.

Zodra de machine deed wat ze moest doen, liep ze naar de slaapkamer om op haar telefoon te kijken.

Antony stond onder de douche. Heel even vroeg ze zich af wat er zou gebeuren als ze nog in de slaapkamer was wanneer hij eronder vandaan kwam. Ze besloot het af te wachten. Maar eerst het appbericht.

Het was van Issi.

Kun je me zo snel mogelijk bellen? Het is dringend.

Terwijl ze Issi's nummer zocht, rende ze vanuit de slaapkamer de gang in. 'Issi? Wat is er?'

'Amy ligt in het ziekenhuis. Ze is vannacht opgenomen. Het ziet er niet goed uit, Fran.'

'O, god. Ik moet bij haar zijn.'

'Eh, ja. Zo snel mogelijk. Roy is nu onderweg naar het ziekenhuis.'

'O nee. Hij zal haar vertellen dat ik in Londen ben met Antony, de man die ze zo graag haat.'

'Blijkbaar is ze erg verward, dus maak je daar geen zorgen over. Ze denken dat het waarschijnlijk een UWI is – een urineweginfectie, voor het geval je dat niet weet. Mijn oma kreeg ze ook steeds. Je bent er een tijdje kierewiet van, maar zodra de antibiotica beginnen te werken, komt het vast helemaal goed met haar.'

'Denk je dat het daarna goed zal blijven gaan?'

'Lieverd, ik ben geen arts. Ga naar het ziekenhuis.'

Fran rende de slaapkamer weer in. Antony was bezig zich aan te kleden.

'Wat is er aan de hand?' vroeg hij, terwijl hij zijn overhemd dichtknoopte.

'Amy ligt in het ziekenhuis. Ik moet naar haar toe.'

'Oké,' zei Antony. 'Ik breng je erheen. Kleed je aan, dan bestel ik wat ontbijt. We kunnen het bij de receptie oppikken en in de auto opeten.'

Hij was zo kalm, zo beheerst. Door zijn duidelijke instructies voelde ze zich minder paniekerig.

'Hou mijn overhemd maar aan,' voegde hij er met een glimlach aan toe. 'Het staat je goed. Ik zoek wel een trui die je eroverheen kunt aantrekken. Buiten kan het frisjes zijn.'

Daarna verliep alles heel soepel. Met Antony's overhemd aan en een van zijn kasjmieren truien over haar eigen kleding heen stapte Fran in zijn auto, die door de parkeerbediende was voorgereden. In haar hand had ze een kartonnen draagdoos met koffie en een zak croissants. Haar bezittingen lagen op de achterbank.

'Ik ben je zo dankbaar, Antony,' zei ze toen ze een slok van de sterke, zeer goede koffie had genomen.

'Je hoeft nooit dankbaar te zijn voor wat ik voor je doe. Ik hou van je, dus zorg ik voor je. Zo simpel is het.'

Fran kreeg geen woord over haar lippen. Ze dacht dat ze in huilen zou uitbarsten, wat belachelijk zou zijn. Ze schraapte haar keel, maar kon nog steeds geen woord uitbrengen. In plaats daarvan gaf ze zijn hand een klopje, in de hoop dat hij het zou begrijpen. Hoewel een deel van haar blij was, was het andere deel vreselijk bang. Of ze het nu wilde of niet, haar gedachten gingen terug naar wat de verpleegkundige had gezegd over Amy's zwakke hart. Wat nou als Amy overleed voordat ze in het ziekenhuis was aangekomen?

Ze beet hard op haar lip en probeerde zich te concentreren op de straten die voorbijflitsten. Het was een akelige gedachte dat ze de vaak koppige oude dame nooit meer zou zien. Al hadden ze de tijd genomen om elkaar de maat te nemen, Fran besefte nu dat ze ondanks Amy's zonderlinge trekjes van haar hield. En ze voelde dat Amy haar ook mocht. Ze kon er niet van uitgaan dat het 'houden van' was, maar 'mogen' was het beslist.

Mocht Amy haar net zo graag als de gladjanus Roy? Roy, die zich bij Amy van zijn charmantste kant liet zien maar zijn minder aantrekkelijke karaktertrekken verborgen hield en deed alsof hij een boerenjongen was die altijd een plekje in het oude vaderland had willen hebben?

Het personeel in het verzorgingshuis had haar verteld, en ze had het zelf soms ook gemerkt, dat Amy mannen hoog had zitten. Ze had heel ouderwetse opvattingen. Ondanks haar eigen leven als boerin leek ze te denken dat mannen betere boeren waren dan vrouwen. Het feminisme leek aan haar voorbij te zijn gegaan. En als ze eerlijk was, moest ze toegeven dat Roy inderdaad beter gekwalificeerd was om de boerderij te runnen dan zijzelf. Zij was een stadse die bang was voor koeien. Maar ze hield van de boerderij, en Roy leek alleen te houden van de mogelijke waarde.

Op de terugweg zeiden ze niet veel tegen elkaar, maar toen ze aan het laatste stuk van de rit begonnen, zei Fran: 'Zal ik eerst naar huis gaan en me omkleden? Wat denk je?'

Hij wierp haar een blik toe en glimlachte. 'Ik zou het Issi vragen. Je ziet eruit... nou ja...'

'Alsof ik na een hoop plezier net uit bed ben gestapt?' Fran was opgelucht dat haar sombere gedachten een andere kant op werden gestuurd.

'Laten we het zo zeggen: je hebt een bijzondere gloed.'

Prompt gloeide ze nog wat meer.

'Ik vind het zo jammer dat Amy uitgerekend nu ziek is,' ging hij door. 'We zouden een heerlijke tijd samen moeten hebben, met niets dan blijdschap. In plaats daarvan maak je je zorgen dat je iemand zult verliezen die je dierbaar is geworden.'

'Dat is waar. Tot mijn schaamte moet ik bekennen dat ik me ook zorgen maak dat ik de boerderij zal kwijtraken. Ik weet dat het vreselijk egoïstisch van me is, maar als Roy het bedrijf erft, wat moet ik dan? Ik wil niet terug naar Londen. Ik ben nu een plattelandsvrouw.'

'Je zou kunnen overwegen te verhuizen naar een plek niet ver van waar je nu woont. Mijn huis is groot genoeg voor twee personen.'

Ze moest lachen. 'Jouw huis is groot genoeg voor tweehonderd personen.'

'Alleen als we een feesttent huren...'

'Je weet wel wat ik bedoel!' Het fijne was dat hij inderdaad wist wat ze bedoelde. Ze had het gevoel dat hij haar begreep zoals geen ander vriendje haar ooit had begrepen. Was hij eigenlijk wel een vriendje? Het leek een te oneerbiedig woord voor wat Antony was. En ook voor wat ze voor hem voelde. 'Heel erg bedankt voor de uitnodiging,' zei ze ernstig.

Hij lachte. 'Het is een uitnodiging met een open einde. Voor de rest van ons leven, om een beroemde zinsnede aan te halen.'

'Vraag je me om...' Even was ze stil. '... om bij je in te trekken?' Ze wilde duidelijkheid hebben. Het zou vreselijk zijn het verkeerd op te vatten.

Weer wierp hij haar een blik toe, al antwoordde hij niet meteen. 'Wat ik zeg is dat je bij me kunt komen wonen als je de boerderij niet erft. Je hoeft niet terug te gaan naar Londen. Ik wil je voor altijd aan mijn zij hebben. Maar als je de boerderij krijgt, kunnen we bespreken waar we gaan wonen.'

'Even om het in mijn hoofd allemaal op een rijtje te krijgen: als ik de boerderij erf, ben jij bereid om uit je eigen huis te trekken en mijn vrij kleine huis met me te delen? Waar je geen goede wifi hebt en alleen een handdouche?'

'Liefste.' Hij raakte haar knie even aan. 'Wat ik nu ga zeggen, kan makkelijk verkeerd opgevat worden, en ik hoop dat je dat niet zult doen. Je weet dat ik van je hou, en ook dat ik altijd een oogje heb gehad op Amy's boerderij. Niet alleen vanwege de mogelijkheid om wijngaarden aan te leggen op de zuidelijke hellingen...' Hij stak zijn hand op om haar bezwaren in de kiem te smoren. '... want ik weet nu dat die er niet gaan komen, maar vanwege de geweldige ligging van het huis.'

'Je wilt me dus vanwege mijn uitzicht op het zuiden?' Hoewel het een grapje was, leek alles ineens een beetje anders.

'Nee! Ik zou je willen waar je ook woonde. Wat ik nogal onhandig probeer te zeggen is dat ik het niet erg zou vinden mijn huis op te geven om bij jou in jouw huis te komen wonen.'

'Oké...' zei Fran langzaam.

'Maar als jij er niet bent, wil ik je huis niet. Ooit wilde ik dat wel, ja. Nu niet meer.'

'Tjonge,' zei Fran. Al wist ze dat het een ontoereikende reactie was, ze wist niet goed hoe ze haar gevoelens onder woorden moest brengen.

Haar telefoon pingde. Het was Issi. *Ben je bijna bij de boerderij? Kom zo snel mogelijk.*

'We moeten opschieten!' zei ze.

'We zijn er bijna,' zei Antony kalm. 'Nog tien minuten.'

20

Gelukkig was Amy opgenomen in het plaatselijke ziekenhuis, zodat het niet al te ingewikkeld was om haar kamer te vinden. Fran holde achter Antony aan, die door de gangen beende alsof hij wist waar hij moest zijn.

Amy lag in een zijvleugel. Ze zag er hartverscheurend fragiel uit, een ziek oud mensje met een infuus in haar arm en een slangetje in haar neus voor extra zuurstof.

Roy stond op toen hij hen binnen hoorde komen. 'Ze is ver heen,' zei hij veel te luid. 'Ik ga naar de pub. Ik heb tegen de verpleegkundigen gezegd dat ze niet gereanimeerd hoeft te worden.'

Fran kookte inwendig van woede. 'Wie zegt dat jij het recht hebt die beslissing te nemen?'

'Ik ben haar meest naaste familie!' verklaarde Roy. 'Tot kijk.'

'Is dat zo?' vroeg Antony.

'Geen idee,' verzuchtte Fran. 'Maar we moeten zijn beslissing meteen ongedaan gaan maken bij de verpleegkundigen.' Ze aarzelde. Ze wilde bij Amy blijven, maar wist dat ze zo snel mogelijk iemand van de leiding moest spreken.

'Zal ik dat doen?' vroeg Antony. 'Dan kun jij bij haar blijven.'

Ze knikte, en weer kwamen de tranen. Deels uit dankbaarheid, omdat hij had aangevoeld waar ze behoefte aan had, deels omdat Amy er zo slecht aan toe was.

Gegeneerd schraapte ze haar keel. Toen vermande ze zich en trok een stoel bij het bed. 'Amy?' zei ze zacht terwijl ze Amy's hand vastpakte. Hij was zo klein als een kinderhand. 'Ik ben het, Francesca. Ik kom kijken hoe het met je gaat. Ik weet dat je slaapt, maar ik blijf totdat je weer wakker bent.'

Terwijl ze daar zo zat, wachtend op Antony en de verpleegkundige, en hopend op een reactie van Amy, voelde ze zich op een vreemde manier verbonden met de oude vrouw. Al was de communicatie tussen hen niet altijd even soepel verlopen, nu ze zo stilletjes met haar hand in die van Amy zat, leken hun gevoelens over en weer te vloeien.

Antony keerde terug met een verpleegkundige die blij leek Fran te zien. Ze stelde zich voor en zei: 'Het probleem is dat ze niet genoeg drinkt. Het verzorgingshuis zei dat ze niet van de smaak van water houdt. Ze miste het water dat ze op de boerderij altijd dronk.'

Fran wisselde een blik met Antony.

'Dat is makkelijk op te lossen,' zei hij. 'Ik kan wel terugrijden om water voor haar te halen. Dan ga ik eerst even langs de drogist voor een pompflesje.'

'Een fles water is ook goed, hoor,' zei de verpleegkundige. 'Maar een pompflesje zou wel handig zijn. Ook al proeft ze het verschil misschien niet, het zal haar aanmoedigen te drinken.'

'Zou ze misschien ook wat van haar eigen sleutelbloemwijn willen?' vroeg Fran.

'Wie weet,' zei de verpleegkundige. 'Nogmaals, ze zal niet veel drinken, maar misschien fleurt ze ervan op.'

'Ik zal het aan Issi vragen,' zei Antony. Hij keek Fran aan. 'Heb jij nog iets van thuis nodig? Of uit de kantine?'

'Nee, ik red me...' begon Fran.

'Ik zou een kop thee drinken,' zei de verpleegkundige. 'De kantine wordt gerund door vrijwilligers, dus die gaat zo dicht. Ik kan jullie de chocoladetaart aanraden.'

Antony glimlachte. 'Dan haal ik eerst thee met taart en ga daarna naar de boerderij.'

'Wat een aardige man,' zei de verpleegkundige toen Antony weg was. 'Is hij je vriendje?'

Fran voelde zich voor het blok gezet. 'Eh, ja. Ik geloof van wel. Het is nog pril.'

'Dan is hij bijzonder aardig voor een oude vrouw die hij niet kent.'

'O, hij kent haar wel. Het is nogal ingewikkeld.' Fran wilde niet vertellen dat ze buren van elkaar waren en dat Amy Antony een schurk had genoemd, omdat dat duidelijk niet terecht was.

'Misschien doet hij het om jou te helpen?'

Fran knikte. 'Dat zou kunnen. Hij is een van de vriendelijkste mensen die ik ken.'

'Wees dan maar zuinig op hem. Vriendelijkheid en een knap uiterlijk gaan niet altijd samen.'

Toen de verpleegkundige weg was, glimlachte Fran in zichzelf. Als de vrouw had geweten dat Antony ook nog vermogend was, had ze haar ongetwijfeld aangeraden nóg zuiniger op hem te zijn.

Een klein uur later keerde Antony terug met het water en een verwenpakketje van Issi, met daarin sandwiches, wat make-up en een thermoskan warme chocolademelk. Hij kuste haar op haar wang en gaf haar een snelle knuffel.

'Ga nu maar snel je eigen ding doen,' zei Fran. 'Je hebt de afgelopen dagen al meer dan genoeg tijd aan mij besteed.'

'Bel me als je nog iets nodig hebt. Of als ik je moet komen ophalen. Het maakt niet uit hoe laat.' Hij keek haar indringend aan, en het was duidelijk dat hij het meende.

Frans hart maakte een sprongetje van geluk en ze haalde opgelucht adem. Hij was haar rots in de branding. 'Doe ik. Maar je zult het wel druk hebben. Je hebt vast een hoop in te halen.'

Hij aarzelde. 'Jij bent belangrijker dan mijn werk.'

Ze lachte zacht en haar hart zwol. Zijn woorden raakten haar. 'Je hoeft niet te kiezen. Doe je werk. Als Issi of Tig me niet kunnen ophalen, regel ik zelf wel een taxi.' Ze keek hem met een brede glimlach aan, ervan overtuigd dat ze moest stralen van geluk. Even vroeg ze zich af of ze niet te hard van stapel liep, maar ze kon het niet helpen. 'Als ik je nodig heb, bel ik.'

'Beloof je dat?'

'Dat beloof ik.'

Een kalme gelukzaligheid maakte zich van Fran meester. Het gevoel was zo sterk dat ze haar zorgen om Amy even vergat. Het was heerlijk om verliefd te zijn en zich geliefd te voelen.

Uiteindelijk wendde ze zich weer tot Amy. Ze wilde haar over Antony vertellen, hoe gelukkig ze was, maar uitgerekend tegen Amy kon ze niets over hem vertellen. In plaats daarvan begon ze over haar kaas.

'Je moet weer opkrabbelen, Amy. Ik weet dat je niet het eeuwige leven hebt, maar ik wil je alles vertellen over mijn kazen.' Ze schraapte haar keel. 'Ik ben naar Londen geweest om ze bij een vriend af te leveren. Hij had ze geproefd en gekocht op de boerenmarkt. Hij vond ze heerlijk! Daarna heb ik er nog veel meer voor hem gemaakt. Er was een foodfestival, en daar heeft hij ze gepresenteerd aan een paar belangrijke chef-koks en culinaire journalisten.'

Ze meende een kneepje te voelen van de vingers, dun als vogelpootjes.

'De kaas heeft een heel bijzondere smaak. Je proeft al die wilde bloemen en verschillende grassen erin terug.'

Ze voelde weer een kneepje; deze keer was er geen twijfel over mogelijk. Amy leek iets te willen zeggen, ook al had ze haar ogen nog steeds gesloten.

'Te jong,' zei Amy nauwelijks hoorbaar.

Fran hield haar oor zo dicht bij Amy's mond dat ze haar lippen bijna raakte. 'Nee hoor! Ik ben niet te jong. Ik vind het heerlijk op de boerderij en ik wil er graag een succes van maken. Ik ben helemaal niet te jong!'

'Niet jij, de kaas,' zei Amy.

Fran lachte vriendelijk. Amy kon niet alleen praten, ze had ook begrepen wat ze had gezegd en erop gereageerd. 'Het is geen cheddar, hoor. Ik maak zachte kaas. Maar ik wil ook harde kaas maken. Graag zelfs. Alleen moet ik dan eerst de steengroeve vinden. Kun jij me vertellen waar die is?'

Dit was het juiste moment om ernaar te vragen. Het ging over kaas en Amy wilde dat Fran goede producten afleverde. Helaas leek Amy weer in slaap te zijn gevallen.

Toen de verpleegkundige binnenkwam, stond Fran op en rekte zich uit. 'Het lijkt iets beter met haar te gaan. Ze heeft net iets tegen me gezegd.'

De verpleegkundige controleerde Amy's ademhaling en infuus, en legde toen een zorgzame hand op haar voorhoofd. 'Je hebt gelijk, het gaat iets beter!'

De twee vrouwen keken elkaar verheugd aan.

Toen kwam Roy binnen. Zover Fran kon inschatten was hij niet dronken, maar hij verspreidde wel een duidelijke dranklucht.

'Het gaat iets beter met Amy, ' zei Fran. 'Geweldig, hè? Ze heeft net iets tegen me gezegd.'

'Geweldig,' beaamde Roy, maar de blik in zijn ogen zei iets anders. Ook nu praatte hij weer veel te hard. 'Dan kan ik haar dus alles vertellen over je nieuwe bedgenoot.' Hij boog zich naar Amy toe. 'Tante Amy? Kun je me horen? Ik ben het, Roy!'

Fran greep hem bij zijn arm en trok hem bij haar weg. 'Schreeuw niet zo tegen haar. Ze is ziek.'

'Ik moet wel schreeuwen. Ze is doof en volledig van de wereld!'

Wat bezielde hem om een oude zieke vrouw lastig te vallen met roddels? Dat hij zo laag kon zinken! En dat allemaal om zijn kans om de boerderij te erven te vergroten.

'Schreeuw niet zo,' zei Fran nogmaals. Ze was ervan overtuigd dat ze Amy in elkaar had zien krimpen. Helaas wist ze niet hoe ze hem in het gareel kon krijgen, en ze was niet sterk genoeg om hem de kamer uit te werken.

Kennelijk gealarmeerd door de harde stemmen, kwam de verpleegkundige weer de kamer binnen. 'Het lijkt me beter voor de patiënt als het bezoek nu vertrekt. Ze heeft haar rust hard nodig. Bedankt voor het water van de boerderij dat je vriend heeft gebracht,' zei ze. 'Je hoort nog wel of ze het lekker vond.'

De vrouw droeg een uniform en straalde een natuurlijk gezag uit. Roy bond in en ze verlieten de kamer, maar niet voordat Fran snel een kus op Amy's voorhoofd had gegeven.

Toen ze buiten stonden, herinnerde Fran zich dat ze geen vervoer had. Ze kon Antony of Issi bellen, maar waarom zou ze? Ze kon ook met Roy meerijden.

'Met welke auto ben je hier?' vroeg ze, toen ze bij het parkeerterrein aankwamen. 'Met die van jou of die van mij? Ik heb namelijk een lift naar huis nodig.'

'Ik wilde terug naar de pub...'

'Nee, je brengt mij eerst naar huis. Had je maar niet ongevraagd mijn auto moeten meenemen.'

'Je hebt wel praatjes voor iemand die net nog zat te huilen aan het bed van een oude vrouw die je nauwelijks kent.'

'Dat ik om Amy geef, wil niet zeggen dat ik soft ben,' beet ze terug.

‘Waarom geef je om iemand die nog maar zo kort te leven heeft? Is het misschien omdat je de boerderij wil erven?’

‘Nou, het is volstrekt duidelijk dat jij níét om haar geeft. Jij ziet haar liever dood dan levend!’

Hij haalde zijn schouders op.

Tot Frans opluchting was de auto waar ze naartoe liepen niet van haar maar van Roy. Hij stond zoals gewoonlijk scheef geparkeerd.

Ze waren bijna het centrum uit, toen Fran Megan met een paar winkeltassen in haar hand een kledingzaak uit zag komen. Tot haar grote ergernis stopte Roy langs het trottoir en draaide zijn raampje open.

‘Hé, Megan!’ riep hij.

‘Roy!’ Megan boog zich naar het raampje toe en kuste hem op zijn wang.

Het was duidelijk dat ze elkaar goed kenden.

‘Hallo, Megan,’ zei Fran, die probeerde de verbazing uit haar stem te houden.

‘O, hallo, Fran, ik had jou hier niet verwacht.’

‘Roy geeft me een lift naar huis. We zijn op ziekenbezoek geweest bij Amy. Het gaat niet goed met haar.’

‘Wat aardig van hem,’ zei Megan. Ze wendde zich tot Roy. ‘Hopelijk zie ik je nog in de pub?’

Fran keek verbaasd op. Megan leek haar meer een type voor een cocktail- of wijnbar, en niet voor de Wheatsheaf, of naar welke pub Roy ook ging.

‘Later op de middag misschien. Ik heb het druk.’ Hij wees met zijn duim naar Fran. ‘Madam hier heeft nogal wat noten op haar zang.’

‘Op dit moment wil “madam” alleen maar naar huis,’ zei Fran.

‘Ik heb een lange dag achter de rug.’ ‘En een lange nacht, vermoed ik,’ zei Roy. Hij wilde net gaan uitweiden over wat hij dacht dat ze had gedaan, toen Megan hem onderbrak.

'Wat mankeert Amy?' vroeg ze aan Fran.

'Ze heeft een infectie. Gelukkig ging het alweer iets beter toen we vertrokken.'

'Het is wreed om de laatste levensfase van oude mensen nodeloos lang te rekken,' zei Roy. 'Als dieren in zo'n toestand verkeren laten we ze inslapen.'

'Amy's leven wordt niet "nodeloos gerekt",' zei Fran resoluut. 'Ze heeft misschien nog wel een paar jaar te leven.'

'Ja, maar in welke toestand?' vroeg Roy. 'Ze is nu al hartstikke seniel. We willen geen ouwe taart in een duur verzorgingshuis.'

'Roy? Kunnen we nu naar huis? Leuk je gesproken te hebben, Megan.'

Helaas pikte Roy de hint niet op.

'Heb je Antony kortgeleden nog gezien?' vroeg Megan, die nog steeds in Roys raampje leunde.

'Of ze hem nog heeft gezien? Ze heeft de nacht bij hem doorgebracht. Ik denk niet dat de oude bes blij zal zijn als ze hoort dat haar geliefde nicht,' hij tekende aanhalingstekens in de lucht, '"met de vijand slaapt".'

Fran kreunde inwendig. 'O, Roy, hou alsjeblieft op met zeuren! Ik wil naar huis. Ik weet zeker dat Megan een stoel voor je vrij wil houden in de pub.'

Megan, die zojuist een aardige imitatie had weggegeven van een vriendelijke vrouw, kneep haar mond samen. 'Klopt het wat hij zegt?'

'Ik hoef aan niemand verantwoording af te leggen, dus ook niet aan jou,' zei Fran geïrriteerd.

'Roy heeft het recht het te weten,' zei Megan. 'Het is toch niet geheim? O jawel, nu herinner ik het me weer! Amy zou de boerderij nooit aan jou nalaten als ze ervan wist.'

Fran wilde uitstappen en boos weglopen, maar ze wilde nog liever naar huis. Op dat moment trilde haar telefoon in haar zak. Het was Antony. 'Hoi,' zei ze voordat hij iets kon zeggen. 'Ja, ik wil graag een lift naar huis. Dank je wel.' Ze opende het portier en wendde zich tot Roy. 'Aangezien je liever met Megan blijft kletsen, heb ik iets anders geregeld. En kom alsjeblieft niet weer dronken thuis.'

'Dag, schat,' zei Antony kalm, en hij gaf haar een kus.

Hoewel het een vlugge, onschuldige kus was, riep zijn aanraking heerlijke gevoelens en herinneringen aan de avond ervoor op. Snel schraapte ze haar keel en rechtte haar schouders en zei: 'Hallo.'

Hij reed weg. In de stilte die volgde besefte Fran dat ze graag naar Antony keek terwijl hij autoreed, en dan vooral naar zijn mooie handen aan het stuur.

'Wat is er gebeurd?' vroeg hij.

'Ik zou net met Roy naar huis rijden, toen we Megan tegenkwamen. Kennelijk zijn ze dikke maatjes. Geen idee hoe dat kan. Ze lijken me weinig gemeen te hebben.'

'Volgens mij vergeet je dat ze één ding gemeen hebben.'

'En dat is?'

Hij antwoordde niet meteen. 'Ze hebben allebei hun zinnen gezet op iets wat jij hebt, of misschien zult krijgen.'

Hij leek zich te generen.

'Je bedoelt dat Megan jaloers is op jou en mij, en om die reden aanpapt met Roy om me terug te pakken?'

'Precies.'

'Mijn god!'

'Ja, erg, hè? Ze heeft al een tijdje een oogje op me. Of beter gezegd, op mijn geld. Jij staat in de weg van wat zij wil – mij – en wat Roy wil – de boerderij.'

'Het is lang niet zeker dat ik de boerderij krijg.'

'Dat is waar, maar mij heb je al.'

Fran slaakte een gelukzalige zucht. 'En Roy wil de boerderij.

Dus Megan zal zich verkneukelen als ze kan voorkomen dat de boerderij ook naar mij gaat.'

21

Een week nadat Fran en Roy naar het ziekenhuis waren geroepen, was Amy terug in het verzorgingshuis. Fran zorgde ervoor dat ze steeds lekkere hapjes bij de hand had om haar eetlust te prikkelen. Nu bereidde ze zich voor om bij Amy langs te gaan. Issi, die Fran net had bijgepraat over het laatste kalf dat was geboren – een vaarskalf met een mooie vachttekening – zette koffie voor hen beiden.

‘Wat ben je toch goed met koeien, Is. Ik heb echt bewondering voor je.’ Fran stopte een paar kleine frangipanetaartjes in een plastic zak, die ze in de doos legde. Er was ook een zak met in repen gesneden sandwiches en een met borrelpasteitjes. Al wist ze dat Amy het niet allemaal zou opeten, ze wilde haar een keus bieden. Het gaf haar een goed gevoel te bedenken wat Amy graag zou willen eten.

De artsen hadden Fran en Roy gewaarschuwd dat Amy na haar infectie nooit meer helemaal de oude zou worden. Dat vond Fran heel triest. Roy leek te denken dat de voorgehouden worst die zijn erfenis was net weer iets dichterbij was gekomen.

'Ik zou natuurlijk niet zo betrokken bij de koeien zijn geraakt als ik geen oogje had op Tig,' zei Issi. 'En nu ben ik in ze geïnteresseerd omdat ik ze echt leuk vind. Wie had ooit gedacht dat er een melkveehouder in me zat?'

'Ik zou willen dat ik wat meer weg had van een melkveehouder. Ik hou van wat koeien produceren – heel erg – maar ze verzorgen? Ik ben nog steeds een beetje bang voor ze.'

Issi zette een mok koffie voor Fran op de tafel neer. 'Dat maakt niet uit. Daar heb je Tig voor.'

'Dat weet ik. Daar heb ik veel geluk mee gehad. En Amy ook.' Ze klikte het deksel op de doos met lekkere hapjes. 'Al had ik wel graag van hem gehoord dat hij het kalven spreidde, zodat de koeien niet allemaal tegelijk droogstaan en we altijd melk hebben. Dan had ik me niet zoveel zorgen gemaakt over wat ik moet doen als er geen melk is.'

'Hij is niet echt een prater,' zei Issi.

Het viel Fran op dat ze daar niet rouwig om leek. Gewoonlijk zou ze een dubbelzinnige opmerking hebben gemaakt over zijn andere kwaliteiten, maar vandaag kon ze het niet over haar hart verkrijgen. Antony zat in het buitenland, en Roy maakte de ene na de andere hatelijke opmerking over hem als dr. Evil, waarmee hij impliceerde dat wat Antony deed op de een of andere manier immoreel was, zo niet illegaal. Ze wist dat hij datzelfde gif ook in Amy's oor liet druppelen.

Amy was aardig helder toen Fran bij haar kamer aankwam. Voor het eerst sinds haar ziekte was ze uit bed en aangekleed, en zat ze in de stoel. En blijkbaar had ze ook trek.

'Wat heb je voor me meegebracht?' vroeg ze, terwijl ze haar bril opzette.

Fran maakte de doos open. 'Sandwiches, kleine pasteitjes en een paar frangipanetaartjes.'

'Lekker, hoor. Geef me maar een pasteitje. Eens kijken hoe goed je deeg is.'

Aangezien Fran wist dat haar deeg prima was, gaf ze haar er vol vertrouwen een.

'Mmm, heel smakelijk,' zei ze, al legde ze het pasteitje half opgegeten neer. 'Nu wil ik graag een sandwich. Wat zit erop?'

'Ei en waterkers.'

'Wat ik graag eens zou willen uitproberen,' zei Amy zodra ze het halve reepje sandwich op had, 'is wat van de kaas die je maakt, die schijnbaar zo geweldig is.'

'Ach, Amy, ik kan je toch geen zachte, ongepasteuriseerde kaas geven? Dan arresteren ze me straks nog voor poging tot moord. Dat heb je zelf gezegd!'

'Hoe bedoel je? Wat een onzin.'

'Ik meen het. Oude mensen mogen geen ongepasteuriseerde melk hebben, of iets wat ervan is gemaakt. Dat weet je zelf ook wel.' Amy was duidelijk de beschuldiging vergeten dat Fran haar met haar kaas wilde vergiftigen. Ineens kwam een idee bij haar op en tuitte ze haar lippen. 'Maar een harde kaas mag je misschien wel hebben. Als je me vertelt waar de steengroeve is, zodat we de kaas kunnen laten rijpen, kun je zelf proeven hoe lekker die is.'

'Ik weet hoe lekker de melk is. Die heb ik meer dan zestig jaar lang gedronken. En ik vind dat jonge mensen niet alles op een presenteerblaadje aangereikt moeten krijgen.'

Aangezien Fran Amy net een bord met een frangipanetaartje had aangereikt, moest ze lachen. 'Voor oude mensen is dat anders?'

Amy schudde haar hoofd. 'Je komt niet genoeg buiten de boerderij, meisje. Anders had je de steengroeve allang gevonden.'

'Roy heeft hem ook nog niet gevonden,' zei Fran. Even dreigde haar verbolgenheid het te winnen van haar genegenheid voor Amy.

'Dan is hij ook niet genoeg buiten.'

'Maar Roy...'

Voordat Fran verder kon praten, hoorde ze een geluid. Het was Roy. 'Wat is er met mij?'

'Niets!' Fran voelde zich kinderachtig en beschaamd. Het was tijd om te gaan. Ze stond op.

Meteen ging Roy op haar plek zitten, en hij pakte zo'n drie sandwiches tegelijk. 'Lekker.'

'Die waren voor Amy! Om later op te eten,' zei ze.

'Later zijn ze oudbakken,' zei Amy.

Fran kon maar net de neiging onderdrukken een pruilmondje te trekken en met haar voet op de grond te stampen.

'Ik heb wat van dat citroenwater meegebracht waar je zo van houdt,' zei Roy, die een fles op de tafel neerzette.

'Wat aardig van je, Roy!' zei Amy duidelijk opgetogen.

'Ik wist niet dat je daarvan hield,' zei Fran. 'Ik heb steeds water van de boerderij voor je meegebracht.'

Roy, die er wel heel zelfvoldaan uitzag, at in één hap een pasteitje op. 'Je moet eens wat meer moeite doen om uit te vinden wat oudtante Amy wil.'

Fran voelde zich buitengesloten en onzeker. Wilde Amy echt oudtante worden genoemd? Had ze verkeerd geïnterpreteerd wat Amy nodig had? Ze deed haar uiterste best het goed te doen en Amy ter wille te zijn, haar gelukkig te maken, en toch leek dat Roy te lukken zonder een vinger uit te steken.

'Ik kan beter gaan. Kan ik de volgende keer nog iets voor je meenemen, Amy?' vroeg ze.

'Roy zorgt wel voor me,' zei Amy.

Die opmerking raakte Fran in haar hart. Wat Roy betrof, kon Amy sterven van de honger. Het kostte haar moeite achteloos te klinken, toen ze zei: 'Oké, tot morgen dan.'

Terwijl ze het verzorgingshuis uit liep, voelde ze zich diep gekrenkt. En ze miste Antony vreselijk.

Thuis zaten Issi en Tig bij het vuur thee te drinken. Fran plofte op de bank neer.

'Wat is er?' vroeg Issi. 'Nee, wacht even, ik ga eerst thee voor je zetten. Of heb je liever wijn?'

Fran wierp een blik op haar horloge. 'Wijn, graag.'

'Ik regel het wel,' zei Tig. 'Tenzij je liever hebt dat ik naar huis ga?'

'Nee!' zei Fran. Ze slaakte een zucht. 'Toen ik bij Amy was, kwam Roy. Amy lijkt helemaal weg van hem te zijn. Ik zou het niet erg vinden als ik Hill Top Farm niet erf, hoor. Echt niet. Maar Roy geeft alleen om Amy omdat hij de boerderij wil hebben.'

Tig kwam de kamer weer in met een fles rode wijn en een paar glazen. Toen Fran van een glas was voorzien, zaten ze een poosje in stilte bij elkaar.

'Ik doe zo mijn best om haar een beter leven te geven. Maar wat ik ook doe, er is altijd wel iets wat Roy beter doet.'

'Wat ze volgens mij echt graag zou willen,' zei Tig, 'is de boerderij weer eens zien. Ik denk niet dat Roy dat voor elkaar kan krijgen.'

'Ik wel dan?' vroeg Fran, die opfleurde bij de gedachte.

Tig knikte. 'Het enige wat je nodig hebt, is een terreinwagen.'

'Een quad? Daar kan Amy toch niet in zitten?' Terwijl ze het zei, dacht ze hard na. Tig had natuurlijk volkomen gelijk. Amy zou het liefst de boerderij weer zien.

'Ik durf te wedden dat Antony wel een quad heeft voor twee personen,' zei Issi. 'Of er op zijn minst aan kan komen.'

'Ik zal hem mailen,' zei Fran, opgewonden bij het idee. Hoewel haar hoofd geloofde dat hij van haar hield, deed haar hart er langer over. Het leek onmogelijk dat zo'n geweldige man van een gewone vrouw zoals zij kon houden. Ze was niet overdreven bescheiden, ze wist dat ze redelijk aantrekkelijk was, maar voor haar gevoel was er een klasse verschil tussen Antony en haar.

'Zal ik eten klaarmaken?' vroeg Tig.

'Ja, graag,' antwoordde Fran.

'Ik help wel,' zei Issi. 'Dan kun jij contact opnemen met Ant.'

Fran wenste dat ze hem kon appen in plaats van mailen, want dan hoefde ze niet zoveel te schrijven of zich af te vragen hoe ze het bericht moest afsluiten. Helaas betekende het telefoonsignaal dat een appje niet overkwam. Ze hield de e-mail kort. *Kun jij aan een quad voor twee personen komen? F x.*

Wie wil dat weten en waarom? A xx antwoordde hij meteen.

Frans hart maakte een sprongetje van blijdschap. *Ik, en het is ingewikkeld. F xx* (als hij twee kusjes gaf, mocht zij dat ook.)

Kun je praten als ik bel? A xxx.

Er zijn mensen hier. F xxx antwoordde ze. Ze had graag lang met hem willen praten, maar dan zou hij de vaste telefoon moeten gebruiken en het gesprek vrij zakelijk moeten houden.

Bijna onmiddellijk ging de telefoon.

'Hoezo een quad?' vroeg hij.

Al waren het niet de meest romantische woorden die ze ooit had gehoord, ze ontlokten haar een glimlach van oor tot oor.

Een paar weken later, tegen eind april, reden Fran en Antony naar het verzorgingshuis. Het had een hoop geregel en voorbereiding gekost, maar nu was de dag van Amy's bezoek aan de boerderij dan eindelijk aangebroken. En de zon scheen. Nog fijner dan het mooie weer vond Fran het feit dat Roy met een paar kameraden naar Cornwall was gegaan voor een of andere wedstrijd – voetbal of rugby, of misschien zelfs darts. Hij zou de hele dag weg zijn.

Er was één donker wolkje dat een schaduw wierp op Frans

zonnige geluksgevoel: hoe zou Amy op Antony reageren? Roy had meer dan genoeg gelegenheid gehad om zijn giftige woorden in Amy's oor te fluisteren; hij had zelfs Megan meegenomen om de dosis te verhogen. Volgens een verpleegkundige die een vriendin van Fran was geworden, had Megan er geen doekjes om gewonden. Ze had gemeld dat Fran en Antony in zonde leefden (Fran had geglimlacht om die uitdrukking) en zich niets gelegen laten liggen aan Amy's wensen.

Merkwaardig genoeg had Amy Fran er niet op aangesproken. Fran had het gevoel dat Amy het niet geloofde. Aangezien Antony veel weg was geweest en Fran het heel druk had gehad met kazen maken om die aan Roger te verkopen (haar kaas was een enorme hit geweest op het voedselfestival) wanneer ze geen lekkere hapjes voor Amy maakte, klopte er dan ook niets van.

'Vertel me nog eens,' zei Fran, terwijl ze via landweggetjes naar het dorp reden, 'wat had je opa ook weer gedaan dat Amy zo irriteerde?'

'Dat moet je haar vragen. Volgens mij gaat het om iets wat tijdens de oorlog is gebeurd. Mijn opa was op de een of andere manier betrokken bij het ministerie van Landbouw. Amy beschuldigde hem ervan dat hij mensen over de boerderij had verteld. Als het anders was gelopen, zouden Amy en haar man hun grasland hebben moeten omploegen om groente of andere gewassen te verbouwen.'

'Dat is niet gebeurd?'

'Nee. Volgens mij waren de weilanden te klein en te steil.'

'Vanwaar dan de rancune?'

Antony wierp Fran een blik toe die ze niet kon duiden. 'Ik denk dat Amy en mijn opa iets met elkaar hadden.'

'Ze waren toch allebei getrouwd?' Ze was geschokt.

'Nee, nee, ver daarvoor. Ik weet niet wie de verhouding heeft beëindigd, maar het was duidelijk niet prettig.'

Fran glimlachte. 'Misschien verkoos Amy de boerderij van haar man boven die van je opa?'

Antony haalde zijn schouders op. 'Hoe dan ook, het is voltooid verleden tijd. Het is te hopen dat Amy me geen klap verkoopt en weigert in te stappen.'

Bij het idee dat Amy, klein van stuk als ze was, een meter de lucht in zou springen om bij Antony's gezicht te komen of misschien wel op een krukje zou klimmen, moest ze glimlachen.

Toen ze aankwamen zat Amy al in een rolstoel te wachten. Ze was opgewonden maar deed ook een beetje koel. Omdat Fran pijnlijke situaties wilde voorkomen, begroette ze haar snel.

'Hallo, Amy. Ben je er klaar voor?'

'Ik snap niet waarom iedereen zo'n drukte maakt. Ik ga een dagje naar huis, meer niet,' zei ze kordaat.

'Ik heb je toch uitgelegd over de quad, hè? Zo kun je de weilanden en zo zien. Antony zal je rijden. Ik zal je aan hem voorstellen.'

'Nee, bedankt. Ik weet wie hij is.'

Antony, die langzamer achter Fran aan was gelopen, zei: 'Fijn om u weer te zien, mevrouw Flowers. Dat is lang geleden.'

Amy schonk hem een strak hoofdknikje.

Het kostte wat tijd en een heleboel geduld om Amy in de auto te krijgen. Fran hield haar wandelstok, handtas en rollator vast, en uiteindelijk zat Amy op de voorstoel. De rollator ging in de ruime kofferbak. Nadat Fran achterin was gaan zitten, reed Antony weg.

Hoewel Fran instinctief een praatje met Amy wilde maken, voelde ze dat ze niet in de stemming was voor prietpraat. Antony nam de landelijke route; blijkbaar dacht hij dat Amy dat op prijs zou stellen. Helaas. Amy, die een tegendraadse bui had (de moed zonk Fran lichtelijk in de schoenen) zei: 'Waarom rijden we zo? Via de hoofdweg ben je er veel sneller.'

'Dat is waar,' zei Antony kalm. 'Ik dacht dat u onderweg wel wat van de omgeving zou willen zien. De boshyacinten in Winfield Wood bijvoorbeeld.'

'Ik heb in mijn leven meer dan genoeg boshyacinten gezien. Ik wil gewoon naar huis.'

Fran begon zich zorgen te maken. Wat nou als Amy ontzet zou zijn wanneer ze de veranderingen zag die ze in het huis had aangebracht? De opengebroken haard en alle snuisterijen en foto's die ze hadden opgeborgen? Issi en zij hadden een paar van de beste foto's teruggezet, maar waren het eens geweest dat Amy een beetje opruimen vast niet erg zou vinden. Nu vroeg Fran zich af of ze het totaal verkeerd had ingeschat en Amy er kapot van zou zijn dat haar oude thuis zo was veranderd.

Besloten was dat Amy eerst naar het huis zou komen voor een lichte lunch, voordat ze door de weilanden zouden gaan rijden.

Antony en Fran zetten haar in de rolstoel en duwden die over het erf naar de achterdeur.

'Niet zo snel!' zei Amy. 'Ik wil alles even bekijken.'

Na een poosje realiseerde Fran zich dat Amy ook nerveus was. Ze wist niet wat ze zou aantreffen. Haar geliefde boerderij kon wel een bouwval zijn geworden. Ze zette de rolstoel op de rem en liet Amy om zich heen kijken.

Tig kwam uit de koeienstal en liep naar hen toe. 'Alles goed, Amy?'

'Hallo, Tig,' antwoordde Amy.

'Zal ik Flora's kalf naar je toe brengen? Dan kun je hem bekijken.' Hij keek Fran aan. 'Flora is de moeder van het kalf dat je geboren zag worden.'

'Dat zou fijn zijn,' zei Amy.

Fran zag de twee mensen die tot voor kort collega's waren geweest met elkaar praten en had medelijden met Amy. Toen ze naar het verzorgingshuis was gegaan, was ze niet alleen haar onafhankelijkheid kwijtgeraakt, maar ook haar baan, haar status, haar reden om te leven. En daar was ze heel goed mee omgegaan, besefte ze.

Flora's kalf werd gepresenteerd, geïnspecteerd en goed bevonden.

'Ik denk dat het nu tijd is voor de lunch,' zei Fran. 'Het wordt al laat.' Waar ze zich werkelijk zorgen om maakte, was niet de tijd, maar Amy's energiereserve. Als ze te moe was, zou ze niet genieten van haar rit door de weilanden. Dat kon ze alleen niet hardop zeggen.

'Nou,' zei Amy toen ze in de woonkamer was aangekomen, 'ik moet zeggen dat ik het best fijn vind de grote haard terug te hebben. We hebben hem tijdens de oorlog kleiner gemaakt om op kolen te besparen.'

'Stookten jullie geen hout?' vroeg Issi.

Amy schudde haar hoofd. 'Het kostte te veel tijd om het uit het bos hierheen te slepen en tot brandhout te hakken. We hadden het niet makkelijk, hoor.'

'Dat kan ik me voorstellen,' zei Antony.

Amy wierp hem een ondoorgrondelijke blik toe ter erkenning dat hij iets had gezegd. 'Ik ben blij dat je dat schilderij hebt gehouden,' ging ze door. 'Het is me erg dierbaar.'

Het schilderij in kwestie was een afbeelding van heuvels, weiden en een huis dat misschien wel de boerderij voorstelde. Hoewel Fran en Issi het met elkaar eens waren dat het de slechtste vorm van amateurkunst was, deed het goed dienst als verhulling van wat ontbrekend pleisterwerk.

'Wie heeft het geschilderd?' vroeg Fran, omdat ze het gevoel had dat het Amy om sentimentele redenen dierbaar was.

'Een vriendin van me. Die was altijd al kunstzinnig. Goed,' zei Amy, die blijkbaar vond dat het schilderij als gespreksonderwerp was uitgeput. 'Zei je iets over de lunch?'

Amy hield zich goed staande. Ze at met smaak van de quiches, liet de salade links liggen en dronk een glas van haar zelfgemaakte sleutelbloemwijn. Toen zei ze: 'Nu wil ik wat kaas proeven.'

Fran haalde diep adem. 'Amy, je weet heel goed dat ik je die niet kan geven.'

'Het zijn nog steeds mijn koeien, hoor. Mijn melk. Als jij superieure kaas hebt gemaakt, heb ik het recht er iets van te proeven. Ik wil niet doodgaan zonder te weten hoe die smaakt.'

'Maar Amy...' Als chef-kok had Fran cursussen gevolgd; ze kende de mogelijke gevaren van rauwe melk.

'Ik vind dat je mevrouw Flowers de kaas moet laten proeven,' zei Antony resoluut. 'Ze kan haar eigen beslissingen nemen en is zelf verantwoordelijk voor wat ze doet.'

Voor het eerst keek Amy echt goed naar Antony. 'Dat is het verstandigste wat ik iemand van jouw familie in vijftig jaar tijd heb horen zeggen.'

Fran was er niet blij mee, maar moest ermee instemmen. 'Sleep me niet voor de rechter als je ziek wordt,' zei ze tegen haar, terwijl ze haar een beetje mascarpone gaf. 'Smeer dit op een cracker met een beetje jam. Dat is heerlijk.'

Amy wilde geen crackers of jam. Ze nam de kaas op haar mes en bracht hem naar haar mond. Nadat ze eraan had geroken, at ze hem op, zonder iets erbij. 'Hm,' zei ze. 'Niet slecht.'

Komend van Amy was dat een groot compliment.

Fran was van plan geweest tijdens Amy's rondrit over de boerderij naast de quad mee te rennen, maar Amy, die veilig in de gordels naast Antony zat, dacht daar anders over. 'Doe niet zo belachelijk, kind! Je kunt ons helemaal niet bijhouden. Tig komt wel met me mee; hij kan harder lopen dan jij. Ga terug en bak een taart of zo. Daar ben je goed in. O, en Tig, neem een notitieboekje mee. Dan kun je mijn instructies opschrijven.'

Issi en Fran liepen samen het huis weer in. Ze voelden zich

een beetje als schoolmeisjes die weggestuurd waren uit het kantoor van het schoolhoofd.

'Ik had gehoopt dat ze naar de steengroeve zouden gaan, zodat ik zou weten waar die is,' zei Fran.

'Ze gaat Tig vast ondervragen over de boerderij,' zei Issi. 'Hoewel het volgens mij heel goed gaat met het kalven, zal ze kritische vragen stellen.'

Ongevraagd zette Fran de ketel op het vuur om thee voor hen beiden te zetten. 'Denk je dat het verkeerd van me was om Amy dat beetje kaas te geven? Ik zou het mezelf nooit vergeven als ze ziek wordt. Ze is zo broos.'

Daar dacht Issi even over na. 'Ze kent de risico's. Bedenk eens hoe triest het zou zijn als ze nooit de kans zou krijgen je kaas te proeven. Daar zou je je ook rot over voelen.'

'Je hebt gelijk,' zei Fran met een zucht. 'Ik weet niet waarom ik zo gek op haar ben. Ze doet niet altijd aardig tegen me.'

'Ze heeft karakter, en volgens mij is ze echt wel gek op je,' zei Issi. 'Ze draagt haar hart alleen niet op de tong.'

'Stel je nou voor dat ik haar heb vermoord!' jammerde Fran.

'Hoe sneller het ouwe besje doodgaat, hoe beter,' zei Roy, die de keuken in liep. Hij zag er irritant zelfvoldaan uit.

'Ben je nu al terug?' zei Fran. 'Ik dacht dat je nog rugby of voetbal of wat dan ook aan het kijken was.'

'Het was geen wedstrijd, schat. Het was een heel succesvolle bijeenkomst. Heel succesvol.' Hij was even stil en gapte een punt quiche die was overgebleven van de lunch. 'Waar is het oudje eigenlijk? In het verzorgingshuis zeiden ze dat ze een dagje hiernaartoe was.'

'Ze wordt rondgereden over de boerderij,' zei Fran. 'Met wie had je een bijeenkomst?'

Hij tikte op zo'n manier met een vinger tegen de zijkant van zijn neus dat Fran hem een dreun wilde verkopen. 'Daar kom je snel genoeg achter, schat. En je zult het niet leuk vinden!'

Roy stond erop Amy terug te brengen naar het verzorgingshuis. Op de een of andere manier lukte het hem de rollator en alle andere spullen op de achterbank van zijn auto te krijgen. Fran had hem met liefde tegengehouden, maar toen ze zag hoe graag Amy nog wat langer van zijn gezelschap wilde genieten, kon ze er voor haar gevoel niet tegenin gaan.

Plotseling waren Fran en Antony alleen. 'Ontzettend bedankt,' zei Fran. 'Het was ongelofelijk aardig van je.'

'Ze leek er echt van te genieten. Ze bleef Tig almaar vragen stellen en dingen tegen hem zeggen. Hij was fantastisch. Hij schreef het allemaal op, beantwoordde haar vragen en stelde haar gerust. Ze vroeg hem echt de oren van het hoofd.'

'Hebben jullie de steengroeve gevonden?' vroeg ze. 'Ik moet echt weten waar die is. Ik was er zeker van dat ze er iets over zou zeggen. Je zou denken dat ze zou willen dat ik hem vond.' Omdat ze voor haar gevoel een tikje emotioneel klonk, hield ze verder haar mond.

'Als we er in de buurt zijn geweest, heeft ze dat stilgehouden,' zei Antony, die haar handen vastpakte.

Fran slaakte een zucht.

'Je moet opgevrolijkt worden,' zei hij resoluut. 'Kom, dan gaan we naar de puppy's toe. Laatst vroeg June of ik met jou kon langskomen, maar ik heb het heel druk gehad, net als jij. Dit lijkt me een goed moment voor wat puppyvrolijkheid, of niet?'

'Jazeker! Wat een goed idee. Komt het Jack en June nu wel uit, denk je?'

'Als je een nest pups in huis hebt, kom je niet veel buiten de deur. Ik zal ze bellen.'

'Ik ga mezelf opfrissen. Misschien trek ik in plaats van deze jurk mijn spijkerbroek wel weer aan,' zei Fran.

Antony nam haar pols losjes tussen zijn vingers. 'Niet doen. Je ziet er mooi uit.' Hij drukte een kus op haar slaap.

Fran, die bedacht dat ze er waarschijnlijk nogal slordig uitzag, met warrig haar, was geraakt door zijn woorden. ‘Goed dan.’ Ze weerstond de verleiding een blik in de spiegel te werpen om te zien hoe ze er werkelijk uitzag.

22

'Sorry dat ik zo veel weg ben geweest,' zei Antony. Ze waren onderweg naar de puppy's, en Fran was opgetogen dat ze minstens veertig minuten lang met hem in zijn grote, comfortabele auto kon doorbrengen. 'Het is een beetje hectisch op het werk, en dat betekent dat je alles in je eentje moet afhandelen.'

'Daar hoef je je niet voor te verontschuldigen! Je bent een geweldige steun geweest. Neem vandaag bijvoorbeeld. Als jij er niet was geweest, zou Amy haar boerderij nooit meer terug hebben gezien.' Ze zweeg even. 'Roy zou zoiets nooit voor haar hebben gedaan, en toch dringt hij zich er op de een of andere manier altijd tussen en gaat dan met de eer strijken. Hij had nog niet eens terug moeten zijn van zijn sportreisje.'

'Welke sport?' Hij klonk nieuwsgierig.

'O, dat weet ik niet.' Ze vroeg zich af of het belangrijk was en besloot dat het dat niet kon zijn. 'Het kan me ook niet schelen.'

Ze wilde geen kostbare momenten met Antony verspillen aan praten over Roy. Ze keek hem aan. Wanneer ze bij hem was, voelde ze zich volmaakt gelukkig. Maar hij was veel weg, en ze miste hem.

Het was alsof Antony haar gedachten kon lezen, want hij legde even een hand op haar knie, alsof hij haar wilde gerust-stellen. 'Een nest puppy's doet wonderen als je alle negativiteit van je wilt afzetten.'

'Hoe oud zijn ze nu?'

'Ongeveer een maand, schat ik.'

'Ik kan niet wachten. Ze zullen vast flink zijn gegroeid. Weet je nog hoe klein ze waren toen we voor ze zorgden?'

Hij wierp haar een snelle blik toe. 'Je was geweldig. Niemand anders zou gedaan hebben wat jij deed.'

'Natuurlijk wel. Iedereen houdt van puppy's,' zei ze. 'Ik zou willen dat ik hetzelfde voor koeien voelde. Ik hou heus wel van ze, ik zou alles doen om ze te beschermen. Ze zijn alleen zo groot. Ik ben bang voor ze.' Even was ze stil. 'Aan niemand vertellen, hoor. Het is belachelijk dat een boerin bang is voor koeien. Niet dat ik echt een boerin ben.'

'In mijn ogen wel. Ook al is de boerderij niet van jou, je houdt hem wel draaiende.'

'Ik doe mijn best.'

Ze biechtte niet op dat ze zich zorgen maakte of ze van de boerderij echt wel een bloeiende onderneming kon maken, zelfs als ze hem erfde.

'Lieve hemel, wat zijn jullie groot geworden,' zei Fran toen ze de kamer in liep waar de pups werden gehouden. 'Jullie lopen al rond en alles. En kijk! Jullie hebben nu een moeder.'

'Ja,' zei June, duidelijk trots en opgetogen. 'Hoewel het een tijdje zorgelijk was, kregen we haar uiteindelijk zover dat ze weer interesse ging tonen. En nu is het alsof er nooit iets mis is geweest. Ga op de bank zitten, dan geef ik je er een om vast te houden.'

‘Welke is Betsy?’ vroeg Fran. ‘Zij was mijn favoriet – niet dat ik echt een favoriet had,’ voegde ze er schuldbewust aan toe.

‘Hier is ze,’ zei June, die een harig bundeltje in Frans handen legde.

‘Wat ben je veranderd! Je hebt je oogjes open en kunt al lopen,’ zei ze. ‘Ik kan het nauwelijks geloven.’ Ze gaf de pup een kus. ‘Wat ben je toch schattig. Dat zijn ze natuurlijk allemaal.’

‘We zijn erg blij met ze,’ zei June. ‘Er zitten er een paar bij die wel eens nuttige werkhonden zouden kunnen worden.’

Net toen Fran wilde vragen of Betsy daarbij hoorde, ging June door.

‘Het is alsof ze nooit een slechte start hebben gehad. En ze hebben nu allemaal een goed thuis gevonden.’

‘Wat fijn,’ zei Fran, die hoopte dat June niet zou merken hoe teleurgesteld ze was.

Ze had gehoopt dat ze aanspraak zou kunnen maken op Betsy; ze hadden immers heel wat nachtelijke uren met elkaar gedeeld. Hoewel ze verstandelijk wist dat de pup zich hun tijd samen niet herinnerde, leek ze het fijn te vinden op Frans vingers te zuigen en door haar geaaid te worden.

Antony ging naast haar zitten en pakte een andere pup. ‘Ze zijn echt schattig, hè?’

Plotseling besefte Fran hoe sexy het was een sterke man teder om te zien gaan met zo’n klein wezentje. Dat kleine ding in grote, capabele handen. Een steek van verlangen trok door haar heen, zo hevig dat ze moest hoesten en haar keel moest schrapen voor het geval het zichtbaar was. ‘Hemels,’ zei ze, en ze had het niet alleen over de puppy’s.

‘Willen jullie blijven eten?’ vroeg June toen de pups lieten merken dat ze graag weer wilden slapen. ‘Er staat een enorme *shepherd’s pie* in de oven. We hebben Antony al tijden niet meer echt gesproken,’ ging ze door. ‘Als zakenman vliegt hij voortdurend de wereld over.’

'Jazeker, ik werk aan mijn imperium,' zei Antony lachend. 'Het is lastig het respect te krijgen dat je verdient van mensen die je al kennen sinds je een jongetje zonder voortanden was.'

Fran besluit stond vast. 'Shepherd's pie klinkt heerlijk.' Dit waren oude, dierbare vrienden van Antony, en het was een voorrecht met ze te eten, ook al had ze gehoopt wat tijd alleen met hem te hebben. 'En ik wil graag horen hoe het met jullie nieuwe kleinkind gaat.'

Het was een heel vrolijke, informele maaltijd. June, die tegen die tijd een paar glazen wijn op had, zei: 'Wat jullie twee hebben gedaan voor pups die niet eens van jullie waren, was meer dan aardig. Daardoor konden wij bij onze dochter zijn toen ze ons nodig had.'

Na het eten hielp Fran met afruimen.

June legde een hand op Frans arm. 'We zijn zo blij dat hij eindelijk een geschikte vriendin heeft gevonden. Ik zeg altijd dat het vinden van een man die rijk en aardig is hetzelfde is als het vinden van mooie schoenen die ook comfortabel zitten: het gebeurt zelden. Het betekent dat hij vaak het verkeerde type aantrekt, vrouwen die alleen uit zijn op zijn geld.'

Hoewel Fran zich een beetje schuldig voelde, omdat June haar remmingen kwijt was, kon ze het niet laten dieper te graven. 'Het was dus niet alleen zijn vrouw die... niet zo leuk was.'

June schudde haar hoofd. 'Er zaten een paar schokkende dames bij, kan ik je zeggen. Echte golddiggers. Gelukkig neemt hij ze altijd mee hiernaartoe, en als ze bij ons niet in de smaak vallen, neemt hij afstand.' Ze fronste haar wenkbrauwen. 'Niet altijd meteen, maar uiteindelijk zet hij ze aan de kant.'

'O jee, ik hoop dat ik voor de test slaag!'

'Jij bent uiteraard geslaagd. Door op de bank te slapen zodat je onze pups 's nachts kon voeden, heb je bewezen dat je een topper bent!'

'Wie is een topper?' vroeg Antony, die met een nieuwe lading vuile borden de keuken in kwam.

'Fran,' zei June. 'Omdat ze heeft geholpen met de puppy's.'

Antony glimlachte zo naar Fran dat ze een knoop in haar maag kreeg van lust en haar hart zwol van liefde. 'Dat is ze beslist. En nu moet ik haar echt naar huis brengen. Morgen moet ik akelig vroeg aan her werk. Ik had eigenlijk gisteren al in Lissabon moeten zijn voor een vergadering, nu vlieg ik rond middernacht om de volgende te halen.'

'Antony!' zei Fran ontzet. 'Heb je een belangrijke vergadering laten schieten zodat je Amy de boerderij kon laten zien? We hadden een andere dag kunnen kiezen!'

'Een vergadering is alleen belangrijk als ik erbij ben,' zei hij met een knipoog. 'En ze hadden hem op heel korte termijn gepland. Daar ging ik de afspraak met Amy echt niet voor afzeggen.'

'Goed zo,' zei June.

Antony draaide zich om naar haar. 'Bedankt voor het eten, June. Zoals altijd was het weer heerlijk.' Hij gaf haar een dikke knuffel.

Toen de bedankjes en het afscheid achter de rug waren en ze weer in de auto zaten, drong het tot Fran door dat Antony erg op zijn privacy gesteld was. Hij kroop eigenlijk alleen uit zijn schulp bij mensen die hij goed kende en van wie hij hield. Het gaf haar het gevoel dat ze heel speciaal was.

De volgende ochtend was Roy vóór Fran op, en daar was ze ontstemd over. Het was al erg genoeg dat ze het huis met hem moest delen zonder dat hij beslag legde op haar vroege ochtenden, die ze gewoonlijk voor zichzelf had. Die ochtend moest ze kaas maken, en daarna zou ze bij Amy langsgaan. Ze wilde zien of het bezoekje aan de boerderij te veel van haar krachten had gevergd en ze nu ziek was, of dat de kaas die Amy per se wilde proeven daar niet al voor had gezorgd.

'Ik ga vanochtend weer eens bij de oude dame langs,' zei Roy.

'Ik ga vanmiddag, nadat ik kaas heb gemaakt,' zei ze, 'dus put haar niet uit.'

'Ik weet niet waarom je zo veel om haar geeft. Ze staat alleen maar tussen ons en de boerderij in,' zei Roy. 'Ze heeft een lang en gelukkig leven gehad. Hoe sneller ze de pijp uit gaat, hoe beter.'

'Ik weet dat je dat soort dingen zegt om me op stang te jagen, Roy, maar ik zou willen dat je het niet deed.'

'Zeg je nou dat je de boerderij niet wilt hebben? Of wil je gewoon niet dat ik hem krijg?'

'Dat laatste. Ik wil het niet allemaal kapotgemaakt zien worden.' Fran stopte haar sneetjes brood in de broodrooster.

'Je bent te sentimenteel, Fran. Deze boerderij is geen rendabele onderneming tenzij je haar "helemaal kapotmaakt", zoals je zelf zegt.'

'Ik verkoop mijn kaas tegen een heel goede prijs.' Ze prees zich gelukkig met Roger en zijn luxe delicatessenwinkels.

'Dat mag dan zo zijn, maar je hebt een harde kaas nodig, en zelfs dat is waarschijnlijk niet genoeg. Tegenwoordig moeten boeren hun activiteiten spreiden.'

'Dat doe ik toch ook met mijn kaas? Amy verkocht die als melk. Ik voeg er enorm veel waarde aan toe en verkoop hem rechtstreeks aan de detailhandel. Niets is winstgevender dan dat.'

'Let op mijn woorden: je kunt er nog steeds de rekeningen niet van betalen. En wat nou als Amy het nog tien jaar volhoudt?'

'Dan zit jij allang weer in Australië.'

'Geen zorgen, ik kan een jaar blijven. En als ze het nog veel langer volhoudt, zul je de boerderij moeten verkopen om haar verzorgingshuis te kunnen betalen.' Hij nam een irritant luid krakende hap van zijn toast.

'Dan erven we geen van beiden iets. En wat dan nog? Dit hier is van Amy. Het is niet meer dan juist dat zij het geld uitgeeft dat de boerderij opbrengt.'

Ze wist dat Amy niet veel langer hoefde te blijven leven tot het betalen van het verzorgingshuis echt een probleem zou worden. Amy had een halfjaar vooruitbetaald, en die tijd vloog voorbij.

'Antony wil jou alleen omdat hij de boerderij wil hebben, weet je. Als ik alles erf, laat hij je vallen als een baksteen.'

'Dat is niet waar!' zei Fran, die alle interesse in haar ontbijt kwijt was.

Hij haalde veelbetekenend zijn schouders op. Ze kon het niet verdragen.

'Goed, ik kan hier niet de hele dag zitten kletsen,' zei ze. 'Ik moet kaas maken.'

'Eigenlijk zouden we samen de boeken moeten doornemen,' zei Roy. 'We moeten weten in welke staat de boerderij verkeert.'

Fran had de volmacht om de financiën van de boerderij te verzorgen en wilde die niet delen met Roy. Maar hij had gelijk. Eigenlijk moest ze nog eens door de boeken heen gaan, misschien samen met Antony, die ervaring had met dat soort zaken. Sinds haar aankomst wist ze er al wel iets meer van af. Stel dat ze de boerderij zou erven en er toch geen succes van kon maken? Het zou hartverscheurend zijn het bedrijf te moeten verkopen. Maar ze liet Roy niet in de buurt van de boeken komen. Zo nodig zou ze ze verstoppen.

'Niet nu, Roy. Zoals ik al zei, heb ik het druk.'

Nadat ze kaas had gemaakt en samen met Issi en Tig had geluncht, ging ze het dorp in om Amy te bezoeken en wat boodschappen te doen.

Eerst deed ze boodschappen. Ze kocht een fles van het citroenwater dat Amy lekker vond en legde hem in het mandje met miniversies van de grote quiches die ze de vorige dag had gemaakt. Ze bracht graag presentjes mee. Op de een of andere manier had ze het gevoel dat Amy teleurgesteld zou zijn als ze met lege handen aankwam.

Ze botste bijna tegen meneer Addison op, Amy's notaris, die het verzorgingshuis uit liep. 'O, hallo!' zei ze. 'Alles goed met Amy?'

Hij haalde zijn schouders op. 'Ze is erg oud,' zei hij voor het geval dat Fran op de een of andere manier was ontgaan. 'Het komt nooit meer helemaal goed met haar, hè?' Daarop liep hij weg.

Toen Fran de deur van Amy's kamer opende, wist ze niet wat ze zou aantreffen. Tot haar opluchting was Amy nog in leven én wakker, wat een wonder leek.

'Heb je genoeg van al dat bezoek?' vroeg Fran, en ze drukte een kus op Amy's wang. 'Ik blijf niet lang. Ik wilde alleen even zien of alles goed met je is na gisteren. Het was een lange dag.'

'Dat was het zeker. Ik zeg niet dat ik het niet leuk vond om de boerderij te zien, hoor, maar dat karretje, of hoe je het ook noemt waarin ik zat, was niet erg comfortabel.'

Fran blies haar adem uit. Ze wist niet of ze blij was dat Amy nog steeds haar ietwat lastige zelf was of geïrriteerd dat iets wat in haar eigen ogen een geweldige verwennerij was geweest 'niet erg comfortabel' bleek te zijn.

'Heb je geen last gekregen van de kaas die je hebt geproefd?'

'Nee, waarom zou ik? Hij was toch niet vergiftigd?'

'Natuurlijk niet. Hij was alleen gemaakt van ongepasteuriseerde melk... Ach, laat maar.'

Fran hield woord en bleef niet lang. Amy was moe en moest 'haar ogen rust geven', zoals ze een dutje overdag graag noemde.

Ze had haar auto voor het huis geparkeerd en wilde er net naartoe lopen, toen ze een geluid hoorde. Ze woonde nu lang genoeg op de boerderij om te weten dat het een koe was, een koe die duidelijk in nood was.

Ze rende naar de koeienstal om te zien of ze Tig kon vinden, al wist ze dat hij, als hij er was geweest, de koe zelf had gehoord en er iets aan gedaan zou hebben.

Ze liep het huis binnen en probeerde zijn nummer op de vaste telefoon. Hij nam niet op. Ze liet een boodschap achter.

Als laatste uitweg rende ze de trap op en riep Issi, hopend tegen beter weten in dat ze Tig bij haar zou aantreffen. Maar er kwam geen reactie, geen geluid. Ze waren er allebei niet.

Op dat moment zou ze zelfs Roy graag bij zich hebben gehad. Dan had hij zich voor het eerst nuttig kunnen maken door de koe te redden. Hij was waarschijnlijk niet bang voor ze.

Zelfs door de muren van het huis heen was het gekwelde geloei van de koe te horen. Ze moest iets doen; ze kon het dier niet laten lijden. Ze trok haar gestreepte laarzen aan – verdorie, ze had zo langzamerhand toch wel eens fatsoenlijke boerenlaarzen aangeschaft moeten hebben.

Ze ging de deur uit, liep naar de voorkant van het huis en keek in de richting van het geloei. Daar zag ze de koe. Het dier stond in de hoogste wei, vlak bij de heg.

Terwijl ze de heuvel op rende, voelde ze zich best een beetje trots. Tegenwoordig was ze een stuk fitter. Ooit zou ze bij het oprennen van zo'n steile heuvel aardig hebben gehijgd.

Helaas hield haar gevoel van trots niet lang aan. Daar was een koe in nood, en hier was zij, iemand die niet wist wat ze in vredesnaam moest doen.

Nerveus opende ze het hek, liep de wei in en zette koers in de richting van het dier. Toen ze dichterbij kwam, herkende ze de koe. Het was Flora, van de moeilijke bevalling waar ze bij was geweest. En er was geen kalf te bekennen. Dat was het probleem! Het kalf was vast op de een of andere manier aan de andere kant van de heg beland. Geen wonder dat Flora stond te loeien. Maar een van de weinige dingen die Fran zeker wist, was dat koeien heel gevaarlijk konden zijn als ze gescheiden waren van hun kalf.

Zonder al te dichtbij te komen, en blij dat de andere koeien onder in de wei stonden, tuurde ze door een opening in de heg. Ja, daar was het kalf. Het enige wat ze hoefde te doen, was het dier op de een of andere manier weer door de heg heen krijgen. Maar eerst moest ze zelf bij het kalf in de wei zien te komen.

Op zichzelf mopperend omdat ze niet meer moeite had gedaan de plattegrond van de boerderij te bestuderen, probeerde ze zich te herinneren waar het hek naar het weiland naast de hoogste wei zich bevond. Plotseling begon Flora weer luidkeels te loeien. Ze besloot verder niet meer in te zitten over dat hek en zich gewoon door de heg te wurmen.

Even zocht ze naar een minder dichtgegroeid deel. Vervolgens kneep ze haar ogen stijf dicht en wurmde zich met haar ellebogen vooruit door de heg. Door vastberaden te blijven en geen acht te slaan op de schrammen die ze opliep, kwam ze aan de andere kant uit. Ze plofte op de grond neer en buitelde meteen een stuk de heuvel af. Toen ze rechtop ging zitten, zag ze het kalf. Ook besefte ze dat ze de steengroeve had gevonden.

Geen wonder dat ze die niet eerder had gevonden. De groeve was klein en lag een beetje in een kuil, erg geïsoleerd. De kleine meidoorn die ervoor stond verhulde de houten deur, die uit zijn scharnieren hing. Door de spleet kon Fran nog net een paar planken aan de muur zien. Dit was vast de plek waar Amy jaren geleden de kaas had laten rijpen.

Enorm bemoedigd door die ontdekking richtte ze haar volle aandacht op het kalf.

Nu ze aan dezelfde kant van de heg stond, zag ze wat er was gebeurd. Het dier was op de een of andere manier door de heg gekomen en had zijn moeders geloei gevolgd, steeds verder van het gat vandaan waar het doorheen was gekomen. Het enige wat ze hoefde te doen, heel eenvoudig en mogelijk onmogelijk, was het kalf terug te lokken naar het gat en het erdoorheen duwen.

Ze had natuurlijk iets moeten meebrengen, een halster of zo. Maar liet een kalf zich wel op die manier leiden als het dat niet vanaf de geboorte had geleerd? Hoewel ze niet veel wist van koeien – ze was de eerste die dat zou toegeven – had ze het idee dat dat niet zou lukken.

Ze beklom de zijkant van de groeve om bij het kalf te komen. Helaas zag ze het gat niet waar het doorheen gekomen was. Ze besloot dat ze, als ze zichzelf door een heg kon duwen, het kalf er ook wel doorheen zou kunnen krijgen, zeker als zijn moeder aan de andere kant stond.

Moedig zei ze tegen het dier: 'Goed, lieverd. Ik ga je geen pijn doen. Ik ga je alleen herenigen met je moeder.' Ze wist zeker dat ze dat 'herenigen' of iets wat erop leek had opgevangen in een tv-programma over paardenfluisteren.

Irritant genoeg had het kalf dat programma niet gezien. Het was wel duidelijk dat ze de handen uit de mouwen zou moeten steken. Ze sloeg haar armen om de nek van het dier en trok aan hem in de hoop dat ze hem naar een opening in de heg kon krijgen. 'Kom, dotje. Mama is deze kant op!'

Het lukte haar hem een stukje mee te krijgen. Toen kon de koe haar kalf gelukkig zien en stootte ze met haar kop tegen de heg, waardoor de opening een stukje groter werd. Doordat Fran het kalf van achteren duwde (ze was vergeten dat koeien konden schoppen) baande het zich een weg door de heg heen.

Al had het dier vast wat schrammen opgelopen, net als zij,

het was weer bij zijn moeder, die ophield met loeien. Ze was duidelijk opgetogen dat ze met haar kind was herenigd.

Fran voelde een stroompje bloed over haar gezicht lopen. Ze besefte dat ze het hek zou moeten vinden of zelf ook door de heg terug zou moeten gaan. Opgemonterd door haar succes besloot ze ervoor te gaan en door de heg terug te kruipen. Ze had schrammen, zat onder de modder en haar jas was gescheurd, maar wat kon het schelen? Ze had de steengroeve gevonden en een kalf gered. Ze voelde zich bijna een echte boerin!

Terwijl Fran haar handen en gezicht waste en zorgde dat ze er weer een beetje toonbaar uit kwam te zien, drong het tot haar door dat ze eigenlijk meteen terug wilde naar het verzorgingshuis om Amy over de steengroeve te vertellen.

Ze probeerde het uit haar hoofd te zetten – ze had haar die dag al gezien en het zou leuk zijn om bij het volgende bezoek een nieuwtje te hebben – maar ze moest gewoon gaan.

Ze schreef een uitgebreid bericht aan Issi, waarin ze er onder andere over opschepte dat ze een kalf had gered, en reed weer naar het dorp.

Onderweg kwam ze Roys auto tegen, en ze zwaaide even naar hem. Hopelijk kwam hij niet net bij Amy vandaan, want hij was eerder die dag ook al langs geweest. Zo ja, dan zou Amy uitgeput zijn en zou ze tot morgen moeten wachten met haar verhaal.

‘Hallo,’ zei ze tegen Monica van de receptie. ‘Ik ben er weer.’ Ze tekende de bezoekerslijst. ‘Weet je of Roy hier net is geweest?’

‘Volgens mij niet,’ zei Monica. ‘Maar ik ben net aan mijn dienst begonnen.’

‘Ik ga even kijken of Amy wakker is. Dan weet ik wel of ze net bezoek heeft gehad.’

Hoewel Amy wakker was, lag ze in bed. Haar haar zat in een vlecht. 'O,' zei ze verbaasd, 'ben je er weer? Je was hier eerder toch ook al?'

'Klopt. Ik moest je iets vertellen: ik heb de steengroeve gevonden!'

'Dat werd tijd. Hoe dan?'

'Ik moest een moeder herenigen met haar kalf. Het kalf was door de heg gegaan, en Flora kon niet achter hem aan. Ik moest zelf door de heg kruipen, omdat ik niet meer wist waar het hek zat.'

'Je kent de boerderij nog steeds niet erg goed, hè?'

'Steeds beter, Amy!' Fran lachte zacht. Ze begon te accepteren dat Amy haar nooit zou prijzen om wat ze voor haar deed.

'Vertelde Roy me niet dat je bang was voor koeien?' ging Amy door. Ze fronste haar wenkbrauwen, alsof ze twijfelde aan haar geheugen.

'Dat kan. Ik moet toegeven dat ik nogal de zenuwen van ze krijg. Ze zijn ook zo groot. Maar bij deze koe heb ik mijn plicht gedaan, en dat doet me deugd. Ik kon Tig niet vinden.'

'Goed gedaan, meisje,' zei Amy tot Frans grote verrassing. 'Kom even bij me zitten.'

Dat was ook een verrassing. Amy leek nooit lang bezoek te willen hebben. Fran ging graag in de comfortabele stoel naast het bed zitten, vooral nu Amy in de stemming was om herinneringen op te halen.

'Volgens mij ben ik nog nooit zo trots geweest als toen we nummer één werden bij een veeprijskamp, net voor de oorlog,' zei ze. 'Mijn man en ik hadden heel hard gewerkt om de stier te trainen voor de keuring in de ring, en hij zag er echt prima uit. Hij was sterk, maar niet te sterk voor mijn man. Die was zo trots als een pauw.'

'Moest je man in de oorlog weg, of bleef hij om het land te

bewerken?' vroeg Fran, opgetogen dat ze een kans kreeg alles te vragen waarover Amy het niet eerder had gehad.

'Nee, boeren was een beschermd beroep. Het was onze plicht de bevolking te voeden. Wij hadden wel geluk, hoor.' Amy kreeg een steeds sterker plattelandsaccent. 'We dachten dat we onze weilanden zouden moeten omploegen om er kool en dergelijke op te verbouwen.' Ze dempte haar stem, ook al was er op Fran na niemand in de kamer. 'We gaven Gilbert Arlingham er de schuld van dat iemand van het ministerie van Landbouw langskwam om het land te inspecteren. Hij werkte namelijk voor ze. Het was zijn werk bij mensen langs te gaan om te zeggen wat ze moesten verbouwen.' Zelfs nu nog maakte dat Amy duidelijk woedend.

'Lieve hemel!'

'Maar toen de man langskwam, zei hij dat de weilanden te steil waren om om te ploegen. Tja, we hadden hem dat bezoek kunnen besparen. Die weilanden zijn nog nooit omgeploegd. Daarom groeien er al die veldbloemen.'

'En daarom zijn de melk en de kaas zo lekker.'

'Precies. Gilbert had ons niet hoeven noemen bij het ministerie van Landbouw. Hij had ons gewoon met rust kunnen laten. Stel je voor dat we onze weilanden hadden moeten omploegen!'

'Dat zou vreselijk zonde zijn geweest.'

Amy pakte Frans hand, en zo zaten ze een tijdje in stilte. Fran voelde Amy's kleine hand in die van haar en dacht aan al het harde werk dat ze door de jaren heen had verzet. Haar hele volwassen leven had Amy zich dag in, dag uit door winterkou en zomerhitte heen geploeterd.

Fran voelde zich nederig en was enorm dankbaar dat ze een kijkje had gekregen in wat een nobel, waardevol leven was geweest. Dat realiseerde ze zich nu. Plotseling drong het tot haar door dat ze huilde.

Amy gaf Frans hand een kneepje, alsof ze haar tranen voelde, ook al had Fran haar ogen dicht. 'Ik heb een heel gelukkig leven gehad.'

Even later besefte Fran dat Amy in slaap was gevallen. Ze drukte een kus op haar voorhoofd en liep op haar tenen de kamer uit.

23

In een goed humeur vertrok Fran naar huis. Onderweg stopte ze bij de slijterij, waar ze een fles gekoelde prosecco en olijven kocht. Het was een beetje een rare actie geweest om twee keer op een dag bij Amy langs te gaan, maar het was een fijn gesprek geweest en het had hen dichter tot elkaar gebracht. Dat mocht best gevierd worden. Bovendien had ze de steengroeve gevonden en een koe gered. Ze was goed bezig!

Tot haar nog grotere vreugde zag ze Antony's auto voor het huis staan. Roys auto, die zoals gewoonlijk scheef geparkeerd stond, besloot ze te negeren. Hij was de ergernis niet waard, en ze liet zich het moment dat ze de anderen zou vertellen over haar avontuur niet door hem bederven.

'Hallo! Ik ben thuis!' riep ze opgewekt terwijl ze via de achterdeur het huis binnen stapte. Tot haar verbazing stonden Issi, Roy en Antony op een rijtje naast elkaar in de keuken en staarden haar zwijgend aan. Tig, die bij het fornuis stond, hield zijn blik ongemakkelijk de grond gericht.

Fran wist meteen dat er iets heel erg mis was. Paniek fladderde door haar maag als een verschrikte kraai. Ze zette haar draagtas op de tafel, bang dat hij uit haar hand zou vallen. 'Wat is er gebeurd?'

Antony liep naar haar toe en nam haar in zijn armen. 'Ik vind het zo erg voor je, liefje.'

Het liefst zou ze zich in zijn warme, veilige omhelzing begraven, maar ze wist dat ze de harde werkelijkheid onder ogen zou moeten zien.

'De oude dame is dood,' zei Roy.

Fran had Roys botte verklaring niet nodig om te weten wat er was gebeurd. Ze had het begrepen zodra ze de keuken binnen kwam en hen zwijgend naast elkaar had zien staan. Maar weten is nog geen geloven. Hoe was het mogelijk? Ze was nog geen uur geleden bij Amy vertrokken.'

'Het verzorgingshuis heeft zojuist gebeld,' zei Issi. 'Jij was nog maar net weg, toen iemand haar kwam instoppen en zag dat ze was overleden.'

Fran wachtte op haar tranen, maar die kwamen niet. Er was alleen een afschuwelijk gevoel van leegte.

'Ga even zitten,' zei Antony. 'Wil je een kop thee? Of liever een stevige borrel?'

'Warme chocolademelk?' opperde Issi. 'Voor de schrik?'

'Ik heb net prosecco gekocht,' zei Fran. 'Ik wilde vieren dat ik de steengroeve had gevonden. Daarom was ik vandaag nog een keer bij Amy langsgegaan.'

'Ach, lieverd,' zei Issi. 'Laten we een gin-tonic nemen, dat is wat sterker dan die bubbelwijn. Antony heeft een speciale ambachtelijke gin meegebracht.' Even was ze stil. 'Niet dat het feit dat het een speciale gin is je minder verdrietig zal maken.'

Fran glimlachte. 'Het zal het verdriet beter doen smaken.'

'Misschien wel,' zei Antony, die de fles en gekoelde blikjes tonic begon te openen. 'We weten immers nog niet hoe hij smaakt.'

'Ik snap niet waar jullie zo moeilijk over doen,' zei Roy. 'Ze was hoogbejaard. Dat soort dingen gebeuren.'

'Roy!' reageerden Issi en Fran in koor. 'Hou je kop!'

'Ik zou niet weten waarom,' zei hij schouderophalend. 'Ze is ook familie van mij, hoor.'

'Ik ga haar missen,' zei Tig. 'Ze was een geweldige baas en een uitstekende boerin.'

Issi liep naar hem toe en sloeg een arm om hem heen.

'Je zult je wel afvragen wie je volgende baas wordt,' zei Roy. 'Ik of zij.' Hij wees met zijn duim naar Fran.

'Zal ik jou eens wat vertellen?' zei Tig angstaanjagend kalm. 'Ik ga eerst een paar dagen aan Amy denken, aan wat ze voor mij en de boerderij heeft betekend. Niet aan wie ze de boerderij heeft nagelaten. Ik stel voor dat jij dat ook doet.'

Fran, die Tig nog nooit zo veel achter elkaar had horen zeggen, had zin om te applaudisseren.

'Dat kun jij makkelijk zeggen, makker,' zei Roy. 'Jij gaat geen flinke erfenis opstrijken.'

'Wie zegt dat wij wel iets erven?' kwam Fran tussenbeide. 'Misschien heeft Amy wel alles aan Tig nagelaten omdat ze ons allebei ongeschikt vond.' Ze glimlachte toen ze besefte dat het een mooie oplossing zou zijn.

'Dan vecht ik het testament aan,' zei Roy. 'Tig is geen familie.'

'In godsnaam!' viel Fran uit. 'Alsof wij zo'n naaste familie van haar zijn. Zo, en nu ga ik naar de woonkamer.' Ze voelde zich opeens doodmoe.

'Ik ga met je mee,' zei Antony. Met in elke hand een glas gin-tonic liep hij achter haar aan naar de woonkamer. 'Hier,' – hij reikte haar een glas aan – 'ik zal de haard even aansteken.'

Fran nam een flinke slok van haar gin-tonic. Hij bleek behoorlijk sterk, ondanks de ijsblokjes die Antony erin gedaan. Ze leunde achterover en sloot haar ogen. Duizend gedachten en herinneringen flitsten door haar hoofd. Hoe was het mogelijk dat Amy dood was? Hoe kon ze het ene moment nog een geanimeerd gesprek met haar voeren en het andere moment er niet meer zijn?

Fran zette het glas op het tafeltje naast de bank. Als ze nog meer zou drinken, zouden de tranen komen, wist ze.

'Was het toeval dat jij hier was toen het verzorgingshuis belde? Ik bedoel, wist je toen nog niet dat Amy was overleden?' vroeg ze aan Antony, terwijl ze toekeek hoe hij proppen krantenpapier tussen de haardblokken stopte.

'Ja, puur toeval. Ze moet enkele minuten na jouw vertrek zijn overleden.' Toen het haardhout vlam vatte, stond hij op. 'Je moet iets eten. Ik denk trouwens dat de anderen ook wel een borrel lusten.'

'Wil je aan Issi vragen of ze naar de woonkamer komt?' vroeg Fran. 'Ik heb haar steun nodig.'

Op hetzelfde moment kwam Issi met een borrel in haar hand de kamer binnen en plofte naast Fran op de bank neer. 'Roy is naar de snackbar om vis en patat voor ons te halen. Omdat het wel even kan duren, heb ik de oven aan gezet en maakt Tig wat toast met kaas voor ons.' Ze nipte van haar gin-tonic. 'Jeetje, sterk spul.'

'Lekker, hè? Nog drie slokken en ik barst in huilen uit,' zei Fran.

'Ja, triest, hè?' beaamde Issi, bijna in tranen. 'Natuurlijk wisten we dat het een keer zou gebeuren, maar zo snel?'

'Terwijl het vanmiddag nog zo goed met haar ging. We hebben heerlijk zitten kletsen. Ze vertelde me over de ruzie met Antony's familie, en dat ze in de oorlog bang was geweest dat ze de grond zouden moeten omploegen. Daar was toen iedereen min of meer toe verplicht. Maar gelukkig waren de weilanden te smal en te steil.'

'Daarom is het grasland ongerept gebleven. Een unieke habitat,' zei Issi met verstand van zaken.

Fran nipte van haar gin. 'Vanmiddag, toen ik die koe met haar kalf herenigde, voelde ik me een echte boerin.'

'Zou je je droom van een eigen restaurant opgeven om boerin te kunnen worden?'

Fran knikte. 'Ik denk het wel. Het is belangrijk dat het bedrijf wordt voortgezet. En de dinerclub vond ik ook geweldig. Dat zouden we vaker kunnen doen.'

'Maar het wordt nooit meer hetzelfde,' zei Issi.

Fran slaakte een zucht. 'Hoe moet het nu verder met jou? Zijn Tig en jij nu echt een stel?'

Issi knikte. 'Hij is de ware, als je dat bedoelt. Maar op dit moment is onze toekomst erg onzeker.'

Fran fronste haar wenkbrauwen. De alcohol maakte haar gedachten trager. 'Hoezo?'

'Omdat Tig uit zijn huis kan worden gezet. Goddank is het huis van Mary van haarzelf. Tig zal misschien een nieuwe baan moeten zien te vinden, mét onderdak. En ik ga werken, zodra ik gepromoveerd ben. Maar dan nog zullen we het niet breed hebben. Hij verdient maar weinig.'

'Als ik de boerderij erf, kan Tig hier blijven wonen.'

'Dat weet ik. Maar stel dat jij de boerderij niet erft?'

Fran besefte dat haar vriendin de boerderij harder nodig had dan zijzelf. Zelf zou ze zich op de een of andere manier wel redden, samen met Antony, al moest ze er niet aan denken dat het bedrijf zou worden verkwanseld. Dat zou voor Issi en Tig een ramp zijn. 'Mijn god, Issi!'

'Maar je maar geen zorgen, Fran. Tig en ik verzinnen er wel iets op. Je kunt er niets aan veranderen. Het is zoals is.' Ze legde haar hand op de knie van haar vriendin. 'We redden ons wel.'

Ondanks de gin bleven de tranen van rouw uit. De twee vriendinnen dronken nog een glas en aten toast met kaas terwijl ze wachtten op Roy. Hoewel iets positiefs over hem zeggen best moeilijk was moesten ze toegeven dat hij redelijk snel terug was.

Ze aten in de woonkamer en gooiden het papier van de vis met patat in het vuur. Daarna zette Tig thee en kwam het gesprek weer op Amy.

'Ze gaf niet snel een compliment,' zei Tig, 'maar je wist wanneer ze tevreden over je was. Een knikje was genoeg.'

'Ik vond haar geweldig,' zei Issi. 'Een pittige oude dame, van het type dat makkelijker in de omgang is als je géén familie van haar bent.'

'Ik heb altijd goed met haar overweg gekund,' pochte Roy. 'Dat krijg je als je populair bent bij de vrouwtjes.'

De twee vrouwen in het gezelschap wisselden een veelbetekenende blik.

'Ze liet duidelijk merken hoe ze over mij en mijn familie dacht,' zei Antony. 'Die eerlijkheid waardeerde ik in haar.'

'Ik heb geen idee hoe ze over me dacht,' zei Fran. 'Ik wilde het haar graag naar de zin maken, maar kon in haar ogen niets goed doen. Behalve vandaag... Mijn god, was het echt nog maar vanmiddag? Ze leek zo blij dat ik de steengroeve had gevonden. Was het me maar eerder gelukt.'

'Waar ligt die steengroeve dan, waar je het steeds over hebt?' vroeg Roy.

Fran aarzelde, maar kon niet bedenken hoe hij die informatie zou kunnen misbruiken. 'O, linksboven op de heuvel.'

Roy wendde zich tot Tig. 'Wist jij dat?'

Tig schudde zijn hoofd. 'Dan had ik het Fran wel verteld. Amy deed er altijd heel geheimzinnig over. Ik denk dat ze er tijdens de oorlog voedsel en zo verstopte.'

'Dan is het maar goed dat ik de groeve niet eerder heb ontdekt,' zei Fran. Ze wendde zich tot Roy. 'Je hebt er alleen iets aan als je kaas wilt gaan maken.'

'Als ik de boerderij erf, ga ik mijn tijd echt niet in kaasjes steken,' zei hij. 'Dat levert niks op.'

'Jawel hoor!' reageerde Fran, die te veel gin op had om nog

tactvol te zijn. 'Ik verkoop mijn kaas direct aan de detailhandel.'

'Dan nog verdient het te weinig,' ging Roy door. 'Je kunt niet eeuwig dakpannen blijven verkopen om de bank af te betalen. Voor je het weet moet je ze van het huis halen.'

Fran slikte. Ze had gehoopt dat het Roy was ontgaan dat de stapel dakpannen weg was, en had zich niet gerealiseerd dat hij op de hoogte was van de banklening. Hij had natuurlijk gelijk: ze kon niet nog meer onderdelen van de boerderij verkopen. Ze zou een andere manier moeten vinden om aan geld te komen.

'Wat ben jij dan van plan, Roy?' vroeg Antony.

Roys ogen schoten van de een naar de ander, alsof hij overwoog of hij wel open kaart zou spelen. 'Grond levert altijd geld op,' zei hij langzaam. 'Ze kunnen er niet meer van maken. Dat maakt het zo kostbaar.'

'Wil je de grond soms stukje bij beetje verkopen?' vroeg Issi, die van alcohol nogal dwars werd.

Roy knikte. 'Onder aan de heuvel, langs de weg, ligt een stuk grond dat verkocht kan worden zonder dat het ten koste gaat van het hoofdperceel.'

Het verbaasde Fran dat hij zo veel van de boerderij afwist, omdat hij nauwelijks belangstelling had getoond. Bovendien ergerde ze zich aan de manier waarop hij 'hoofdperceel' zei.

'Wil je een deel van de boerderij voor jezelf houden om erin te gaan wonen?' vroeg Antony.

'Nee hoor. Ik ga alles verkopen. De vraag is alleen hoe je zoiets het beste kunt aanpakken. Door de grond in één keer te verkopen aan een grote projectontwikkelaar, of stukje bij beetje.'

Fran kon het wel uitschreeuwen van frustratie, maar hield zich in. Ze zou zich tegenover dit harteloze monster niet laten kennen. In plaats daarvan geeuwde ze.

Antony stond op. 'Je bent moe, Fran. Je kunt beter naar bed gaan. Er moet morgenochtend veel gebeuren.'

Ook Fran stond op, en even wankelde ze op haar benen. 'Ik zal je uitlaten.'

Ze verlangde ernaar met hem mee naar huis te gaan, de nacht door te brengen in zijn armen, zich door passie te laten meeslepen om haar verdriet en zorgen te vergeten. Maar dat kon niet. Ze mocht Roy geen excuus of reden geven aanspraak te kunnen maken op de boerderij.

En dat wist Antony ook. Dat hoefde ze hem niet uit te leggen. Zijn kalme aanwezigheid vanavond was een grote steun voor haar geweest, en ze was blij dat hij in haar leven was gekomen.

Ze omhelsden elkaar in de donkere gang, voordat troost veranderde in passie. 'Het komt toch wel goed, hè?' vroeg Fran na een intense kus. 'Als Amy de boerderij aan Roy nalaat, kan hij het bedrijf misschien aan jou verkopen.'

Antony was even stil. 'Liefje,' zei hij zacht in haar haar, 'ik zou de boerderij onmiddellijk voor je kopen, als dat kon. Maar als ik afga op wat Roy zojuist zei, en op andere bronnen van informatie die ik heb, is hij op dit moment al in overleg met Nobless Homes.'

'En dat betekent?' vroeg Fran.

Hij zuchtte. 'Dat hij mogelijk al een bouwvergunning voor de grond heeft. Als de grond bestemd is voor woningbouw, kan ik de boerderij nooit betalen, zelfs niet als ik alles verkoop. Dat heb ik al doorgerekend.'

'O mijn god!' Ze kon wel huilen; niet van verdriet deze keer, maar van angst voor de toekomst. 'Hij kan toch geen bouwvergunning aanvragen voor een stuk grond dat hij nog niet in zijn bezit heeft?'

'Helaas wel. Maar het land is erg steil, en er is geen infrastructuur, dus het is heel kostbaar om er een woonwijk te bouwen. Een paar huizen daarentegen is geen probleem.'

'Dat ze overwegen huizen te bouwen op grond die nooit is omgeploegd.' Even was ze stil. 'Het gaat niet alleen mij aan, maar ook Tig en Issi. Zij zijn afhankelijker van de boerderij dan ik. Ik kan ook wel ergens anders kaas maken, als het moet, of een restaurant openen. Zij hebben alleen de boerderij, en de kudde is zo belangrijk voor Tig. De koeien zijn...' Ze zocht naar de juiste woorden. 'Ze zijn bijna familie voor hem!'

Hij lachte geamuseerd om haar overdrijving. 'Kom, dan breng ik je naar bed. Je bent doodmoe en staat op instorten. Dan kun je maar beter alvast in bed liggen.'

Als ze niet zo moe was, zou ze erom hebben kunnen lachen. Antony en zij zouden elkaar de kleren van het lijf moeten rukken en zich innig verstrengeld op het bed moeten laten vallen, of op de grond desnoods, als dat dichterbij was. In plaats daarvan stond hij nu haar dekbed op te schudden, terwijl zij haar pyjama aantrok en haar tanden poetste. Een tikje beschaamd kwam ze even later in haar brave bloemetjespyjama de badkamer uit, ook al had hij haar in veel minder gezien.

Antony behandelde haar met dezelfde praktische nuchterheid als waarmee hij de puppy's had gevoed, en die terughoudendheid maakte hem op de een of andere manier nog sexyer.

'Kruip er maar gauw in,' zei hij, een boek omhooghoudend. 'Kijk eens wat ik heb gevonden. Het moet van Amy geweest zijn.'

'Hoe heet het?'

'*The Farm on the Hill*, van Alison Uttley. Over een meisje dat op een boerderij woont. Ga maar liggen en doe je ogen dicht.'

Fran vond het heerlijk om in haar eigen bed te liggen. Haar kussen rook vaag naar de lavendelolie waarmee ze haar beddengoed geregeld besprenkelde. Antony kwam naast haar liggen, met zijn grote glimmende schoenen over de rand van het bed. Het was kuis en tegelijk heel sexy. '"De duisternis kwam langzaam dichterbij, als een reiziger die een herberg nadert..."'

Hij had een prachtige stem, warm en melodieus, wat extra opviel nu hij haar voorlas. Ze genoot met volle teugen. De laatste keer dat ze was voorgelezen, was ze nog een kind. Maar algauw vielen haar ogen dicht en was ze diep in slaap.

Het eerste wat Fran zich herinnerde toen ze de volgende ochtend wakker werd, was dat Antony haar had voorgelezen. Pas daarna drong de harde realiteit tot haar door. Amy was dood. En eindelijk kwamen de tranen. Toen ze uitgehuild was, stond ze op en ging naar beneden om datgene te doen waarvan ze wist dat het haar zou ontspannen: koken.

Ze besloot brownies te maken voor het verzorgingshuis. Aangezien ze ingrediënten tekortkwam, moest ze het recept aanpassen. Maar het duurde niet lang of de keuken rook naar vanille en chocolade.

Vervolgens begon ze aan een geïmproviseerde pesto. Omdat ook hiervoor de belangrijkste ingrediënten – pijnboompitten, basilicum en Parmazaanse kaas – ontbraken, gebruikte ze bieslook, diverse zaden, cheddar en heel veel knoflook. Ze testte de pesto met een snee toast en gaf zichzelf net een schouderklopje voor de smaak toen Issi de keuken binnen kwam.

'Ik weet dat je gaat koken als je gestrest bent, maar als je nog meer knoflook eet, kun je straks niemand kussen.'

Tot haar eigen verbazing schoot Fran in de lach. Wie had gedacht dat ze zo snel na Amy's overlijden – niet weken maar uren! – alweer kon lachen? 'Je kent me toch? Ik wil mijn eigen leven in de hand hebben.' Ze liep naar het aanrecht en zette theewater op. 'Ik wil de brownies meenemen naar het verzorgingshuis. Ze hebben zo goed voor Amy gezorgd. En ik zal mijn tanden heel goed poetsen voordat ik vertrek.'

'Zal ik met je meegaan? Er moet van alles geregeld worden. Je kunt vast wel wat hulp gebruiken.'

'Dat zou ik heel fijn vinden. Het kan me zomaar ineens te veel worden, en dan is het prettig als iemand mijn zinnen voor me kan afmaken.'

Toen Fran in het verzorgingshuis aankwam, moest ze inderdaad huilen. Voor haar gevoel had ze Amy vijf minuten geleden nog gezien; in werkelijkheid was het minder dan vierentwintig uur. Ze liep met Issi door naar het kantoortje.

'We vinden het zo erg dat Amy niet meer onder ons is,' zei Monica.

'Het was zo'n apart mens,' zei een andere verpleegkundige. 'Het leek net goed met haar te gaan. Ze was volledig hersteld van de infectie. Alsof iets haar had ingefluisterd dat ze kon gaan, en ze daar gehoor aan heeft gegeven.'

Fran was blij dat ze niet 'gecondoleerd met uw verlies' zeiden, want dat vond ze meer iets voor in een Amerikaanse politieserie dan een echte sympathiebetuiging.

'Wat fijn dat je zo snel kon komen,' zei de vrouw die de leiding had. Op haar naamkaartje stond MOYRA JENKINS.

Fran was blij met het geheugensteuntje.

'Anders hadden wij contact met jou moeten opnemen,' ging Moyra door. 'Zoals je je misschien kunt voorstellen, heeft Amy strikte instructies nagelaten over wat er na haar dood moet gebeuren. Die kregen we al op haar eerste dag hier.'

'Mijn hemel! Ze dacht behoorlijk ver vooruit, zeg,' zei Fran.

'Zeker. En heel erg bedankt voor de brownies. Chocolade biedt altijd troost, nietwaar? Wil je er zelf ook een?'

Al voelde Fran zich getroost door de geur van de brownies, ze had geen trek. 'Nee, dank je.'

Nadat Issi er een had gepakt, zei Moyra: 'Amy was zelf al naar de begrafenisondernemer geweest. Ze wist wie ze wilde spreken. Ze wilde een traditionele begrafenis...'

'O, mij had een groene uitvaart wel mooi geleken, met een rotan kist,' zei Fran. In gedachten zag ze een rouwstoet voor zich, aangevoerd door een paardenlijkkoets.

Moyra schudde haar hoofd. 'Dat is helaas niet mogelijk. Je zult het moeten bespreken met de begrafenisondernemer.' Ze gaf Fran een klopje op haar hand. 'Het komt goed. En die brownies komen wel op.'

Fran moest lachen. 'Nogmaals bedankt voor alle goede zorgen. Ik weet dat ze lastig kon zijn, maar ik hield van haar.'

'Het was een leuk mens. Wij hielden ook van haar.'

'Kom, we gaan,' zei Issi toen ze tranen zag opwellen in Frans ogen. 'Op naar de begrafenisondernemer.'

Ook bij de begrafenisondernemer werden ze vriendelijk ontvangen. Ze leidden Issi en Fran naar een aparte kamer, waar zich een vrouw van begin dertig bij hen voegde.

'Hallo,' zei ze, terwijl ze met uitgestoken hand op hen toeliep. 'Ik ben Kirstie en ik ga jullie helpen.'

'Dank je wel,' zei Fran, blij dat het een aantrekkelijke jonge vrouw was die het clichébeeld van de begrafenisondernemer logenstrafte.

'Ik heb je... Wat was ze van je? Je oudtante?'

'Zoiets. Ik was slechts een verre nicht van haar, maar ik woon momenteel op haar boerderij en run het bedrijf.'

'Amy was een geweldige vrouw,' zei Kirstie.

'Dat klopt. Maar hoe weet je dat?' vroeg Issi.

'Ze heeft zulke gedetailleerde instructies nagelaten dat jullie bijna niets meer zelf hoeven te regelen,' antwoordde Kirstie. 'Dat vind ik echt fantastisch van haar.'

Fran zuchtte. 'Het verzorgingshuis zei dat een rotan kist en een paardenkoets niet tot de mogelijkheden behoren.'

'Of mensenhagen langs de kant van de weg, respectvol zwijgend en met de hoed in de hand,' vulde Issi aan.

'Wij lopend achter de lijkkoets, met zwarte voiles...'

'Een mooi idee,' zei Kristie met een glimlach. 'Helaas had je tante andere wensen. Ze had haar keuzes al gemaakt: de kerk, de psalmen, de bloemen. Ze wil slechts één rouwkrans, van rozen en lelies.' Ze zweeg even. 'Jouw idee is nogal prijzig, en je tante heeft al vooruitbetaald.'

'Natuurlijk heeft ze vooruitbetaald. Dat is typisch iets voor haar,' zei Fran.

'Zoals ik al zei, ze heeft er goed over nagedacht. Alleen...'

'Wat?' vroeg Issi. 'Is er een probleem?'

'Waarschijnlijk is er te weinig tijd voor alle psalmen.'

'Hoeveel heeft ze er uitgezocht?' vroeg Fran.

'Acht. Ik denk dat het haar favoriete psalmen waren. Je zou er drie kunnen uitkiezen waarvan je denkt dat de mensen ze kennen,' zei Kirstie. 'Of je moet een koor inhuren.'

'We nemen gewoon een paar van haar favoriete psalmen,' zei Fran.

'Dan nog even over de muziek bij het verlaten van de kerk...'

'Zeg alsjeblieft niet dat ze voor "I've got a brand new combine harvester" heeft gekozen,' zei Fran.

Kirstie moest lachen. 'Nee, nee, het wordt Widor's "Toccata". Die schijnt ze ook voor haar bruiloft te hebben gekozen.'

Fran voelde een steek van verdriet. Ze herinnerde zich de trouwfoto van Amy en haar echtgenoot in een zilveren lijstje op een van de tafeltjes in de boerderij. Amy in een lange jurk en haar man, lang en knap aan haar zijde, in kostuum. Ze werden omringd door bruidsmeisjes – veel kleintjes met grote bloemenkransen om hun hoofd, en drie volwassenen met prachtige haardecoraties.

Wat zou het jonge stel toen gevoeld hebben, vroeg ze zich af. Waarschijnlijk waren ze opgetogen geweest, en een beetje moe en nerveus na dagen voorbereiding. En diep in hun hart moeten ze naar kinderen hebben verlangd die de boerderij te zijner tijd zouden kunnen overnemen. Ze had niet kunnen voorspellen dat ze al zo jong weduwe zou worden, of dat ze geen kinderen zou krijgen en een opvolger voor haar bedrijf zou moeten zoeken.

Issi keek naar haar vriendin en begreep dat ze hulp nodig had. 'Kom, we gaan nog even naar de pub,' zei ze opgewekt. 'We hoeven pas over een uur bij de notaris te zijn. Tijd genoeg dus.'

24

Issi zette de auto op de parkeerplaats van de pub neer. 'Is Roy hier ook, denk je?'

Fran haalde haar schouders op. 'Geen idee.'

'Het is meer zijn ding dan helpen met het verzorgingshuis of de uitvaart,' zei Issi. 'Kom, dan bestel ik een gin voor je.'

Fran legde een hand op Issi's arm. 'Het is heel lief van je dat je met me meekomt. Ik weet alleen niet of ik nu wel een drankje wil.'

'Je kunt ook gewoon koffie of zo nemen,' opperde Issi.

'Nee, ik hoef niks. Maar weet dat ik je steun heel erg op prijs stel.'

'Doe niet zo mal. Ik laat je dit toch niet in je eentje doormaken? Je hebt een maatje nodig. Heb je het je moeder verteld?'

'Ja, ze staat in de startblokken om hiernaartoe komen, mochten we haar nodig hebben. Ik denk alleen dat ik het liever zonder haar doe. Ik heb liever dat ze komt wanneer we meer duidelijkheid hebben. Ze zou alleen maar ruzie maken met Roy.'

'Laat dat maar aan ons over!' zei Issi. Ze keek op haar horloge.

'We zijn een beetje te vroeg voor onze afspraak met de notaris. Als hij nog niet klaar voor ons is, kunnen we wel in de wachtkamer gaan zitten.'

'Goed idee. Dan kunnen we stokoude tijdschriften lezen. Daar word ik vast kalmer van.'

Eenmaal binnen werden ze meteen naar het kantoor van de notaris geleid. Tot haar ergernis zag Fran dat Roy er al zat.

'Ik hoop dat het goed is dat ik Issi heb meegenomen,' zei ze nadat iedereen elkaar had begroet.

'Ik ga uiteraard naar buiten als er iets vertrouwelijks wordt besproken,' voegde Issi eraan toe.

'Geen zorgen,' zei Roy, die geïrriteerd klonk. 'We horen pas na de uitvaart hoe en wat.'

'O!' zei Fran, die niet had beseft dat het er zo gewichtig aan toe zou gaan. 'Nou, dat geeft niet. Ik heb deze meegebracht.' Ze gaf een foliepakketje aan meneer Addison. 'Brownies,' voegde ze eraan toe.

'Wat aardig!' zei hij. 'En de koffie is onderweg.'

Hij leek blij met de brownies en Fran en Issi te zien. Fran vroeg zich af of Roy lastig was geweest. Meneer Addison maakte het folie open.

'Mag ik er een?' vroeg Roy.

'Nee,' antwoordden Fran en Issi tegelijk.

Meneer Addison hield zijn hoofd een beetje schuin. 'Dat is niet erg aardig.'

'Nou ja, toe dan maar,' zei Fran met een zucht.

'Wacht tot de koffie er is!' zei Issi.

Gelukkig voor Roy kwam op dat moment een jonge vrouw met een dienblad met koffie en thee binnen.

Een kop thee en twee brownies later zorgde meneer Addison dat hij ieders aandacht had. 'Ik ben bang dat ik jullie nu niets kan vertellen. Mevrouw Flowers is er heel duidelijk over geweest: ze wil dat haar testament pas na de uitvaart wordt voorgelezen.'

'Net als in de film!' zei Issi.

'Precies,' beaamde meneer Addison. 'Ze heeft – had – veel gevoel voor drama. Ze wil dat iedereen zich hier, in dit kantoor, verzamelt. Ook heeft ze gezegd wie erbij moet zijn.'

'Mag ik Issi meenemen? Ik denk dat ik wel wat steun kan gebruiken.'

Meneer Addison keek op een lijst. 'Gaat het om juffrouw Isobel Sharpe?'

Fran en Issi knikten allebei.

'In dat geval, ja.'

'Wat aardig van Amy dat ze besefte dat ik mijn vriendin nodig zou hebben!' zei Fran.

'Ik denk dat mejuffrouw Sharpe is uitgenodigd vanwege haar band met meneer Christopher Brown, de veehoeder.'

'Dat is Tig, ja,' zei Issi.

'Volgens mij wist ik niet eens hoe hij echt heet,' zei Fran, verrast en een beetje beschaamd.

'Wie komt er nog meer?' vroeg Roy.

'Nou, jij en Francesca hier,' zei meneer Addison. 'Antony Arlingham...'

'Maar Amy had een hekel aan hem!' zei Roy verontwaardigd.

'Misschien heeft ze hem uitgenodigd om officieel een hekel aan hem te kunnen hebben?' opperde Issi, die zich duidelijk een beetje uitgelaten voelde omdat ze op de lijst stond.

Meneer Addison negeerde de opmerking. 'Jullie weten waarschijnlijk ook dat mevrouw Flowers vastomlijnde wensen had wat haar uitvaart betreft.'

'Ik moet maar eens bij de dominee langsgaan,' zei Fran. Ze voelde zich een beetje overweldigd door de verantwoordelijkheid die op haar schouders rustte.

'Ik heb hem telefonisch een lange lijst psalmen doorgegeven,' zei meneer Addison. 'Hij gaat met het kerkkoor overleggen welke ze het beste kunnen zingen. Het koor gaat ook de hulp inroepen van een paar leden van een lokaal koor waarvan mevrouw Flowers lid was, voor wat meer volume.'

'Ik wist niet eens dat ze bij een koor had gezeten,' jammerde Fran. 'Er zijn zo veel dingen die ik niet van haar weet, en nu zal ik er nooit meer achter komen.'

'Moeten ze betaald worden?' vroeg Roy, die Frans verdriet negeerde.

'Natuurlijk! Waarom zouden ze het voor niets doen, zelfs al is het Amy's koor?' zei Fran. 'Een uitvaart kost sowieso een hoop geld. Een paar honderd pond meer maakt dan niet veel uit.'

'Ze zullen vast blij zijn met een bijdrage, maar al met al is dit geen extravagante uitvaart, hoor. Een eenvoudige kist en een receptie in het dorpshuis, waar de dames uit het dorp voor de hapjes en drankjes zorgen.'

'Als ze aanbieden het voor niets te doen, geven we ze een bijdrage voor het dorpshuisfonds,' zei Fran snel. 'En we betalen uiteraard het eten.'

'Je neemt wel veel als vanzelfsprekend aan, hè?' zei Roy. 'Als ik erf, ga ik echt geen bijdrage betalen aan een of ander koor of dorpshuis.'

'De kosten van de uitvaart worden uit de nalatenschap betaald,' zei meneer Addison. 'Dat is dus mijn verantwoordelijkheid. Het grootste deel is overigens vooruitbetaald.'

'Mooi,' zei Fran. 'We kunnen er vast op vertrouwen dat u niet krenterig zult zijn.'

'Hebben we al een datum?' vroeg Roy. 'Kunnen we er zelf een kiezen? Ik heb wat zaken te regelen.'

'De dominee vraagt na wanneer de organist en klokluiders beschikbaar zijn.'

'Klokluiders? Zoals bij een huwelijk?' vroeg Fran perplex.

Meneer Addison glimlachte. 'Nee, niet zoals bij een huwelijk. Amy wil dat traditionele gedempte klokken het aantal jaren van haar leven slaan. Al had dat strikt genomen vlak na haar overlijden moeten gebeuren.'

'Lieve hemel, ze hield wel van tradities, hè?' zei Issi. 'Daar heb ik bewondering voor. Ze was van de oude stempel, en daar schaamde ze zich niet voor.'

Daar moest Fran om glimlachen. 'Ik weet niet of Amy zich daarin herkend zou hebben, maar van de oude stempel was ze zeker.'

Roy stond op. 'Zijn we klaar? Ik heb dingen te doen en mensen te zien.'

'Ik wist niet dat mensen dat ook in het echt zeggen,' zei Fran op gedempte toon tegen Issi.

Terwijl Roy wegbeende, zei meneer Addison: 'Ik denk dat hij die uitdrukking op de televisie heeft gehoord.'

Fran keek Amy's vertrouwde notaris aan. Ze wist dat hij wist wat ze dolgraag wilde weten, maar ze kon het hem niet vragen.

'We kunnen beter gaan,' zei ze, kijkend naar Issi. 'We hebben een uitvaart te regelen.'

'Als je de instructies opvolgt, komt het allemaal goed,' zei meneer Addison.

'We hadden hem kunnen vragen wie de boerderij krijgt. Die informatie heeft hij,' zei Issi later.

Fran schudde haar hoofd. 'Hij had het ons niet kunnen vertellen, en het zou valsspelen zijn.' Ze keek haar vriendin aan. 'Zolang we het niet weten, kunnen we hopen.'

De volgende paar dagen was ze druk met bezoek, condoleances en bakken. Wat ze bakte was deels troosteten en deels om de eindeloos lijkende rij mensen die hun medeleven kwamen betuigen van iets lekkers te voorzien.

Roy deed er niet aan mee. Hij was de hort op, aan het sjacheren, terwijl Fran met behulp van Issi theezette en taart, scones en koekjes serveerde, of wat ze dan ook had gebakken wanneer ze 's ochtends om zes uur op was.

Hoewel het bezoek veel tijd in beslag nam – ze had nauwelijks tijd om kaas te maken – vond ze het niet erg dat er mensen kwamen. Iedereen had wel een anekdote over Amy, waardoor ze zich een beeld kon vormen van Amy zoals ze was voordat ze te oud werd om de boerderij nog te runnen.

Issi was door alle foto's heen gegaan en had de foto's waarop Amy stond her en der neergezet. De bezoekers pakten ze op en bekeken ze, waarna er altijd wel een 'Ik weet nog dat...' volgde, of 'Ik herinner me dat Amy...' of 'Mevrouw Flowers heeft ooit...', afhankelijk van hoe ze Amy hadden aangesproken toen ze nog leefde.

Fran vond het erg fijn om in de woonkamer te zitten met het haardvuur aan (niet dat het echt koud was, maar het was comfortabel om het aan te hebben) en een kop thee in haar hand, terwijl ze over Amy praatte en soms huilde.

Amy was erg geliefd geweest in de streek. Zelfs haar oudere vrienden vonden wel een jonger iemand om hen naar de boerderij te brengen.

Zoals Fran tegen Issi zei: 'Het was alsof ik naar een film over Amy's verleden keek. Wie de boerderij uiteindelijk ook krijgt, ik had deze dagen niet willen missen. Ik ben zo veel over haar te weten gekomen.'

Na een van die sessies was ze de heuvel op gelopen om naar de steengroeve te kijken. Ze wilde even wat tijd hebben om te verwerken wat ze allemaal over Amy had gehoord. Hoe triest ze het ook vond dat ze Amy niet op haar best had meegemaakt, het had geen zin om te treuren over iets wat niet veranderd kon worden. Ze wist nu in elk geval een heleboel meer over haar. Amy was een pittige, voortvarende vrouw geweest, die deskundigheid had gecombineerd met instinct en een prijswinnende kudde had voortgebracht. Ze was een rolmodel, en Fran besefte dat ze dat altijd voor haar zou zijn, ook als ze de boerderij niet zou erven. Amy's sterke karakter had haar door een zwaar leven heen geloodst.

Vol bewondering keek ze naar de wilde bloemen waarmee de wei en de heggen waren bezaaid; schuimig wit fluitenkruid aan de rand en gele sleutelbloemen in het midden. Ze wist dat die er stonden vanwege Amy's traditionele landbouwmethoden. Net toen ze zich afvroeg hoe Amy ooit de tijd had gevonden om van sleutelbloemen wijn te maken, hoorde ze het geluid van luide stemmen vanaf de boerderij. Ze rende naar beneden om te zien wat er gaande was.

Er stond een trailer op het erf, met de achterklep omlaag. Roy en Tig stonden tegenover elkaar en zagen eruit alsof ze elk moment met elkaar op de vuist konden gaan. Twee andere mannen, die blijkbaar met de trailer waren meegekomen, keken toe, half perplex en half opgewonden bij het vooruitzicht dat er gevochten zou worden.

'Wat is hier aan de hand?' vroeg ze, nog nahijgend van haar snelle afdaling door de weilanden.

Roy wendde zich tot haar. 'Zeg verdomme tegen Tig dat hij het recht niet heeft me tegen te houden als ik dieren wil verkopen die van mij zijn!'

Ze draaide zich naar Tig toe.

'De stier blijft hier,' zei Tig. Hoewel hij niet hard praatte, lag er een hoop kracht in zijn woorden. 'Die is op deze boerderij geboren en zal hier ook sterven.'

'Ik begrijp het niet,' zei Fran. 'Je kunt toch geen dieren verkopen die niet van jou zijn, Roy?'

'Ze zijn zo goed als van mij!'

'Waar heb je dat vandaan? We weten toch nog niet van wie ze zijn, of wel soms?' Ineens sloeg de paniek toe. Had Roy al gehoord dat hij de boerderij zou erven?

Roy zuchtte diep, alsof hij tegenover een stel kinderen stond dat alles uitgelegd moest krijgen. 'Ik weet dat ik de boel ga erven, oké? Laad nu die verdomde stier in de trailer. En doe het voorzichtig. Ik krijg er een hoop geld voor.' Hij wendde zich tot een van de trailerchauffeurs. 'Je kunt toch wel een stier van een koe onderscheiden, hè?'

'Ik weet niet of jíj dat wel kunt,' zei Tig.

'Hoor eens, vriend,' zei Roy woedend, 'jij kunt maken dat je wegkomt! Je woont op mijn grond, in een van mijn huizen. Je hebt helemaal nergens recht op. Als je weet wat goed voor je is, help je deze mannen de dieren in de trailer te laden!'

'Roy!' Hoewel ze op het punt stond Roy naar de keel te vliegen, wist ze dat ze daar niets mee zou opschieten. Ze probeerde kalm te blijven. 'Wat weet jij dat wij niet weten?'

Roy kreunde. Blijkbaar had hij een zware ochtend achter de rug en verliepen de dingen niet volgens plan. 'Ik weet het niet honderd procent zeker. Die verdomde notaris wilde het me niet vertellen. Maar wat ik wel weet is...'

Voordat hij er verder over kon uitweiden, kwam Issi aanrijden in Tigs auto. Ze parkeerde hem zo goed mogelijk in de ruimte die er was en stapte uit. 'Wat is er aan de hand?'

'Deze grappenmaker' –Tig gebaarde naar Roy – 'lijkt te denken dat hij Lorenzo en vijf vaarzen kan verkopen alsof ze van hem zijn.' Hij was even stil. Toen hij weer het woord nam, was de woede die achter zijn afgemeten woorden schuilging bijna tastbaar. 'De trailer die ze hebben gestuurd is niet eens groot genoeg.'

'Roy kan de koeien toch niet zomaar verkopen?' vroeg Issi. 'Ze zijn niet van hem.'

'Ze zijn wel van mij. Zo goed als,' zei Roy op luide toon.

'Hoezo?' vroeg Issi. 'Op dit moment zijn ze toch van niemand?'

Roy vloekte nogmaals. 'Wacht hier!' beval hij, en hij beende het huis in.

'Alsof we ervandoor zouden gaan om ons ergens te verstoppen,' zei Fran. Even was ze stil. 'Al staat die optie me best aan.'

Tig en Issi keken naar haar alsof ze de situatie niet ernstig genoeg nam. Ze slikte. Ze was bang, en dan flapte ze er soms zomaar iets uit. Nadat ze haar keel had geschraapt, zei ze: 'Hoe dan ook, je kunt toch geen vee vervoeren zonder een enorme papierwinkel?'

'Precies. En die papierwinkel ligt bij mij thuis,' zei Tig. 'Zelfs al waren ze van hem, zonder mijn akkoord kan hij ze niet vervoeren.'

'Ik denk dat jullie beter naar huis kunnen gaan,' zei Fran tegen de twee mannen, die zich steeds ongemakkelijker leken te voelen. 'Jullie kunnen vandaag toch geen vee meenemen.'

'We gaan niet weg totdat we zijn betaald,' zei een van hen. 'Contant. Zoals afgesproken.'

'Moet een van ons niet even gaan kijken wat Roy aan het doen is?' vroeg Issi, die zo dicht mogelijk bij Tig ging staan.

'Nee,' zei Fran. 'Of hij vindt wat hij aan het zoeken is, of hij zal ons moeten komen vertellen dat hij het niet heeft gevonden.'

Hoog in de lucht krijste een stel buizerds. Het geluid trok aan Frans toch al beschadigde hart. Hoe zou ze zich voelen als ze hier weg moest? Belangrijker nog, hoe zou Tig zich voelen?

Uiteindelijk kwam Roy met een stuk papier in zijn hand het huis uit. Hij duwde het Fran in de handen. 'Hier, lees dit maar eens.'

Het duurde een paar tellen voor ze doorhad dat ze naar een brief van Amy keek. Die was op dezelfde dag verstuurd als de brief die zij had ontvangen, toen Amy iemand zocht om de boerderij aan na te laten. Ze las hem zo snel als het gezien de vervaagde inkt en Amy's handschrift ging.

Voordat ze helemaal klaar was met lezen, griste Roy de brief uit haar handen. 'Ik zal je vertellen wat erin staat. Dit stuk zal ik hardop voorlezen: ... *maar omdat jij een man bent en ik het zeer belangrijk vind dat onroerend goed via de mannelijke familielijn wordt doorgegeven, zal ik jou de boerderij nalaten, tenzij je volkomen ongeschikt blijkt te zijn.*

Niemand zei iets.

'Je bent ook volkomen ongeschikt,' zei Issi uiteindelijk. 'Je houdt niet van de boerderij, zoals Fran. Amy zou wel gek zijn om jou deze plek na te laten. Jij zou je ouwe oma nog verkopen, om nog maar te zwijgen van een stuk grond in een land waar je niet eens wilt wonen.'

Roy schonk haar een nepglimlach. 'Dat heeft Amy nooit geweten. Ze was ervan overtuigd dat ik mijn laatste druppel bloed zou vergieten om zorg te dragen voor deze plek. Hij is van mij.'

'Maar tot we het zeker weten, mag je geen boedel verkopen,' zei Fran. 'Bovendien moet het testament ook nog gerechtelijk geverifieerd worden. En zelfs als je dat wel mocht, geef ik je nog steeds de papieren niet die nodig zijn om deze dieren te vervoeren.'

'Je zult wel moeten als het testament eenmaal is voorgelezen,' zei Roy.

'Dat verandert niets aan de situatie,' zei Fran, die zich misselijk voelde. 'Je mag de koeien nu niet verkopen. Ik stel voor dat je de chauffeurs betaalt en geduld leert oefenen. Het duurt niet lang meer tot je zekerheid hebt. Maar ik zou de huid niet verkopen voordat de beer – of moet ik koeien zeggen? – geschoten is.'

Daarop liep ze het huis weer in, met rechte rug en een knoop in haar maag. Ze wist dat haar dagen op de boerderij waarvan ze echt was gaan houden waren geteld.

25

Er was een week verstreken, en de ochtend van de uitvaart was aangebroken. Ondanks de trieste gelegenheid en het mogelijk – hoogstwaarschijnlijk – afschuwelijke gevolg voelde Fran zich merkwaardig positief.

Ze trof Issi in de keuken, waar ze bezig was thee te zetten. Haar vriendin zag er nerveus uit. Opnieuw drong tot haar door dat Issi veel meer te verliezen had dan zij. Hoewel ze er kapot van zou zijn als ze de boerderij zou kwijtraken had zij Antony, die zelf een huis had. Issi en Tig zouden echt vastzitten als het allemaal de verkeerde kant op ging.

'Hoe voel je je, Is? En hoe is het met Tig?'

'Je kent hem. Hij zegt niet veel, maar maakt zich wel zorgen. Volgens mij niet eens vanwege zichzelf, maar vanwege de koeien. Voor hem zijn ze bijna familie. Hij kent ze allemaal en weet zelfs wie hun moeder en grootmoeder waren.'

Fran legde snel een hand op Issi's arm. 'Ik weet zeker dat Antony wel iets voor Tig zal vinden. Misschien begint hij zelf wel een kudde. Het komt goed.'

'Dat weet ik. Het zal alleen niet hetzelfde zijn.'

Fran glimlachte. 'Je weet maar nooit. Misschien koopt Antony de kudde wel en kan Tig zijn familie houden.'

'Dat zou mooi zijn.' Issi keek Fran nieuwsgierig aan. 'Ik had verwacht dat je veel somberder zou zijn. Gelukkig ben je dat niet, maar hoe komt dat?'

'Door de harde kaas. Ik vond het geweldig om die de afgelopen week met Mary en Erica te kunnen maken.' Ze zweeg even. 'Behalve dat het interessant is en voldoening geeft, was het helend om met zijn drieën kaas te maken en soms een traantje weg te pinken. En daarna zijn we met zijn allen naar de steengroeve gelopen om de kazen erin te leggen, zodat ze kunnen rijpen.'

'Ik was vergeten dat je dat had gedaan,' zei Issi. 'Ik was iets met Tig aan het doen. Het klinkt fijn.'

'Dat was het ook. Eigenlijk is het een opgestoken middelvinger richting Roy. De kaas ligt te rijpen in de groeve, en daar komt hij misschien wel nooit achter. De eerste drie weken moeten de kazen elke dag worden omgekeerd. Als Roy hier over een jaar nog is, kom ik midden in de nacht terug om ze te stelen.'

'Dan ga ik met je mee.' Issi pakte wat brood. 'Wil je toast? Ik heb al met Tig ontbeten, maar ik wilde me hier bij jou omkleden. Ik heb een aantal gepast sombere kledingstukken om uit te kiezen.' Ze sneed een snee brood af en stopte het in de broodrooster. 'Amy is erg ouderwets. Ze zou nooit iets zeggen als "geen zwarte kleding, alsjeblieft".'

'In veel opzichten is – was – ze ouderwets. Dat ze de boerderij aan een man wil nalaten, bijvoorbeeld. Toch was ze in andere opzichten een pionier. Veel andere vrouwen zouden de boerderij na de dood van hun man hebben opgegeven of een andere echtgenoot hebben gezocht om het bedrijf voor ze te runnen.' Ze slaakte een zucht.

'Heb je je toespraak kunnen schrijven?' vroeg Issi.

Plotseling voelde Fran zich minder positief. 'Ja, hij is heel kort en simpel. Ik hoop alleen dat ik hem kan voorlezen zonder in huilen uit te barsten.'

'Je wilt niet dat Roy...'

'Nee,' zei Fran.

Op dat moment kwam Roy de keuken binnen.

'Zetten jullie koffie?' vroeg hij.

'Als je deze keuken gaat erven, zou ik hem maar vast wat beter leren kennen, als ik jou was,' zei Fran.

'Dat heeft geen zin. Ik hou hem toch niet.'

In plaats van Roy in haar keuken – voor haar gevoel was het haar keuken – met koffiedik en andere rommel te laten knoeien, koos ze ervoor nog een kop koffie voor hem te zetten. Ze realiseerde zich dat Amy niet als enige een vat vol tegenstrijdigheden was.

Geregeld was dat Seb en de rouwauto's naar de afgelegen boerderijen en dorpen zouden rijden om mensen op te pikken die naar de uitvaart wilden komen maar geen vervoer hadden. De lijst was behoorlijk lang.

Toen Issi tegen Fran en Antony opmerkte hoe aardig dat was, zei Fran: 'Op die manier hoeven jij en ik niet met Roy in een rouwauto te zitten. Ik denk niet dat ik dat had kunnen verdragen.'

En zo reed Antony met Fran naar de kerk en namen Issi en Tig Tigs moeder Mary mee. Roy zorgde voor eigen vervoer. Fran vroeg zich af of Megan hem zou brengen, zodat hij bij de dodenwake kon drinken. Toen ze hem in zijn pak zag, geleend van een kameraad en veel te opzichtig voor een uitvaart, bleef ze staan. Hij zag eruit alsof hij op weg was naar de bank nadat hij bij roulette de jackpot had gewonnen. Ze hoopte dat hij niets zou winnen, zij het zonder enige overtuiging.

Antony en Fran hadden elkaar de laatste tijd nauwelijks gezien. Toen hij haar kwam ophalen om naar de kerk te gaan, genoten ze er een paar ogenblikken in stilte van dat ze weer bij elkaar waren.

'Hopelijk zet ik mezelf niet volkomen voor gek door onbedaarlijk te gaan snikken,' zei Fran na een paar minuten.

'Dat geeft niet. Niemand zou het erg vinden. Al zal Amy misschien denken dat je onnodig drukte maakt.'

Ze lachte zacht. 'Inderdaad. Ze hoeft Roy in elk geval niet te beschuldigen van onbetamelijke uitingen van verdriet.'

'Nee, vast niet,' zei Antony met een glimlach. 'Maar wie weet, misschien verrast hij ons door in tranen uit te barsten.'

'Ik zou willen dat ik dat kon geloven!' Ondanks alles glimlachte ze terug.

Antony wierp haar een blik toe. 'Ik zal voor je zorgen, dat weet je. Naderhand.'

Ze knikte. 'Dat weet ik. Eerlijk gezegd maak ik me meer zorgen om Tig en Issi. Zij hebben veel meer te verliezen dan een baan, namelijk hun huis. En zoals Issi al tegen me zei, zijn de koeien bijna familie voor Tig.'

Antony zei niets geruststellends, maar legde zijn hand even op die van haar en gaf er een kneepje in. Zonder ernaar te vragen wist ze dat hij dacht dat Roy de boerderij zou krijgen. Zij zelf ook.

De kerk zat stampvol. Hoewel Fran en Antony niet te laat waren, kwamen ze bijna als laatsten aan. Blijkbaar wisten mensen hoe populair Amy was geweest en waren ze daarom vroeg naar de kerk gekomen.

Fran zag Seb zitten, die er in zijn donkere pak prachtig uitzag. Hij was omringd door een groepje oude dames die hem zo nu en dan aanbiddende blikken toewierpen. Ze moest er vanbinnen om glimlachen. Hoewel het een trieste gelegenheid was, was het ook een dagje uit en een kans om oude vrienden te ontmoeten. Eigenlijk zou je van uitvaarten moeten genieten, vond ze.

Ze zag erg op tegen de toespraak. Het idee dat Roy hem zou houden – wat in bepaalde opzichten gepaster zou zijn geweest – was te vreselijk om over na te denken. Voor haar gevoel had hij Amy nooit echt begrepen. Goed, Amy was lastig, maar het zou ondraaglijk zijn geweest hem te horen oreren over 'een fantastische oude dame' en meer van dat soort clichés. Toen ze had gezegd dat zij het zou doen, had hij gelukkig geen bezwaar gemaakt.

Het was geweldig om Amy's koor erbij te hebben. Ze zongen de psalmen met krachtige stem, wat betekende dat mensen die te zeer van streek waren zich geen zorgen hoefden te maken. Zo nu en dan zong Fran mee, maar soms zat haar keel dicht en kwamen er alleen tranen.

Uiteindelijk gebaarde de dominee dat ze naar voren mocht komen. Het was tijd voor de toespraak.

'Kop op, bangerik!' fluisterde Antony. Ze moest erom glimlachen, want ze wist dat dat normaliter wel het laatste was wat hij zou zeggen. Hij wilde haar gewoon uit haar somberheid halen.

Ze liep naar de lessenaar toe en begon.

'Hoewel ik Amy niet lang heb gekend, besefte ik al snel wat een bewonderenswaardige vrouw ze was. Een rolmodel...'

Ze kwam er zonder te huilen doorheen, maar toen ze terugliep naar haar plek en de aanwezigen begonnen te klappen, kon ze zich niet meer inhouden. Ze verschool zich achter Antony's grote, gesteven witte zakdoek.

'Wat een mooie toespraak, meid,' zei een oude dame tegen Fran. 'Echt een geweldige vrouw waardig. Wat was je familieband met Amy?'

'Ik ben slechts verre familie,' zei Fran, die banger was dan ze wilde tonen. Als ze minder verre familie was geweest, zou wat nu ging komen lang niet zo afschrikwekkend zijn.

Antony dook naast haar op. 'Het is tijd om naar de notaris te gaan, liefje.'

'Om te horen wat er in het testament staat,' legde Fran uit aan haar gesprekspartner, die duidelijk gefascineerd was.

'Om te horen wie de boerderij krijgt, bedoel je?' De oude dame sperde haar ogen open bij het vooruitzicht van een beetje reuring. Toen werd ze serieuzer. 'Ik hoop echt dat jij het bent. Ze mogen je hier in de gemeenschap.'

Na afscheid van een paar mensen te hebben genomen, wat lang dreigde te gaan duren, legde Antony zijn hand om haar elleboog en leidde haar weg.

'Hoewel de gemeenschap rond Hill Top Farm me niet echt goed kent,' zei Fran, 'denk ik niet dat Roy er veel aan zou bijdragen.'

'Op wat exclusieve woningen na,' zei Antony.

Fran rilde.

Hoewel ze zich haastten, leek verder iedereen er al te zijn toen ze in de vergaderkamer van het notariskantoor aankwamen. Meneer Addison zat aan het hoofd van de tafel, met Roy aan zijn rechterkant. Issi en Tig zaten naast elkaar, en Fran vermoedde dat ze onder de tafel elkaars hand vasthielden. Tot haar verbazing was Moyra Jenkins, de manager van het verzorgingshuis, er ook. Fran en Antony gingen zitten. Het was geen grote kamer of tafel, maar het viel Fran op dat alleen meneer Addison en Antony zich op hun gemak leken te voelen in hun kleding. Zij waren het gewend een pak te dragen, en verder eigenlijk niemand.

'Goed,' zei meneer Addison. 'Allereerst wil ik graag opmerken wat een succesvolle, toepasselijke uitvaart het was, juffrouw Duke. En een mooie toespraak. Ik vond dat u een heel goed beeld schetste van mevrouw Flowers.'

'Dank u,' mompelde Fran gegeneerd.

'Zoals jullie weten, had mevrouw Flowers zo haar excentrieke trekjes. In haar testament heeft ze heel gedetailleerde instructies gegeven. Ik ben een van de executeurs-testamentair, en als manager van het verzorgingshuis is mevrouw Jenkins de andere.' Hij schonk zijn mede-executeur een geruststellende glimlach. Ze leek een beetje nerveus. 'Zullen we beginnen?' vroeg hij.

'Niemand houdt je tegen,' zei Roy.

In haar hoofd zei Fran hetzelfde. Ze wilde weten wat er met de boerderij zou gebeuren.

Meneer Addison keek naar de vellen papier die voor hem lagen. 'Eerst komt een lange lijst begunstigden, liefdadigheidsinstellingen en kleine legaten die mevrouw Flowers heeft laten opstellen. Die zal ik niet allemaal voorlezen. Het eerste legaat van enige betekenis is voor Christopher Brown.'

'Wie is dat?' vroeg Roy. 'En waarom krijgt hij iets?'

'Dat ben ik,' zei Tig.

Fran zag dat hij zijn kaken op elkaar klemde, en er klopte een ader in zijn hals. Hij was duidelijk erg gespannen.

'*Aan Christopher Brown laat ik het huis na waarin hij thans woont, de stier, en vijf vaarzen naar zijn keuze. Ik laat hem ook het weiland onder aan de boerderij na, om hem een start te geven.*' Meneer Addison fronste zijn wenkbrauwen. 'Verder zegt ze nog: *Ik weet dat dat niet echt voldoende land is, maar hij kan in de buurt vast meer huren.*'

Tig slikte. 'Hartelijk bedankt,' zei hij snel, duidelijk te overmand om meer te zeggen.

'Dat is fantastisch,' zei Issi. 'We hoeven niet uit het huisje weg!' Ze sloeg haar armen om Tigs nek en kuste hem.

'Wacht eens even!' zei Roy. 'Mag ze de boel wel zo opsplitsen? Ik wil het testament aanvechten!'

'Mevrouw Flowers kan met haar bezit doen wat ze wil,' zei

meneer Addison streng. 'Er zijn geen redenen om haar testament aan te vechten. Zal ik doorgaan?'

'Ga je gang,' zei Roy. Hij zag er opstandig uit.

'Goed. Welnu: *Omdat de verre neef van mijn man uit Australië, Roy Jones...*' De telefoon ging. 'Sorry, ik moet even opnemen.'

'O, verdraaid nog aan toe!' zei Roy.

Fran leefde met hem mee, al wilde ze ook giechelen. Dat kwam door de zenuwen, wist ze, en ze wist ook dat ze er niet aan moest toegeven.

Het was moeilijk te zeggen waarover meneer Addisons telefoongesprek ging, aangezien slechts één kant van het gesprek te horen was en hij in woorden van één lettergreep sprak. Het leek een eeuwigheid te duren voor hij ophing.

'Sorry daarvoor,' zei hij.

'Het is onprofessioneel om tijdens een zakelijke vergadering persoonlijke telefoontjes te plegen,' zei Roy.

'Zeker,' beaamde meneer Addison, 'al ging dat telefoontje over de testuitslagen van een familielid. Het was persoonlijk, maar ook belangrijk.'

'Het is onaanvaardbaar!' zei Roy. 'Je houdt hier de boel op.'

'Jij ook, Roy,' zei Fran. Ze glimlachte naar meneer Addison, die een beetje beschaamd leek, maar ook blij. 'Ik hoop dat de uitslagen goed waren?' voegde ze eraan toe.

'Prima,' zei hij. 'Om weer ter zake te komen: *Omdat de verre neef van mijn man uit Australië, Roy Jones, altijd zo'n diepe liefde heeft geuit voor de boerderij, laat ik hem...* Fran spande alles aan en kneep Antony's hand – die ze vasthad, al kon ze zich niet herinneren dat ze hem had gepakt – bijna tot moes.

... het schilderij van de boerderij na dat boven de haard hangt.'

Iedereen ademde tegelijkertijd uit. Het betekende natuurlijk niet dat Roy de boerderij niet had gekregen; het betekende alleen dat Amy iedereen nog iets langer in spanning hield.

'Ik wil geen waardeloos schilderij!' zei Roy vol afkeer.

'We weten allemaal wat jij wilt hebben,' zei Tig. 'Als je je mond houdt, kom je er misschien achter of je het ook krijgt.'

Meneer Addison schraapte zijn keel. 'Ik lees nu Amy's woorden voor:

'Ik vond het heel moeilijk te besluiten aan wie ik de boerderij zou nalaten. Het bedrijf zit al vele generaties in de familie van mijn man en ging van vader op zoon over, in sommige gevallen op een neef. Hij is nog nooit nagelaten aan een vrouw, al runde ik haar vele jaren zelf. Het is geen makkelijke beslissing geweest wie hem nu zou moeten hebben.'

'Kun je niet ter zake komen?' Roy spuugde de woorden uit. 'Ik moet hierna meteen naar een belangrijke vergadering.'

'Geen zorgen, Roy,' zei Tig, de enige die zijn lot al kende. 'De pubs blijven nog uren open.'

'Alsjeblieft, Roy!' snauwde Fran. 'Onderbreek meneer Addison toch niet steeds!'

'Misschien moet ik erbij vermelden dat het grootste deel van dit testament kort na Roys aankomst in Engeland is opgemaakt,' zei de notaris. 'Recentelijk heeft mevrouw Flowers er nog verschillende wijzigingen in aangebracht.'

'Ze veranderde haar testament graag,' zei mevrouw Jenkins. 'Ze noemde het "de puntjes op de i zetten". Meneer Addison liep voortdurend af en aan.'

Fran beet op haar lip. Dat betekende waarschijnlijk dat Roy de boerderij zou erven.

'Misschien kunnen we doorgaan?' opperde Antony, die beleefd en zakelijk klonk, heel anders dan Roy met zijn ongeduld.

'U wordt ook genoemd, meneer Arlingham,' zei mevrouw Jenkins lichtelijk blozend tegen Antony.

'O ja?' Antony drukte ieders verbazing uit. 'Maar mevrouw

Flowers had een hekel aan mijn familie. Je zou zelfs kunnen zeggen dat ze ons haatte.'

'Ze is van mening veranderd,' zei mevrouw Jenkins. 'Meneer Addison, zou u het stuk dat meneer Arlingham betreft kunnen voorlezen?'

Roy beet zichtbaar op zijn tong. Fran was minder wanhopig. Ze was er vrij zeker van dat Roy de boerderij zou krijgen, en hoewel ze het zeker wilde weten, kon ze wachten. Ze was zo blij voor Tig met zijn erfenis dat haar deel minder belangrijk was geworden. Dat de stier en een paar vaarzen nu van Tig waren, betekende dat de bloedlijn van de kudde zou blijven bestaan en dat hij en Issi plannen konden maken voor de toekomst.

'Ze zegt... Meneer Addison raadpleegde zijn papieren, duidelijk zoekend naar de juiste plek. '*Ik heb mijn mening over meneer Arlingham herzien en heb er niet langer bezwaar tegen dat hij met Francesca trouwt.*'

Fran keek naar de tafel, en Antony hield haar hand stevig vast. 'Nou, dat is goed nieuws, of niet?'

Aangezien Antony en zij het nog niet over trouwen hadden gehad, geneerde Fran zich diep. Toch was ze ook heel blij.

'Ik probeer geduldig te zijn,' zei Roy. Hij zweette, zo veel moeite kostte het hem zijn kalmte te bewaren. 'Maar kunnen we alsjeblieft doorgaan?'

'Misschien kunnen we de arme man beter uit zijn lijden verlossen,' zei mevrouw Jenkins.

Iets in de blik die ze Roy toewierp gaf Fran een sprankje hoop.

'Goed dan,' zei meneer Addison. 'Ik moet wel alles voorlezen wat mevrouw Flowers heeft gezegd. Daar stond ze op.'

Roy maakte een geluid dat een combinatie van een kreun en een zucht was.

Meneer Addison vond blijkbaar dat Roy genoeg had geleden:

'De afgelopen weken heb ik de kans gehad de twee jonge familieleden te leren kennen die ik vorig jaar heb aangeschreven toen ik op zoek was naar de juiste erfgenaam van Hill Top Farm. Het besluit dat ik heb genomen zullen velen vast controversieel vinden. Om me te helpen beslissen wie van hen de verantwoordelijkheid voor mijn grond en mijn dierbare kudde op zich mag nemen, had ik een kleine test bedacht.'

Iedereen ging rechtop zitten en luisterde met nog meer aandacht. Frans hart begon sneller te kloppen.

Meneer Addison ging door:

'Ik besloot dat het familielid dat de boerderij het meest toegewijd is en het meest geïnteresseerd is in haar voortbestaan de steengroeve zou vinden waar kaas van oudsher te rijpen werd gelegd. Helaas heeft geen van beiden die speciale plek gevonden.'

Issi onderbrak hem. 'Jij wel!' zei ze met klem. Ze wendde zich tot de anderen: 'Fran heeft de steengroeve gevonden.'

'Helaas pas nadat dit was opgesteld,' zei meneer Addison, die haar vol medeleven en een beetje treurig aankeek.

'Ga alstublieft door,' zei Fran zacht.

'Goed,' zei meneer Addison.

'Daarom heb ik mijn besluit op andere zaken moeten baseren. Ik wens de boerderij, de rest van de kudde en al mijn bezittingen die niet eerder aan anderen zijn nagelaten, na te laten aan Francesca...'

Fran hoorde de minder belangrijke details niet. Ze kreeg het warm, toen koud, en daarna voelde ze zich een beetje misselijk.

'Ik geloof er niets van!' schreeuwde Roy. 'Geef me dat testament!' Hij griste het van de tafel en las als een razende wat erin stond. Vervolgens gooide hij het met een vloek op de tafel neer. Hij beende de vergaderkamer uit, waarbij hij tegen stoelen en de hoek van de tafel botste, trok de deur open en smeet hem achter zich dicht.

Er viel een opgeluchte stilte. Toen sprong Issi op uit haar stoel en liep om de tafel naar Fran toe. 'Goed zo! Dit is fantastisch. Ik ben zo blij voor je!'

De anderen feliciteerden Fran ook, maar ze voelde zich als verdoofd. Dit was precies wat ze sinds Amy's overlijden had gehoopt. Ze wilde koste wat kost de boerderij uit handen van Roy houden, die had gedreigd er van alles mee te doen, van het verkopen van de kudde tot het verkopen van grond om er huizen op te bouwen. Nu ze wist dat de boerderij van haar was, voelde ze niets, behalve een enorme verantwoordelijkheid die zwaar op haar schouders drukte.

'Nou,' zei ze uiteindelijk, toen ze doorkreeg dat iedereen haar vreemd aankeek, 'dat betekent dat ik nog dagelijks mijn cheddar in de groeve kan omkeren!'

Iedereen begon te lachen. Ze omhelsden haar, gaven haar schouderklopjes en zeiden 'goed zo'. Al snel was het tijd om te gaan.

Nadat ze afscheid hadden genomen en meneer Addison en mevrouw Jenkins hadden bedankt, legde de laatste een hand op haar arm. 'Amy was gek op je, weet je. Ze toonde haar gevoelens niet altijd, maar ze vertrouwde jou. Ook al had je de steengroeve niet gevonden, ze wist dat je het beste voorhad met de boerderij en de kudde. Ze wist dat je haar niet zou teleurstellen.'

Fran beet op haar lip om haar tranen binnen te houden. 'Dank je wel,' zei ze schor. 'Dank je dat je me dat vertelt.'

Fran voelde zich verplicht naar Amy's condoleance te gaan, die nog steeds in volle gang was in het dorpshuis. Deels omdat er mensen waren met wie ze nog niet had gepraat omdat ze er de kans niet toe had gehad – of, beter gezegd, zij hadden nog geen kans gehad met haar te praten – en deels omdat ze wist dat iedereen dolgraag wilde weten hoe het met de boerderij was gelopen.

Issi had aangeboden mee te gaan, maar Fran wist dat Tig en zij alleen wilden zijn. Nu zou Tig zijn eigen koeien hebben, en met Fran als eigenaar van Hill Top Farm zou hij ook de resterende koeien verzorgen. Issi en hij waren veilig, en Fran wist dat ze naar hun huisje wilden teruggaan – dat nu echt van hen was – om het te vieren.

Antony ging wel met haar mee. Ook hij leek erg met zichzelf ingenomen. Hoewel ze nog geen kans had gehad het hem te vragen, vroeg ze zich af of hij blij was te weten dat Amy hem niet langer afkeurde en de oude onmin tussen de twee families eindelijk verleden tijd was.

In het dorpshuis werd druk gepraat. Fran had voor sherry, wijn en bier gezorgd; de mensen waren ontspannen, en iedereen had het naar zijn zin.

'Lieve hemel, wat is er nog veel eten,' zei Fran tegen Mary, die naar haar toe kwam zodra ze binnen was. 'Heb je nog iets van Tig gehoord?'

'Ja! Hij belde me zodra hij buiten het notariskantoor stond. Wat een opluchting! Ik wist wel dat mevrouw Flowers zou zorgen dat hij aan zijn trekken kwam, en het was aardig van haar om hem ook wat grond te geven.' Even was ze stil. 'Dat vind je toch niet erg, hè? Het is geen grote boerderij.'

'Helemaal niet. De boerderij is afhankelijk van Tig. Ik raak liever alle grond kwijt dan Tig.'

Mary lachte opgetogen. 'En die vriendin van je? Issi? Wat een leuke meid. Precies goed voor mijn Tig.' Ze legde een hand op Frans arm. 'Door hiernaartoe te komen heb je de boerderij veel goeds gebracht.'

Fran was ontroerd. 'O, dank je wel. Ik ben zo blij dat je dat vindt.'

Mary knikte. 'Kom nu wat eten. Volgens mij heeft iedereen die is gekomen een cake meegebracht en er maar één plakje van genomen, of een bord sandwiches en er niet meer dan een paar van opgegeten.'

'Wat gebeurt er dan met al dat eten?' Fran voelde zich plots verantwoordelijk voor zowel deze kleine etensberg als de boerderij.

'O, maak je niet druk over de restjes. Daar regelen wij wel iets voor,' zei Mary. 'En? Ben je blij? Dat de boerderij nu van jou wordt?'

'Ik ben dolblij, en zo opgelucht!' zei Fran. 'Maar ook heel verbaasd.'

Mary schudde haar hoofd. 'Dit is precies wat Amy's oude vrienden hadden verwacht, lieverd.' Ze was niet dom. Ze wist wie de belangen van de boerderij ter harte gingen. Die vreselijke man! Hij zat altijd in de pub. Ze wist alles. Ze kreeg genoeg bezoek dat haar vertelde wat ze niet met eigen ogen kon zien. Zal ik nu eens een lekkere picknick samenstellen voor meneer Arlingham en jou?'

'Eh... Dat zou heel aardig zijn.'

'Zeker weten, mevrouw Brown,' zei Antony. 'En aangezien u goed op de hoogte van alles lijkt, weet u vast ook dat de bitterheid tussen Hill Top Farm en Park House Farm nu officieel voorbij is?'

'Dat wist ik, ja. Ze vertelde me hoe aardig je voor haar bent geweest, dat je met haar op zo'n grote motor met vier wielen de hele boerderij over bent gereden.'

'Een quad,' zei Antony.

'Precies. Ze vond het echt geweldig om haar boerderij een laatste keer te zien. Niet dat ze wist dat het de laatste keer was, natuurlijk.'

‘Ik was bang dat ze niet goed zou vinden wat we met het huis hadden gedaan,’ zei Fran. ‘Ze vertelde me dat ze het niet erg vond, maar voor sommige mensen is het toch anders wanneer ze het met eigen ogen zien.’

‘Ze had geen tijd om zich druk te maken over haar huis,’ zei mevrouw Brown. ‘Ze stak al haar energie in de boerderij. Die vond ze belangrijk. En daarom heeft ze haar aan jou nagelaten, niet aan Roy. Ze vertrouwde erop dat mijn Tig en jij haar draaiende zouden houden voor de toekomst.’

Toen Fran en Antony even later weggingen, beladen met ijsdozen vol sandwiches, worstenbroodjes en plakken cake, zei Fran: ‘Het is een grote verantwoordelijkheid, hè? De boerderij, bedoel ik. Ik kwam hiernaartoe om haar een jaar te runnen en winstgevend te maken. Eigenlijk ben ik hier nog geen vijf minuten, maar zelfs als mijn harde kaas heerlijk blijkt te zijn, vraag ik me af of je tegenwoordig met kaas alleen een boerderij draaiend kunt houden.’

Antony herschikte de zakken met eten in zijn armen, zodat hij zijn arm door die van haar kon haken. ‘Maak je niet druk. Het is een lange, emotionele dag geweest. Je hebt de boerderij, en je hebt mij, allebei met Amy’s zegen. Kom, we gaan naar huis. Naar ons huis!’

Vol liefde en opluchting glimlachte Fran naar hem. ‘Zulke simpele woorden, die zo veel betekenen.’

26

De volgende ochtend stond Fran in het zonnetje van het uitzicht te genieten, toen Issi op de koffie kwam.

'Het is hier echt prachtig, hè?' zei Fran. Hoewel ze genoot van de perfecte ochtend – in het dal lag een sluier van mist, die het landschap een extra dimensie van schoonheid en mysterie gaf – miste ze Antony verschrikkelijk. Hij was die ochtend vroeg vertrokken, en ook al was ze eraan gewend dat hij altijd weg moest, ze zou het fijn hebben gevonden als hij vandaag wat langer had kunnen blijven.

'Ja, schitterend. En het is allemaal van jou!' zei Issi.

Fran moest lachen. 'Nou, niet alles. Maar er worden hier nu in elk geval geen huizen gebouwd.'

'Zou Roy echt een bouwvergunning hebben gekregen? Als Amy in de oorlog kon voorkomen dat de grond werd omgeploegd, zijn de weilanden dan ook niet te steil om te bebouwen?'

Fran haalde haar schouders op. 'Dat zouden we kunnen navragen. Maar misschien is het beter om het niet te weten.'

Issi, die Frans melancholische stemming kennelijk aanvoelde, probeerde de sfeer op te vrolijken. 'Heeft Roy zijn spullen gisteravond nog opgehaald?'

'Dat betwijfel ik, maar zeker weten doe ik het niet,' antwoordde Fran schouderophalend, en ze bloosde licht.

'Je bedoelt dat Antony en jij een spannend onderonsje hadden?'

Fran moest glimlachen om Issi's woordkeus en gaf haar vriendin een plagerige duw.

Issi duwde terug. 'Kom, dan gaan we koffiezetten en Roys kamer checken. O ja, ik heb de post voor je meegebracht. Het is een flinke stapel.'

Terwijl ze door het huis naar de keuken liepen, zei Fran: 'Ik neem aan dat Tig en jij ook een feestje hebben gebouwd?'

'We hebben eigenlijk vooral plannen gemaakt.' Issi was even stil. 'Hij heeft me ten huwelijk gevraagd.'

'O, Is! Wat geweldig! Gefeliciteerd!'

'Nou ja, ik zeg wel dat hij me ten huwelijk heeft gevraagd, maar wat hij zei was: "Als je er klaar voor bent, zouden we het officieel kunnen maken."'

Fran grinnikte. Typisch iets voor Tig om te zeggen. 'En heb je geantwoord dat je er klaar voor bent?'

Issi haalde haar schouders op. 'Uiteindelijk wel. Ik heb hem eerst gevraagd of hij wat duidelijker wilde zijn. We hebben het nog aan niemand verteld. Tig wil het Mary tijdens de lunch vertellen, en ik ga zo mijn moeder bellen. Wat zal ze blij zijn. Eindelijk komen er kleinkinderen.'

'Willen jullie meteen al een gezin stichten?'

Issi bloosde. 'Misschien. Te zijner tijd wel, bedoel ik, maar niet meteen. Ik wil eerst promoveren. Maar nu ga ik water opzetten. Heb je al ontbeten?'

'Ik heb een paar uur geleden samen met Antony een snee toast gegeten,' antwoordde Fran afwezig terwijl ze de stapel post doorkeek, die voor het grootste deel uit condoleancebrieven bestond.

'Ik zal nog wat toast maken. Ik lust nog wel een ontbijtje.'

'Goh, hoe zou dat nou komen!' plaagde Fran weer, waarna ze haar aandacht weer op de post richtte. 'Hé, er zit een officieel uitziende brief voor Roy bij.'

'Maak open,' drong Issi aan.

'Kan ik dat maken, denk je? Hij is niet aan mij gericht.'

'Heeft hij een nieuw adres achtergelaten? Of alleen zijn vuile was?' Issi deelde Frans scrupules duidelijk niet.

'Ik heb geen idee.'

Issi slaakte een ongeduldige zucht. 'Kom, dan gaan we kijken of hij adresgegevens heeft achtergelaten. Zo ja, dan laten we de brief dicht. Maar als hij 'm gewoon is gesmeerd, maken we hem open, oké?'

'Waarom ben je zo nieuwsgierig naar de inhoud?'

'Omdat de brief afkomstig is van de afdeling Stadsplanning! Waar zit je met je hoofd, Fran? Ach ja, je zult het wel druk hebben gehad.' Ze glimlachte om haar understatement.

'Kom, dan gaan naar Roys kamer. Laat die post maar aan mij over.'

Zijn kamer zag eruit alsof een student te laat was opgestaan voor een college en er als de bliksem vandoor was gegaan. Het bed was onopgemaakt, en er lagen vuile kleren op de grond en over de stoel. De kleerkast was leeg; waarschijnlijk had hij zijn koffer niet eens uitgepakt.

'Als je hem deze kamer had verhuurd, had je zijn borg kunnen inhouden,' zei Issi.

'Je hebt gelijk. Ik zal de brief openen. Als het van de afdeling Stadsplanning is, moet het wel over de boerderij gaan.' Ze slaakte een verrukt kreetje. 'Mijn boerderij! Denk je toch eens in!'

'Kom. Koffie, toast en de brief.'

Fran ging aan de tafel zitten, sneed de brief open met een mes en haalde er een vol, dichtbetypt vel papier uit. 'Ik geloof dat het goed nieuws is,' zei ze ten slotte. 'Voor mij in elk geval, niet voor Roy. Zijn bouwplannen voor het grootste deel van het perceel zijn verworpen.'

'Mag ik eens zien?' vroeg Issi, die popelde de brief te lezen. Nadat ze zich door alle jargon en voorwaarden heen had geworsteld, keek ze naar Fran op. 'Interessant. Je mag de bestemming van bijna alle boerderijgebouwen veranderen.'

'Ja, inclusief de kaasmakerij! Oeps!' Fran pakte de Marmite. 'Ik moet de kaas in de steengroeve straks nog omdraaien. Ik moet er niet aan denken dat ik dat niet had kunnen afmaken.'

Issi fronste haar wenkbrauwen. 'Weet je, ik had verwacht dat je een gat in de lucht zou springen toen je hoorde dat jij de boerderij zou krijgen.'

'Diep vanbinnen spring ik ook een gat in de lucht. Maar ik maak me ook zorgen,' bekende Fran. 'Het is een grote verantwoordelijkheid, en ik wil Amy niet teleurstellen.'

'Ik zie het probleem niet. Tot nu toe ging het je goed af. En je hebt Tig voor de koeien.'

'De boerderij levert niet genoeg op,' zei Fran. 'Zelfs als de harde kaas goed verkoopt, is het maar de vraag of het genoeg opbrengt. Hopelijk laat Amy voldoende geld na om de lening bij de bank af te betalen. Voor zover ik weet draaide ze de laatste jaren met verlies. Maar goed, met de melk verdien ik genoeg... Ik vraag me alleen af of de boerderij ooit rendabel zal worden.'

Issi legde een hand op die van haar vriendin.

Fran zuchtte. 'Toen ik er gisteravond met Antony over sprak, zei hij iets waaruit ik opmaakte dat hij ook zijn twijfels heeft. Ik zal iets anders moeten bedenken om de boel draaiende te houden. Anders krijgt Roy helaas gelijk en zal ik zo nu en dan iets moeten verkopen, zoals de dakpannen van de bijgebouwen. Uiteindelijk blijft er dan alleen een boerderij op een prachtige plek over.'

'Die heel mooi is opgeknapt van Antony's geld,' opperde Issi.

'Dat is wel het laatste wat ik wil, Is! Ik wil mezelf kunnen bedruipen. Antony is een geweldige man, en hij is heel belangrijk voor me, maar ik zou makkelijker van hem kunnen houden als hij niet zo rijk was.'

'Fran? Voel je je wel goed? Hij is ongelooflijk knap, vriendelijk, behulpzaam, en ook nog eens vermogend. En dan hoor ik jou klagen?'

Fran moest lachen. 'Ik klaag niet. Integendeel. Ik voel me bevoorrecht. Maar ik wil wel mijn eigen broek kunnen ophouden. Hij moet veel opgeven om met mij samen te kunnen zijn. Hij wil zelfs op de boerderij komen wonen. Ik weet dat hij geld in het huis wil steken, en dat is hard nodig ook, maar ik heb geen idee in welke staat het verkeert. Ik wed dat er van alles aan mankeert, het is ons alleen nog niet opgevallen. Straks steekt hij zijn geld in een bodemloze put. En omdat ik niet op Antony wil teren, zal ik de boerderij zelf rendabel moeten maken.'

'Dat begrijp ik,' zei Issi langzaam. 'Sterker nog...'

'Wat? Ik kan de radertjes in je hoofd bijna horen draaien.'

'Al zolang ik je ken wil je een eigen restaurant. Waarom begin je er hier niet een?'

Fran beet nadenkende op haar lip. 'Denk je dat mensen helemaal hiernaartoe zullen komen voor een restaurant?'

'Ze kwamen toch ook voor de dinerclub? En ik kan je helpen met de marketing. Ik denk dat mensen het geweldig zouden vinden om op deze prachtige plek te kunnen dineren.'

'In de zomer misschien. Maar in de winter?'

'Natuurlijk wel! In de winter is het uitzicht hier net zo mooi. Tenminste, als het niet regent, want dan zie je geen hand voor ogen.' Ze was even stil. 'Denk eens aan de heerlijke gerechten die je hier kunt maken. Alles vers van het land! Ik weet zeker dat het een succes wordt.'

'En...' vulde Fran met een opgetogen stemmetje aan, 'dankzij Roy kunnen we het restaurant in de schuur maken. Als we één wand van glas maken, kunnen de gasten onder het eten van het uitzicht genieten!'

'Denk je dat Stadsplanning akkoord zal gaan omdat ze toch al toestemming hebben gegeven om de bestemming van de gebouwen te veranderen?'

'Dat hoop ik! Het is natuurlijk een enorm en kostbaar project...'

'Misschien kunnen we Antony vragen erin te investeren.'

'Waarin investeren?' vroeg Antony, die net de keuken binnen kwam.

Frans hart maakte een sprongetje van vreugde, en ze vloog hem om de hals. 'Wat doe jij hier?'

'Ik heb mijn afspraken afgezegd en de rest van de dag vrij genomen omdat ik bij je wil zijn,' zei hij, een kus op haar kruin drukkend. 'Het moet allemaal een beetje vreemd voor je voelen.'

'Zeg dat wel.' Ze glimlachte naar hem. 'Maar nu niet meer!' Hij keek haar aan en uit zijn ogen straalde liefde. Dat was het enige wat ze nodig had. Tegelijk had ze ook een boerderij te runnen. Ze haalde diep adem. 'Ik denk dat Issi de oplossing heeft gevonden voor mijn probleem.'

'Goed zo, Issi. Wat was het probleem en wat is de oplossing?'

Fran zuchtte diep. 'Ik moet de boerderij rendabel maken, weet je nog?'

Issi kwam tussenbeide. 'Fran gaat een restaurant beginnen in de schuur. Maar dat kan alleen als jij in het project investeert.'

'Een restaurant? Hier?' Hij dacht even na. 'Ik ben wel eens in Schotland naar een restaurant geweest waar je ver voor moest rijden. Het bleek elke avond vol te zitten.'

'Zou dat hier ook kunnen, denk je?' vroeg Fran.

Hij keek haar aan op een manier die zei dat hij liever aan andere dingen dacht dan aan restaurants en investeringen. 'Dat denk ik zeker. En je kunt je kaas dan ook promoten.'

'En ik kan haar helpen met de marketing,' zei Issi tegen Antony. 'Daar houd ik me naast mijn proefschrift mee bezig.'

'En,' ging Fran door, 'Roy is zo vriendelijk geweest een aanvraag te doen om de bestemming van de schuur te mogen veranderen, en die is toegewezen. De kans dat we er een restaurant in mogen maken is dus groot. Het zou de perfecte oplossing zijn.'

'Dat denk ik ook. Je zult iets moeten doen om de boerderij weer winstgevend te maken. Ik zal je helpen waar ik kan.'

Fran sloeg haar armen om zijn nek, trok zijn hoofd naar zich toe en gaf hem een kus.

'Oké, dame,' zei hij toen ze zich losmaakte, 'laat me dan nu die steengroeve maar eens zien. Ik ben benieuwd waar die is.'

'Zullen we dat straks doen, wanneer ik de kazen ga omdraaien? Ik wil plannen maken voor het restaurant.'

'Nee, laten we het nu maar doen. Het is belangrijk,' drong Antony aan.

'Maar, Antony...'

Issi lachte. 'Ga nou maar,' zei ze. 'Antony wil je onder vier ogen spreken.'

'Nu snap ik waarom je de steengroeve niet eerder hebt ontdekt,' zei Antony. 'Het is een behoorlijke klim.'

'Ik had hem ook niet ontdekt als het kalf niet zo ver van zijn moeder was afgedwaald. Ik moest mijn angst overwinnen om ze weer bij elkaar te krijgen. Volgens mij genoot Amy van mijn avontuur toen ik het haar vertelde.'

Antony pakte haar hand vast. 'Kom, dan trekken we elkaar naar boven.'

'Wil je de steengroeve echt zien?' vroeg Fran.

'Nee, ik kijk liever naar jou.'

'Meen je dat?'

'Ik moet met je praten.'

Het hart zonk haar in de schoenen. 'Dat klinkt serieus.'

'Ik hoop op een positieve manier.' Antony bleef staan en legde zijn hand tegen haar wang. 'Het heeft te maken met iets wat Amy heeft gezegd.'

'Waarover?' vroeg ze, naar hem opkijkend. Wat hield ze toch van deze man.

'Sorry, ik praat moeilijk over gevoelens. Ik ben beter in vergaderen. Amy zei toch dat ze er geen bezwaar tegen had als wij zouden trouwen? Ik denk dat ze het graag wilde. En dat wil ik zelf ook.'

'Vraag je me ten huwelijk?' vroeg Fran, terwijl de gedachte dat mannen naast heel lastig, ook heel geweldig kunnen zijn, door haar heen schoot.

'Ja.' Hij stak zijn hand in zijn zak. 'Ik moest vanochtend nog even iets ophalen. Je mag hem natuurlijk ruilen. Ik kan me voorstellen dat je een minder eenvoudige...'

Met een gelukkige glimlach legde Fran een vinger op zijn lippen. 'Laat hem nou maar zien.'

Hij maakte het kleine leren doosje open. Op een fluwelen kussentje lag een eenvoudige gouden ring met een grote, rechthoekige diamant.

'Lieve hemel,' zei Fran ademloos. 'Hij is bijna zo groot als een winegum!'

Antony moest lachen. 'Dat valt wel mee, hoor!' reageerde hij, zichtbaar opgelucht. 'Doe hem eens om. Vind je hem mooi?'

Bij het zien van de enorme diamant aan haar vinger maakte haar hart een sprongetje. 'Hij is prachtig,' zei ze verlegen, en ze keek gegeneerd naar hem op. 'Maar je hoeft me niet ten huwelijk te vragen omdat Amy het misschien wilde.'

Hij kuste haar weer. 'Ik vraag het omdat ik van je hou. En nu wil je natuurlijk weten waarom, want daar ken ik je goed genoeg voor. Ik hou van je omdat je mooi en moedig bent, grappig en sexy, vastberaden en ondernemend. En omdat je een beetje bang bent voor koeien.'

Fran staarde hem aan. 'Hou je ook nog van me als ik niet meer bang ben voor koeien?'

'Een ietsjepietsje minder. Zo weinig dat het er niet toe doet.'

Ze ging op haar tenen staan, sloeg haar armen om zijn nek en kuste hem opnieuw. Ze was nog nooit zo gelukkig geweest, besefte ze. Aan het begin van dit jaar, toen ze op Amy's boerderij kwam wonen, had ze nauwelijks geweten wat ze ermee aan moest. Nu was de boerderij van haar en zat ze vol plannen voor de toekomst, met een man aan haar zij van wie ze zielsveel hield.

Ze kon haar geluk niet op. Waar had ze dit aan verdiend?

Epiloog

Fran was nerveus. Ze keek om zich heen naar de gasten die na een smakelijke zondagse lunch (vlees van op de boerderij gefokte varkens, met dank aan Tig) waren blijven hangen en van de zonnige dag genoten. Deze keer hunkerde ze vooral naar de goedkeuring van een paar heel speciale gasten.

Ze moest om zichzelf glimlachen. Al waren alle gasten natuurlijk speciaal, vandaag zaten er in haar restaurant een paar mensen tussen de familie en vrienden die gekomen waren om een kritische oordeel te vellen.

Het waren geen restaurantrecensenten. Meer dan een jaar was verstreken sinds Amy Hill Top Farm aan haar had nagelaten, en Flowers, haar restaurant, had al zo veel positieve recensies gekregen dat ze telkens als ze open waren vol zaten. Fran had een goed team achter zich, en Issi was briljant op de social media. Mensen wisten dat ze ver van tevoren moesten reserveren om bij Hill Top Farm te kunnen eten.

Ook al waren de laatste gerechten al even geleden uitgeserveerd, ze keek uit gewoonte rond om te zien of alles perfect was. En dankzij Seb was dat zo.

Seb was een geweldige parttime maître d'hotel geworden. Aangezien het restaurant alleen in het weekend en op officiële feestdagen open was, paste deze bijbaan goed bij zijn werk als chauffeur van Antony.

Seb had gezorgd dat op elk bezet tafeltje een kan met water stond en had al een paar bejaarde dorpelingen naar huis gebracht. Er was een groep mensen die de gewoonte had aangenomen naar het restaurant op de boerderij van hun oude vriendin Amy te komen. Seb haalde ze dan op en bracht ze weer naar huis. Hoewel het niet winstgevend was een gratis taxidienst aan te bieden, vroeg niemand zich af of ze dat wel zouden moeten doen. De oude mensen kwamen ongeveer een keer per maand samen en lieten het zich dan ook goed smaken.

Nee, het was de groep die aan de lange tafel midden in het restaurant zat, de tafel met het beste uitzicht, die Fran nerveus maakte.

Dat ze er waren, had ze aan zichzelf te wijten. Ze had ze zelf uitgenodigd. Haar oude baas Roger was er, de man die al haar zachte kaas had gekocht nadat hij hem op de boerenmarkt had geproefd. En Erica, die de marktkraam had, en Mary, Tigs moeder. Beide vrouwen hadden haar vlak na Amy's overlijden geholpen met het maken van haar eerste harde kaas. John Radcliffe was er ook, de baas van de grote kaaszaak in Fitzrovia die tegen haar had gezegd dat ze harde kaas moest maken, en Gideon Irving, een voedsel- en wijngoeroe, met zijn vrouw Zoë, een beroemde tv-chef.

Ook Gideon en Zoës goede vrienden Fenella en Rupert Gainsborough waren van de partij. Ze logeerden bij Gideon en Zoë. Hun kinderen speelden samen op de speciaal gemaakte hooibalen, onder toezicht van Issi en Tig. Issi was hoogzwanger, zag er stralend uit en hoopte kennelijk een beetje ervaring met kinderen te krijgen voordat haar eigen kind werd geboren.

Frans moeder en stiefvader waren er ook. Ze waren zo trots op hun dochter dat Fran het bijna gênant vond, en dol op hun toekomstige schoonzoon. Die keek op dat moment of iedereen genoeg koffie, thee, rode wijn en cognac had. June en Jack, die ook deel uitmaakten van de groep, hadden vooral aandacht voor Betsy, de jonge hond die nu van Fran was. Antony had haar Betsy gegeven voor haar verjaardag, en ze was een geweldige hond gebleken, al was ze misschien een beetje verwend door Fran. Op dat ogenblik lag Betsy aan een tafelpoot te knagen.

Fran ving Antony's blik. Hij liep bij de groep vandaan en kwam naar haar toe. Toen hij achter haar stond, sloeg hij zijn armen om haar heen en trok haar tegen zich aan. Ze liet haar hoofd tegen zijn borst rusten. 'Ik denk niet dat je het nog langer kunt uitstellen, liefje.'

Zoë Irving kwam ook naar haar toe. Ze glimlachte vol medeleven naar Fran. 'Je bent vast op van de zenuwen. Je hebt ook zo lang moeten wachten om te weten te komen hoe de kaas is geworden.'

Fran knikte. Het was aardig van Zoë om haar medeleven te tonen, vooral omdat ze zo bekend was als tv-chef.

'Ik wil zo graag dat hij lekker is. Voor Amy,' zei ze. 'Voor mijn gevoel vertegenwoordigt die kaas al haar jaren van hard werken, van zorgen dat het grasland intact bleef, niet omgeploegd, oorspronkelijk. En de kudde ook. Generaties dieren met een betere stamboom dan die je bij *Who do you think you are*? ziet langskomen.' Even was ze stil. 'Ze zijn honderd procent raszuiver, zie je, dus enorm belangrijk.'

Tig en Issi kwamen naar haar toe.

'Tig hier heeft een essentiële rol gespeeld bij het draaiend houden van alles,' zei Fran tegen Zoë. 'Zonder hem had ik dit allemaal niet voor elkaar gekregen.'

'En?' zei Antony. 'Het moment van de waarheid is aangebroken. We gaan de kaas proeven.'

Een kwartier later gaven mensen Fran nog steeds schouderklopjes en trokken ze flessen champagne open. De foodies wilden alle kaas kopen die ze kon maken, Erica wilde de kaas voor de boerenmarkt hebben, en Tig wilde hem gewoon op zijn brood.

'Goed gedaan, liefje!' zei Antony, die haar omhelsde. 'Ik wist wel dat je het kon.'

'Het is niet mijn verdienste! Het komt door de melk, de kudde, de boerderij!' zei Fran tegen het groepje mensen om haar heen. 'Maar ik ben heel blij. Het betekent dat ik Amy niet heb teleurgesteld. Ik was de juiste persoon om Hill Top Farm over te nemen.'

'Ook al ben je bang voor koeien,' voegde Tig er met een grijns aan toe.

Fran keek hem aan. Ze zou willen dat ze kon zeggen dat ze niet meer lichtelijk nerveus werd van de enorme beesten die zo belangrijk voor haar waren.

'Een beetje maar,' zei ze, en ze nipte van haar champagne.

Dankwoord

Een idee voor een boek ontstaat vaak uit meerdere bronnen, maar het idee voor dit boek komt van de geweldige Jonathan Crump, boer, kaasmaker en inspiratiebron voor velen. Toen mijn dochter op zijn boerderij was om een ram van hem te lenen, stelde hij voor dat ik over het boerenbedrijf zou schrijven, en zij gaf de suggestie aan me door.

Het idee sprak me aan, maar vatte pas definitief post toen ik de prachtige televisieserie *This farming year* zag, waarin het boerenleven door de seizoenen heen wordt gevolgd. De grote liefde van de boeren voor hun dieren en hun land was inspirerend en nederig makend. Geen enkele schrijver wil fouten maken, maar wat ik het allerbelangrijkste vind, is om hun passie over te brengen. Ondanks de geringe verdiensten werken ze zo hard en maken zulke lange dagen uit pure liefde voor hun boerderij.

Tijdens het schrijven van een van mijn andere boeken jaren geleden ontmoette ik Liz Godsell van Godsells Cheese. Zij inspireerde me om over kaas te schrijven. Ik besefte toen al dat ik ooit een heel boek aan het onderwerp wilde wijden, in plaats van het een bijrol te geven. Volgens mij heb ik haar destijds niet genoeg bedankt!

Ken Stevens van Hania Cheeses ken ik nog uit de tijd dat ik bij de natuurvoedingswinkel Mother Nature werkte. Hij wordt door iedereen Ken the Cheese genoemd, omdat hij meer over kaas weet dan wie dan ook.

En ondanks het feit dat hij onbereikbaar bleef en mijn e-mails nooit beantwoordde, wil ik toch Owen Bailey van Neal's Yard Cheese bedanken. Lang geleden, toen hij bij ons op onze woonboot in Londen woonde en net bij Neal's Yard werkte, hebben hij en ik veel over kaas gepraat.

Bijzondere dank ben ik verschuldigd aan mijn geweldige team bij Penguin Random House. Om te beginnen bedank ik Selina Walker en Cassandra Di Bello voor hun redactionele bijdrage en Francesca Russell voor de geweldige publiciteit die ze genereert. Dank aan het verkoopteam, waaronder Aslan Byrne, Claire Simmonds, Laura Garrod, Sasha Cox, Natasha Photiou en Kelly Webster, en aan het hele marketingteam, in het bijzonder aan Celeste Ward-Best. Dank ook aan Jaqueline Bissett en Vikki Ottowell, voor het ontwerpen van dit prachtige omslag, en aan het productieteam, Linda Hodgson en Helen Wynn-Smith, voor het zorgen dat mijn boek op tijd zijn weg de wereld in vindt!

Ook dit keer weer – en ik hoop voor altijd – ben ik dank verschuldigd aan mijn geweldige eindredacteur, Richenda Todd, wier enorme inspanningen me keer op keer voor flaters behoeden.

Ten slotte bedank ik voor zijn niet-aflatende steun de geweldige Bill Hamilton van A.M. Heath, een rottweiler vermomd als labrador. Zonder jou zou ik – bijna letterlijk – verloren zijn.

LEES MEER VAN

Katie Fforde

Caro Swanson weet niet zo goed wat ze met haar leven aan moet, behalve dat ze weleens 'iets nieuws' wil doen. Als ze een advertentie ziet waarin een heer op leeftijd een assistente zoekt voor in zijn landhuis in de Schotse Hooglanden, twijfelt ze geen moment en schrijft ze een brief. Tot haar verbazing wordt ze meteen aangenomen, en ze vertrekt naar het prachtige landgoed Glen Liddell.

Eenmaal aangekomen valt Caro als een blok voor het ruige, overweldigende landschap, voor het onvervalst Schotse kasteel met het meer ernaast en voor de charmante oude laird van het landgoed. Ze voelt zich al snel helemaal thuis in haar nieuwe leven, en als ze op een dag een klein meisje ontmoet dat snakt naar liefde en aandacht is ze helemaal verloren. Zeker als ze in de vader van het kind de man herkent die ze jaren geleden ontmoette op een Grieks eiland en die ze nooit heeft kunnen vergeten.

Verkrijgbaar als
e-book
& papieren boek

LEES MEER VAN

Lorna en Philly zijn elkaars tegenpolen: Lorna is een verlegen vrouw die een moeizame scheiding achter de rug heeft en lijdt onder een onbeantwoorde liefde; Philly is een jonge spring-in-'t-veld met een onverwoestbaar goed humeur. Maar hun passie voor tuinieren zorgt voor een diepe band tussen de twee vrouwen. Ze krijgen de opdracht de verwaarloosde tuinen van een prachtig Engels landgoed in de Cotswolds in oude glorie te herstellen, en ze storten zich vol overgave op die taak.

Helaas wil het met de mannen in hun leven niet zo goed lukken. De onverwachte komst van iemand uit Lorna's verleden, Philly's veeleisende moeder en de vondst van een afgesloten en volkomen overwoekerde tuin zorgen voor een heleboel verwikkelingen in hun toch al hectische bestaan. De liefde zal hard moeten vechten voor een plaatsje in hun hart…